アルメ
ファルク
（ファルケルト）
Characters
登場人物紹介

アイデン
エーナ
ジェイラ
チャリコット

華やかなフルーツパフェを引き立てるような、
美しく繊細な火花が舞う。
妖精の魔法の粉を調合してあるそうで、
前世の花火よりも煌めきがある。
「なにこれ！すごく綺麗ね！」
「花火を仕込んだ食べ物とか、聞いたことねぇよ！」

Contents

氷魔法のアイス屋さんは、暑がり神官様のごひいきです。

2

天ノ瀬 Amanose
イラスト：TCB

1　噂のアイス屋さん

穏やかな青空の下、暖かくもカラリとした風が通り抜ける小広場で、今日も『アルメ・ティティーのアイス屋』は客を集めている。

四季祭りの日の強盗は無事に捕まって、一件落着。祭りも終わったことだし、またこつこつと店をまわす日々が始まる——と、思ったのだけれど……。

店内には祭り前よりも、なんだか浮き立った空気が満ちているのだった。

アルメはカウンターに立って冷や汗をかきながら、客の声に耳を傾ける。

「ここで待ってたら白鷹《しらたか》様が来るって本当なのかしら」

「祭りの露店に神官様が買いに来たって話だろ？　その露店がここのお店だって話だし」

「白鷹様、この前銀行で黒髪の女性と一緒にいたそうよ。アイス屋さんの店主も黒髪だし……」

「アイス屋と懇意にしてるって噂《うわさ》、私は嘘《うそ》じゃないと思うわ」

「毎日通ってたら、いつか会えるかもね」

「俺は今日、白鷹が現れるに百Ｇ《ゴールド》賭ける！」

アイスを食べながらお喋《しゃべ》りに花を咲かせる女性たちや、ちょっと好奇心で立ち寄ってみたという男性客や子供たち。祭りの後から世間に流れ始めた、『白鷹にまつわる噂』が、アイス屋に浮ついた空気を持ち込んでいるのだった。

その噂とは、『白鷹様が路地奥のアイス屋をごひいきにしている』という内容だ。

なにやらその浮ついた空気と共に客の入りも一段と増えたので、アルメとしては複雑な気持ちである。ありがたいけれど、ヒヤヒヤする……。

なんせ噂の当人が、今店の奥――調理室でまったりとくつろいでいるのだ。

朝、店のオープンと同時に、暑い暑いとぼやきながら来店し、ウキウキとアイスを選んでいく常連客の男……白鷹ファルケルト・ラルトーゼが、壁一枚隔てたところにいる。

お客にバレたら大騒ぎになりそうなので、アルメは密《ひそ》かに冷や汗をかいているというわけだ。

路地奥の無名の庶民の店が、『芸能人がお忍びで通っているかもしれない店』みたいな肩書きを得てしまった。

芸能人というのは前世の感覚での例えだけれど、このルオーリオの街では大差ないように思う。

遠い目になっているところに、また一組女性グループ客が来店した。

「こんにちは。白鷹ちゃんアイスっていうのを食べに来たのだけれど」

「あ、もしかしてこの白いやつですか？　これは牛乳？」

「白鷹ちゃんアイスを食べると良いことが起きるっていうのは本当？」

「……ええと、特に運気が上がるということは……ないかと」

営業スマイルを引きつらせながら対応する。ミルクアイスはまじないのアイテムではないのだけれど……少しずつ噂の方向性がおかしくなってきているような。

女性客は全員、白鷹ちゃんアイスと別のアイスを組み合わせて注文していった。キャッキャとはしゃぐお客の笑顔を見られることは純粋に嬉《うれ》しいので、まぁ良しとしておこう。

客の波が途切れたところを狙って、アルメは奥の調理室へと、さっと体を引っ込めた。調理室に入って、テーブルでのん気にアイスをつついているファルクに声をかける。

彼が食べているものはクッキーソフトクリームだ。仲直りをしたあの日から、すっかりハマってしまったらしい。

「ごめんなさいね、ファルクさん……店の奥に押し込んだまま、放っておくような感じになってしまって」

「いえいえ、お店が賑《にぎ》わっているのは良いことですから。というか、妙な噂で振り回してしまって、こちらこそすみません」

ファルクは困り顔で苦笑した。

彼は今、変姿の魔法を解いている。首飾りの鎖が汗に濡《ぬ》れて、首にまとわりついて嫌なのだとか。もうアルメに姿を明かしてしまったので、開き直ってくつろいでいるのだった。

白銀の髪に金の瞳。麗しい男神のような男が、ごちゃごちゃとした庶民の店の調理室にいるというのは、おかしなコラージュ絵画みたいでちょっと面白い。

胸の内で密かに笑ってしまったところで、カウンターの呼び出し鐘がチリンと鳴らされた。またお客が来たようだ。

いらっしゃいませ、と声をかけながら出ようとして、お客じゃないことに気が付いた。来店したのはエーナだった。

「こんにちは、アルメ。今日も賑わってるわね！　ちょっと早いけど手伝いに来ちゃった」

「お客さんが多いから助かるわ。どうぞ、上がって」

エーナと挨拶を交わして、いつものように奥の調理室へと招き入れる。

エーナには前からちょくちょく手伝ってもらっていたのだが、最近特に忙しくなってきたので、正式に従業員として仕事に入ってもらうことになった。もちろん、しっかりと給金も支払う形で。

そういうわけで、いつも通りの流れで奥に入ってもらったのだが、先客がいることを失念していた。

「あっ、そうだエーナ！　今ちょっと奥に――」

「ひっ……!!」

エーナは黒虫を見つけた時のような悲鳴を上げた。黒虫というのは、前世にいた『ゴ』から始まる四文字のあの虫と、よく似た虫である。キッチンなどによく出るアレだ。一年を通して温暖なルオーリオの街では、黒虫は厄介な隣人である。

「ごめん……！　言うのを忘れていたわ！　あの、彼、ファルクさんなの……この前、地下宮殿で会ったでしょう？」

「……はぁ!?」

慌てて小声で説明を加えると、エーナは目をまるくしてファルクの姿を確認した。

「ファルク、さん？　嘘でしょう……？　だって、その姿……」

「こんにちはエーナさん。あの、申し遅れましたが、俺は本名をファルケルト・ラルトーゼと申しまして……」

ファルクは胸に手を当て、白鷹らしい美しい所作で挨拶をした。

エーナは青い目をまんまるくして、独り言のようにポツリと呟《つぶや》く。

「ここに出るって話、本当だったんだ」

「……エーナ、そんな黒虫みたいな言い方したら失礼よ」

「黒虫……？」

ファルクはキョトンとした顔をしていた。極北の街には黒虫がいないそうなので、彼は見たことがないのかもしれない。


これまでのいきさつを話してようやく落ち着いたところで、ひとまずは親睦の茶会でもという話になった。店の様子を見ながら、休憩がてらアルメも参加させてもらうことにする。

ポットで湯を沸かして、三人分の紅茶を淹《い》れる。出来上がりを待つ間に、エーナとファルクは二人で軍や魔物の話をしていた。

「それにしても、まさかあの時お会いした方が白鷹様だったなんて……アイデンが失礼なことを言ってしまいましたね。どうか、お許しくださいませ」

「そうかしこまらずに、普段通りにお話しください。あの時のことも、俺はまったくもって気にしていませんから」

「でも、白鷹様に無礼があっては……」

無礼な態度をとって神官に嫌われてしまったら、戦場でアイデンが不利になるのではないか、とエーナは心配しているのだろう。

その気持ちを見通したかのように、ファルクは穏やかに言う。

「ご安心ください。従軍神官は治療の優先順位を好き嫌いで決めたりはいたしません。等しく、死に近い人から順に治していきます。……それゆえ、命に関わらない軽傷の戦闘員は後回しになることもありますが……私情で順番を変えることは、神に誓ってありません。たとえ、知人や友人であろうとも」

少し苦い顔をして、言い添える。

「治療の順番によっては、軽傷の方に後遺症が残ることもありますから……万が一、アイデンさんに傷が残ってしまった時には、俺に——従軍神官たちに憎しみを向けていただいて構いません。生涯をかけて詫《わ》び償います」

アルメは会話を聞きながら、ポットの紅茶を揺らした。

街のみんなが熱狂する華やかな白鷹様が、裏ではこういう覚悟を背負っている、ということに思いを馳《は》せる人は、一体どれほどいるのだろう。……なんとなく、そんなことを考えてしまった。

神妙な空気のファルクとは裏腹に、エーナは肩の力を抜いて笑顔を浮かべる。

「そのお言葉を聞けて、なんだかホッとしました。白鷹様が誠実な方で良かったわ……。万が一があった時にも、きっと私もアイデンも、あなたに憎しみを向けるようなことはないと思います。これからも、ルオーリオ軍をよろしくお願いします」

「医神の名のもとに、皆様の命をお預かりいたします」

エーナはファルクにうやうやしく頭を下げて、ファルクは胸に手を当てて敬礼を返した。

会話に区切りがついたところで、アルメはポットをテーブルに移した。三人分のグラスを出しながら問いかける。

「二人とも、アイスとホット、どちらにします？」

「私はアイスで」

「俺もアイスでお願いします」

「じゃあ、冷やしちゃいますね」

ポットに両手を添えて氷魔法を使う。冷気を流しながら紅茶をゆらゆらと揺らして冷やしていく。あっという間に冷えた紅茶を一旦テーブルに置いて、冷凍庫から自宅用のミルクアイスを取り出した。

最近、エーナとお茶をする時は、紅茶にミルクアイスを入れているのだ。エーナがミルクティーを好むので、試しにお勧めしてみたら、彼女がハマったのだった。

そしてつられるように、アルメもハマってしまった。二人のブームだ。

「エーナはいつもの紅茶フロートでいい？」

「うん！　お願い」

「お待ちなさい、お二人さん。何ですか？　その裏メニューは」

ファルクが拗《す》ねたような声で割って入ってきた。『俺、知らないんですが……』などと小声でぐちぐち言っている。こんなに麗しい容姿をしているのに、仲間外れにされた子供みたいな表情だ。

「そんな顔しないでください。これは従業員の福利厚生みたいなもので……」

「ずるい……俺も働いたら、いただけますか？」

「白鷹様なら、ちょっと表に出るだけで客寄せになりそうね！　呼び込みのお仕事をしたら、すごいことになりそう」

「ちょっとエーナ！　軽いノリで言わないで……！」

意気揚々と立ち上がろうとしたファルクの腕をガシリと抑え込んで、椅子へと戻した。

ファルクは気品に満ちた王子様のような見目とは裏腹に、素直な人なのだ。本当にやりかねないから、妙なことを吹き込まないでほしい。

「ファルクさんにもご馳走《ちそう》しますから、大人しく座っていてください！」

「仕事をせずにいただいてしまっていいのですか？」

「あなたはここにいるだけで十分、仕事をしていますから！」

アルメの心を和ませる空気清浄機として、という言葉は飲み込んだ。ファルクはポカンとしていたけれど、説明は省いておく。

三人分のグラスに紅茶を注《つ》いで、まんまるのミルクアイスを浮かべる。スプーンを添えて出すと、ファルクもエーナも顔をほころばせた。

紅茶とアイスをスプーンにすくって、パクリと頬張《ほおば》る。

「紅茶フロート、美味《おい》しいですね！　紅茶とアイスを一度に楽しめて素晴らしいです。どちらもより美味しくなりますし、見た目も面白いですね」

「これお店のメニューには出さないの？」

「上手な紅茶の淹れ方とかわからないし、出すとしたら練習が必要かなぁ」

いつも適当に淹れているだけなので、もし商品にするのなら、まずは美味しい紅茶の淹れ方から練習が必要だ。

紅茶フロートで盛り上がっていると、またカウンターの呼び出し鐘がチャリンと鳴った。と同時に、朗らかな声と共にジェイラが調理室へと入ってきた。

「よーっす！　アルメちゃん手伝いにきたよー。今日もよろしく～！」

あれからエーナと共に、ジェイラにも店の手伝いをお願いすることになったのだった。

彼女の本業――焼肉屋は夕方から夜にかけての仕事らしいので、ジェイラは昼間の空いた時間にちょこちょこ副業をしているらしい。アイス屋の仕事もどうだろうか、と軽く話を出してみたら、即手伝いの手を上げてくれた。

従業員同士の親睦会ということで、エーナとジェイラの顔合わせのランチ会をしたのが、つい最近のこと。そこで二人が知り合いだったと知って、世間の狭さに驚いたのだった。ジェイラの弟はアイデンの友達だそう。

ジェイラは調理室に入るや否や、ファルクを見てギョッとした顔でのけぞった。

「おわぁっ!!　出たっ!!」

彼女の大袈裟《おおげさ》な動作とセリフも、完全に黒虫と遭遇した時のそれだ。

アルメは苦笑して、エーナは軽く吹き出した。ファルクだけがキョトンと目をまるくしている。

ジェイラは目をパチクリさせた後、気を取り直して、こちらに歩み寄ってきた。

「白鷹様とアルメちゃん、まじで友達なんだなー。なんか白鷹様がアイス食べてるの、面白いわ～。霞《かすみ》とか食べて生きてそうなのにな」

「霞じゃ人は生きられませんよ……」

あっけらかんとしたジェイラの言葉に、ファルクは困った顔をしていた。ジェイラは誰に対しても、あまり態度が変わらない質《たち》らしい。

ひとしきり白鷹を観察した後、ジェイラは思い出したようにアルメに声をかけてきた。

「あ、そうだ。郵便配達の人がポストになんか入れてたよ」

「あら、お手紙かしら？」

強盗関係の警吏とのやり取りも済んだ後なので、もうアルメに手紙を送ってくる相手は、ここにいる面々くらいなのだけれど。

アルメは調理室を出て、店の玄関先にあるポストへと向かう。

ふたを開けて中を覗《のぞ》くと、ポストには封筒が一つ入っていた。淡い若草色をした、上質な紙の封筒だ。さっと取り出して確認する。

「ダネル・ベアトスさん……」

差出人はフリオの叔父だった。

フリオの叔父――ダネルは祖母の古い知人で、気のいいおじさんといった雰囲気の人だ。アルメとフリオの縁談を持ちかけた人である。

彼に対して特に悪い印象はないけれど、なんとなくため息を吐《つ》いてしまった。もうベアトスの字を見ることはないだろうと思っていた矢先に、また目にすることになろうとは、と。

＊＊＊＊

路地の建物陰に隠れて、フワフワとした金髪の令嬢が賑わうアイス屋を遠目に眺めている。

その令嬢――キャンベリナ・デスモンドは、いつもよりいくらか控えめな装いをして、身をひそめていた。

傍《かたわ》らには付き人一人と、庶民の格好をさせた二人の従者。キャンベリナは従者たちに命令する。

「あのアイス屋の商品をすべて覚えてきてちょうだい。デスモンド家で同じものを作れるように」

「かしこまりました。レシピの再現には少しお時間をいただくことになるかと思いますが……」

「なるべく早くお願い。取るに足らない庶民娘のお菓子なんだから、再現なんて簡単でしょう？料理人が泣き言を言わないでよね」

ピシャリと言い放って、二人の従者――デスモンド家お抱えの料理人を店へと送り込んだ。

彼らの後ろ姿を見送りながら、キャンベリナは美貌を歪《ゆが》ませて笑う。

この前、銀行で白鷹とアルメが繋《つな》がっていたことを知った時には、地に叩《たた》き落《お》とされたような心地がした。あんなパッとしない黒ネズミのような女が、自分よりも良い男を連れているなんて、と。

あの二人の様子が脳裏に焼き付いて、悔しさと腹立たしさのあまり、しばらく不眠に悩まされたほどだ。

けれど、気分は悪いが……あの程度の女でも、雲の上の人であるはずの白鷹と遊べる、と知れたことは良いことでもあると気が付いた。すなわち、自分にもチャンスがあるということを知れたのだから。

アルメよりも自分のほうが、容姿にも身分にも恵まれていて、殿方好みの魅力を備えている。接触することさえできれば、彼はあっという間にこちらへ転げ落ちてくるに違いない。

（黒ネズミが身分不相応な関係を持っているなら、あたしだって良いに決まっているわ……！）

白鷹ほどの男なら、美貌の娘とこそ恋に落ちるべきだ。遊びとはいえ、あんな冴《さ》えない女を侍《はべ》らせていたら、彼の名誉にも傷がつくというもの。

白鷹のためにも、そしてもちろん自分のためにも、ファルケルト・ラルトーゼとキャンベリナ・デスモンドは二人で恋に落ちるべきである。

そう思い至って、心の調子を取り戻したのがここ数日のこと。今後の計画を練って、動き始めたのが三日前のことだ。

婚約者のフリオは何か言いたげな顔をしていたけれど、もうそんなことはどうでもいい。

(あたしの恋の本番はここからよ……！　だってフリオなんかより、白鷹様がお相手のほうが断然見栄えがいいもの。まさに、あたしが望んでいた理想の恋だわ！)

フリオとの恋は所詮、前座だったのだ。これからの本番の恋を盛り上げるための、演出の一部に過ぎなかったのだろう。だってもう、フリオにはこれっぽっちも魅力を感じないし……。

本当の王子様を間近に見てしまったら、もう他の男なんて取るに足らない脇役である。脇役との地味な恋などは望んでいない。自分が求めているのは、王子様との華やかで煌《きら》びやかな恋なのだ。

(……あの時はまさか白鷹様だなんて思わずに、ちょっと失敗しちゃったけれど……。もっと彼に近づいて、関係さえ持てれば挽回《ばんかい》できるはず)

この持って生まれた可憐《かれん》な容姿を最大限利用して、白鷹を魅了してみせる。そう心に決めた。

問題は、どうやって接触の機会を得るか。その方法を考えていた時、世間の噂話が耳に届いた。

『白鷹はアルメ・ティティーのアイス屋をひいきにしているらしい』という噂。

アルメと白鷹がどうやって知り合ったのか不思議で仕方なかったが、この噂話で納得した。アルメはアイスで白鷹を釣り上げたのだろう。この街では珍しい氷菓子なので、白鷹が面白がって目を付けたとか、そんなところだと思う。

それなら、そのアイスをこちらのものにしてしまえばいい。

庶民娘の手作りお菓子などたかが知れている。ちゃんとした料理人を使えば、より品質の高い美味しいお菓子を作れるはず。

その辺の娘のお菓子とデスモンド家の料理人のお菓子。舌の肥えた貴人がどちらを選ぶかなんて、もうわかりきっている。

加えて、地味な黒ネズミの売り子に対して、こちらは美貌の貴族令嬢だ。

「アイス屋さん、あたしが継いであげるわ。お店も商品も白鷹様も、まるっと全部もらってあげるから、待っててね、黒ネズミさん」

クスリと微笑《ほほえ》んで、キャンベリナは通りに停《と》めてある馬車へと向かう。

頭の中にはもう、白鷹とのドラマチックな恋の空想が広がっている。――そんな楽しい想像の邪魔になるものは、さっさと片付けておきたいところ。

歩きながら、独り言のようにポツリとこぼす。

「……婚約していたら、白鷹様との恋路に支障が出るかしら。脇役の役目は終わったし、破棄しちゃってもいいわね。お父様に相談してみようかなぁ」

口に出してみて、ふむ、と頷《うなず》いた。デスモンド家としても、ベアトス家なんかより、白鷹のような貴人と縁を結べたほうが良いに決まっている。

我ながら親孝行なことだ。近々父に相談してみようと思う。

『白鷹様と縁ができたから』と言い添えておけば、きっと背中を押してもらえることだろう。

2　お祭り後の新たな日々

数日の営業日を経て、今日はアイス屋はお休み。アルメは仕事とは別の用事で、朝から街に出ていた。

本日一つ目の用事の場所に到着して、重い息を吐く。今いる場所はベアトス家の玄関前だ。

フリオの叔父――ダネル・ベアトスから届いた手紙には、謝罪の言葉が綴《つづ》られていたのだった。

フリオの浮気から、銀行での騒動に至るまで、諸々《もろもろ》の揉《も》め事《ごと》についてのお詫《わ》びが書かれていた。

手紙の中では、アルメの自宅にうかがって謝罪を、という話だったのだが、ちょうど近くまで出掛ける予定があったので、こちらから訪ねることにしたのだった。

玄関のベルをカランカランと鳴らして呼ぶと、待ち構えていたかのように、即座に扉が開かれた。

「こんにちは、アルメ・ティティーです。ダネル・ベアトスさんに用事が――」

「……どうぞこちらへ」

出迎えたのはベアトス夫人だった。なんとなく身構えてしまったけれど……そんなアルメをよそに、夫人はうつむいたまま深く頭を下げる。そのまま視線を避けるようにして、そそくさと家の中へと案内してくれた。

以前のように小言が飛んでこないことに肩透かしを食らいつつ、彼女について応接間へと向かう。

部屋の中に入ると、夫人は神妙な面持ちでもう一度頭を下げて退室した。

応接間にはソファーが二つとテーブルが一つ。その脇にダネルとフリオが並んで立っている。

アルメが挨拶をする前にダネルが深く頭を下げた。

「アルメさん、この度は大変申し訳ございませんでした。こちらから謝罪にうかがうべきところを、ご足労をおかけしてしまって……」

「いえ、ちょうど出かける用事がありましたから」

ダネルに続くようにして、フリオも一緒に頭を下げる。

「その……申し訳ございませんでした……」

フリオはボソボソと謝罪の言葉を述べた。何に対して謝っているのか曖昧《あいまい》で、複雑な気持ちだけれど、突っ込むのも疲れるので流しておく。

ダネルは渋い顔をしたまま、アルメをソファーへと招く。

「どうぞ、おかけください。手紙でもお伝えしましたが、あなたにお話ししたいことがあります」

アルメとダネルが着席した後、フリオもうつむいたまま、しおらしく腰を掛ける。

ダネルは姿勢を正すと、改めて謝罪を口にした。

「本当に、この度はフリオが大変な失礼をいたしました」

「ええと、ダネルさんが謝ることでは」

「いえ、私に責任があります……」

ダネルの話によると、あの婚約破棄劇があった後、ベアトス家側から正式に慰謝料と謝罪の文書が出されるはずであったそう。

彼は仕事の都合のため、直後に王都へ発《た》ってしまったらしいけれど……その際、対応を任せたベアトス夫人が、不仲なダネルの言いつけを守らずに、諸々の処理を止めていたらしい。

そんな、しょうもない顚末《てんまつ》を語った後、ダネルはアルメに書類を差し出す。

「大変遅くなりましたが、こちらが慰謝料に関わる書類になります。婚約破棄の件に加えて、諸々ご迷惑をおかけした分も合わせてお納めください」

「生活の足しにさせていただきたく、頂戴いたします。……って、四百万G《ゴールド》!?」

書面に記載された額を見て、思わず声を上げてしまった。百万程度を想定していたのだが、思っていたより額が大きい。

「あの、失礼ですが数字を間違えていませんか……?」

「そのくらいのことをしでかしたのです、この馬鹿者は。どうか、そのままお受け取りください。でないと、あなたのお祖母様《ばあ》にも顔向けできません」

ダネルは縁談を取り持った者として責任を感じているらしい。フリオの浮気による破談を心底残念に感じているようだ。

「……そう、ですか。では、頂戴いたします。何かあった時の支えにさせていただきます」

額に怯《ひる》んでしまったけれど、独り身且つ店を持つ身として、まとまった額のお金をもらえることはありがたい。このまま受け取らせてもらおう。

「慰謝料の額にご了承いただけましたら、後日改めて合意書を作成してお送りしますので、証明郵便でこちらへ戻していただければと思います。その後すみやかに、銀行を通してお振り込みします」

「よろしくお願いいたします」

証明郵便というのは、郵便機関が文書の内容を記録し、証明する仕組みである。

庶民の大半は生涯利用する機会もなく終わる仕組みだけれど、こういう場面で使われるものらしい。……ここ最近、社会勉強の機会が多い。

「それからアルメさん、これはもし、あなたがよければという話なのですが――」

ダネルは再び姿勢を正して、少しだけ表情をゆるめた。

「あなたの新しい縁談の世話人を、私に務めさせてはいただけませんか？」

「新しい縁談、ですか？　私の？」

突然の申し出にポカンとしてしまった。この場で縁談の話が出るなど考えてもいなかった。

ダネルはすまなそうな顔をして話を続ける。

「あなたのお祖母《ばあ》様にフリオを紹介しておいて、この結果でしたから……次こそは、と。このままアルメさんが独り身では、天のお祖母《ばあ》様も心配されることでしょうし。……まぁ、フリオの件の後ですから、もう私を信用できないかもしれませんが……」

話を聞いて、アルメはふむ、と考え込む。

ここ最近の自分を振り返ってみると、たしかに、空の上から見守っているであろう祖母はハラハラしていたかもしれない。

祖母の安心のためにも、そして自分のためにも、将来的には誰かと寄り添いながら生活を送るのが良いのだろうと思う。

そのためには夫となる人を選ぶ必要があるのだけれど……残念ながらアルメには、殿方を選定する力などない。色恋の経験もとぼしいし、年頃の男性の知り合いもほとんどいない。

積極的に街に繰り出してガツガツと相手を探す、というのも向いていない。……ナンパをする勇気など持ち合わせていないので。

顔の広いダネルに縁結びの助けを借りられるなら、お願いしておくに越したことはないだろう。

そう思い至り、彼へと頭を下げておいた。

「今すぐにとは考えていませんが、将来的にお願いする時がくるかと思うので、その時にはお世話になってもいいでしょうか」

「もちろんです、いつでもお声がけください。今度こそ、必ずや良縁をあなたに。――今の内からお相手を探しておきますから、良い話があったらご連絡さしあげますね」

「気にかけていただいて、ありがとうございます。よろしくお願いします」

ダネルは頷《うなず》き、ようやくこわばらせていた肩の力を抜いたように見えた。

どうやら、必要な話はすべて済んだみたいだ。雰囲気を読みつつ、アルメは帰り支度《じたく》を始める。

長居するつもりはないので、さっと支度を整えてソファーから腰を浮かせた。

けれど、そのタイミングでフリオが話しかけてきた。今までうつむいて黙り込んでいたというのに、今頃なんだというのだ。

「あの、アルメ。この後、少し二人で話でもどうだろう……？　ちょっと、君に話したいことがあるというか……」

「すみませんが、この後予定があるので」

スッパリと断って、アルメは会話を断つように立ち上がった。

「それでは、私は失礼いたします」

「お時間をいただき、すみませんでした。外までお送りします」

「……ダネル叔父さん、アルメは僕が送ります」

げっ……そういう気遣いはいらない、という言葉が喉元まで出かかった。

断ろうと思ったが……その前に、フリオが席を立って歩き出してしまった。仕方ないので後を追い、応接間の扉へと進む。最後にもう一度ダネルへと挨拶をして、アルメはフリオと共に部屋から出た。

フリオと並んでベアトス家の廊下を歩いていく。

以前は早足のフリオの後ろを小走りで追うように歩いていたけれど……今、彼は隣でゆっくりと歩いている。この人はこういう歩き方もできたのか……できたのならば、今までの大股の早歩きは一体何だったのか。しょうもない意地悪だったのだろうかと考えると、あきれるばかりだ。

フリオは歩きながら、チラチラとこちらを見てくる。何か話しかけようとして考えている時の彼の癖だ。その後に飛んでくるものは、大体いつも小言だった。

玄関にたどり着いて扉を開けた時、彼はようやく言葉を発した。――が、出てきた言葉は小言ではなかった。

「……また今度……会いに行くよ」

「客としてアイス屋に来るのでしたら、店員として対応します。それではさようなら、ベアトスさん。キャンベリナさんとお幸せに」

早口で言い切って、アルメはペコリと頭を下げてさっさと歩き出す。去り際にチラリと見えたフリオの表情は、苦く元気のないものだった。

ベアトス家の門を出て、アルメは次の目的地へと歩き出した。

本日二つ目の用事は、お礼の挨拶である。

強盗に襲われたあの夜、怪我《けが》の手当てをしてくれた夫人と、警吏を呼びに走ってくれた旦那さんに改めてお礼をしに行く。

祭りの後は警吏とのやり取りやら店の混雑やらで、忙しくてすっかり遅くなってしまった。

手土産《てみやげ》も一応それなりのものを用意できたので、今日ようやくの訪問だ。

(『カフェ・ヘストン』……このあたりのはずだけど――あ、あのお店かしら!)

夫婦は二人でコーヒーショップを営んでいるらしい。

場所を聞いた時には、店主の旦那さんが『なんてことない小さなお店だから』と謙遜《けんそん》していたけれど、大通りに面した一等地の店だ。路地奥に店があるアルメから見たら、憧れの大先輩くらいの格である。

見つけた店の前まで歩いて、外観をまじまじと眺める。深緑色の石壁に、草花の鉢が上品に飾り付けられている。通りに面してウッドデッキのテラスもあって、ゆったりとくつろぎながらコーヒーを楽しめそうなお店だ。

素敵なお店だなぁ、と思いながら玄関扉を開くと、扉の鐘がコロンコロンと音色を奏でた。

店内は木のぬくもりを感じる、落ち着いた内装で整えられている。実に心安らぐ、静かな空間だ――けれど、少し静かすぎる気もする。

もうすぐ昼時――そこそこ人の入る時間だと思うのだけれど、広い店内にお客は二人ほどだ。客入りを不思議に思いつつも、詮索するのは失礼だろうと思い直し、ひとまず考えを振り払うことにした。

(今日は市場調査じゃなくて、お礼をしにきたのだから)

アルメはカウンターへと歩を進めて、接客に立っている夫人へと声をかけた。

「あの、こんにちは。お祭りの日の夜にお世話になりました、アルメ・ティティーと申します。遅くなってしまいましたが、お礼をしたく参りました」

「あらあら、あの時のお嬢さん！　遊びに来てくれて嬉《うれ》しいわ。どうぞ、おかけになって」

「ありがとうございます、失礼します」

アルメは夫人の前のカウンター席に座った。

夫人は肩の上で切りそろえられたグレーの髪を揺らして、優しげに微笑《ほほえ》む。パールの耳飾りが上品で可愛《かわい》らしい。

彼女が奥に声をかけると、旦那さんがカウンターまで出てきた。同じくグレーの髪をした、穏やかそうな男性だ。夫婦共に五十代くらいの年齢だろうか。

旦那さんはアルメを見るとニッコリと笑った。

「おぉ、来てくれたんだね。あの後は大丈夫だったかい？」

「はい、神殿で怪我も治していただいて、強盗犯も無事に捕まりました。本当にありがとうございました」

「そりゃあ良かった。安心したよ」

「もっと早くに来るべきだったのですが、お礼が遅くなってしまってすみません。こちら、お口に合うと良いのですが」

鞄《かばん》からお礼の品を取り出して、カウンター越しに夫婦へと手渡す。

用意したものは紅茶とチョコのセットだ。物にもよるが、チョコはこの世界ではそれなりに格の高いお菓子なので、喜んでもらえると良いのだけれど。

もちろん、保冷の氷魔石もセットで付けてある。心を込めた手製のものだ。

中身を覗《のぞ》いて、夫人が顔をほころばせた。

「こんなに良いものをいただいてしまって……！　私チョコ大好きなの！　ありがとうね」

「大したことはしていないのに、すまないね。ありがとう。代わりにコーヒーをご馳走《ちそう》するよ」

「あ、お代はお支払いします！　お客としていただきたく思います。おすすめはありますか？」

「甘いものがお好きでしたら、キャラメルコーヒーがおすすめよ」

「それじゃあ、そちらをお願いします」

注文の品を決めると、旦那さんが慣れた手さばきでコーヒーを淹《い》れ始めた。

待つ間に夫人とのお喋《しゃべ》りを楽しむ。

「そういえば、自己紹介もまだでしたね。私はアリッサ・ヘストン。あの人はウィルです。アルメさんはアイス屋さんをしていらっしゃるのでしょう？　飲食店のお仲間として、これからよろしくね」

「こちらこそ、よろしくお願いします」

「実は前にウィルと二人で、アイス屋さんにお邪魔したことがあったのよ。お若いのに一人でやってすごいわね、って感心していたところだったの」

「え！　そうだったんですか！　すみません、私ったらぼんやりとしていて」

おっとりとした夫人――アリッサの言葉に、驚きの声を上げてしまった。まさかお客さんだったとは。

旦那さんのウィルがコーヒーを持って戻ってきた。彼も会話に加わる。

「アルメさんとこのお店、前はジュース屋だったろう？　またお店が始まったって仲間内の噂《うわさ》で聞いたから、覗きに行ったんだ。市場調査、なんて大層なものではないけど、気になってね」

「面白いデザートのお店になっていたから、二人でいただいたの。コーヒーアイス、とても美味《おい》しかったわ。あぁいうものをうちでも作れたらいいのにね、って言ったら、この人悔しがっちゃって」

「こらこら、言うなって。恥ずかしいなぁ」

アリッサがウィルの脇腹を肘でちょいと小突いた。お店仲間にメニューを悔しがられるというのは、なんだか少し嬉しさと誇らしさを感じる。お客に褒《ほ》められるのとは、またちょっと違う感覚だ。

「はい、どうぞ。キャラメルコーヒー」

「ありがとうございます、いただきます」

出されたキャラメルコーヒーに口をつけて、甘さとほろ苦さを堪能する。やはり自宅で適当に淹れたものとは、まったく違う味わいだ。

ウィルはコーヒーアイスを悔しがったみたいだが、アルメも今少し、その感覚がわかった気がする。この美味しいキャラメルコーヒーをそのままアイスにできたらいいのに、なんてことを考えてしまった。

「キャラメルコーヒー、とても美味しいです！　どうやって淹れているのか聞いてしまいたいくらい」

「ふっふっふ、それは秘密さ。うちの店だけの自慢の味だからね。……まぁ、お客さんに飲まれなきゃ、自慢も何もないけれど」

そう言いながら、ウィルはやれやれと苦笑した。アリッサは店内に目を向けながら、苦笑の理由を語る。

「見てちょうだい、この店内。恥ずかしいけれど、すっかり寂しいお店になっちゃって……一応、通り沿いの店なのにね。アルメさんのお店のほうがお客さん入ってるでしょう？」

「ええと、そんなことは……」

「謙遜することはないよ。アイス屋さん、今話題になってるだろう？　白鷹様《しらたか》が来るとかなんとか。うちにも何か、そういう良い話でもあったらいいのになぁ」

腕を組み、ウィルは渋い顔でう〜んと考え込んでしまった。白鷹の噂は、業界内でもばっちり認識されているようだ。

噂について追及されると困ってしまうので、話題をそらすべく、アルメは別の方向へと話を進めた。

「お客の入りが変わったのには、何か理由があるのですか？　メニューを変えたとか？　あ、その……失礼な質問でしたら、すみません」

「いや、うちは特に何もしていないよ。変わったのはご近所のお店さ。ちょうど通りの向かい側に、別のコーヒーショップができてしまってね」

「大きなお店だし、新店だからって、お客さんみんなそっちに流れちゃって。あっという間に取られちゃったわ」

「なるほど……」

三人で窓の外を見ながら、渋い声をもらした。

通りの向かい側の大きな店には、ひと際目立つ花の飾りが置かれている。新店オープンの祝い飾りだ。

「まぁ、そのうち落ち着いたら、お客さんは少しずつ戻ってくるとは思うけど……って悠長なことを言ってるうちに潰れてしまったら、ざまぁないが」

「うちにもアルメさんのお店みたいに、素敵な噂がつくといいのだけれど。ミゼラ様が通い詰めている、とか、セルジオ様のお気に入り、だとか」

ミゼラ様とセルジオ様はルオーリオ軍の隊長だ。前に見送りの行進でエーナに教えてもらった。男前でファンの多い軍人さんである。――と、軍の話から連想されて、ふと、ファルクの姿が頭をよぎった。白鷹が来たならば、店も盛り上がるだろうか。

(……って、むやみに人を使うのはよくないわね)

思い直して首を振る。彼の本業はあくまで神官だ。広告塔の芸能人ではないのだから。

でも、広告塔としてファルクを紹介することはできないけれど、少しだけ恩恵にあずかることはできるのでは――。

アルメは思いついた案を、二人に話してみることにした。

「有名人のご紹介はできませんが、うちのお店とコラボ――提携してお客さんを流す、ということはできるかもしれません」

「提携、というと？　うちでアイスを売るってことかい？　う～ん……うちは一応、コーヒー屋だからなぁ」

「アイスとコーヒーを合体させて、コーヒーフロートを出す、というのはどうでしょう？」

「コーヒーフロート？」

「って、何かしら？」

思いついた商品名を出したら、ウィルとアリッサが目の色を変えた。キラリとした好奇心を宿して見つめてきた。

アルメは飲みかけのキャラメルコーヒーを指して説明する。

「コーヒーにミルクアイスを浮かべた飲み物です。うちのアイス屋では、従業員の間で紅茶にアイスを入れるのがブームになっていまして。コーヒーにも合うので、それを商品にして客寄せにできないかなぁと」

「ミルクアイスっていうのは、あの白鷹ちゃんアイスのことよね？　前にお店で、コーヒーアイスと一緒にいただいたわ。甘くてとっても美味しかった」

「たしかに、あのアイスはコーヒーに合いそうだ。アイスが甘いから、コーヒーは甘みを抑えて香ばしい苦みのほうを強めに出して……酸味はないほうがいいかな」

ウィルはカウンター裏にズラリと並んだ、コーヒー豆の缶をあれこれ見まわしながら、なにやらブツブツと呟《つぶや》き始めた。

その様子を横目に見ながら、アリッサはアルメに向きあって言う。

「まぁ、ウィルったら、もう乗り気になっちゃって。アルメさんのお店と提携させてもらえるとしたら、そのコーヒーフロートというものは、どういう形でお客さんに出したらいいのかしら？」

「私がミルクアイスを納品する形だとどうでしょう。冷凍庫さえあればアイスは保存がきくので、定期的に補充する感じで——あ、冷凍庫はありますか？」

「ええ、氷を作る用の小さいものだけれど。大きさが合わなかったら、借りる当てもあるから大丈夫よ。それじゃあ、うちがアルメさんのお店からアイスを仕入れて、店内でコーヒーフロートを作って出す、という流れね。ふふっ、上手《うま》くいったら『カフェ・ヘストン』の久しぶりの新メニューになるわ！」

豆をあさっていたウィルが戻ってきて、キラキラとした目を向けた。

「ミルクアイスに合うブレンドを考えたいから、一度試作会をお願いしてもいいだろうか？」

「はい、もちろんです！」

「提携のお話はその時に詰めましょう」

「いやはや、楽しみだ。噂のアイス屋の白鷹ちゃんアイスとコラボ！　きっと話題になるぞ！　お客さん、戻ってきてくれるといいなぁ」

ウィルとアリッサの表情は、期待に満ちたウキウキとしたものへと変わっていた。新しい企画を動かし始めた時、仕掛け人たちはみんなこういう顔をする。

共に戦う仲間を得たような心地がして、アルメの胸にもやる気が満ちてきた。是非とも、上手く企画を進めたいところだ。コーヒーフロートが世に出るのが待ち遠しい。

『仲間』という単語を思い浮かべたところで、ふと思い出した。先日仲間外れにされて拗《す》ねていた男の顔を。

「あの、よければ試作会に一人、友人を連れてきてもいいでしょうか？　従業員ではないのですが、信頼できる人なので試食要員として」

「あぁ、構わないよ」

「噂の白鷹様を連れてきちゃってもいいわよ。なんてね」

アリッサは冗談を言って悪戯《いたずら》な顔で笑った。

まさにその白鷹を連れてくるつもりだったのだけれど……アルメは曖昧な返事をして、目をそらしてやり過ごした。


コラボメニューの提案をした後はコーヒーを飲み終えるまで、ヘストン夫婦と他愛《たわい》もない話を楽しんだ。試作会はこの後、手紙をやり取りして良い日にちを決める。早急にファルクの予定を聞いておかなければ。

そうして店を出た後は、市場で買い出しをしたりして――……帰宅した頃には、すっかり夕方になっていた。

最近何かとバタバタしていたので、今日この後は家事だけ片付けて、ゆっくり過ごそうと思う。

二階自宅のキッチンにて。アルメは買ってきた野菜を切り分けて、ざっと鍋に放り込んだ。続けて刻んだベーコンも投入する。今日の夜ご飯は、野菜とベーコンのスープと、ナッツ入りのもちもちとした平たいパン。そしてトマトと豆のサラダだ。

ご飯はしっかり食べなさい、との祖母の言葉を守って、アルメは日々、それなりにきちんと自炊している。

鍋で野菜をグツグツと煮込みながら、ぼんやりと今日一日のことに思いを馳《は》せる。

(コーヒーフロートの試作会、楽しみだなぁ。ミントの葉とサクランボも持っていこうかしら。フロートといえば、やっぱり飾りはサクランボよね)

前世のカフェで食べたフロートを思い出して、あれこれ出来上がりを想像してみる。

カフェ・ヘストンで思いがけず楽しみな予定ができて、アルメの手帳はまた少し賑《にぎ》わうこととなった。

婚約破棄をくらった日に、破り捨てて空白となった未来が少しずつ色づいていく。——とはいえ、埋まっているのは直近の予定ばかりだ。さらに遠くの未来は、未《いま》だ空白のままである。

結婚をして、子供を産み育てて——……なんて将来の予定は、まだ真っ白だ。いつかこの空白部分にも、無事に予定が綴られることになるのだろうか——。

鍋をグルグルとかき混ぜながら、そんなことを考え込んでしまった。

（……縁談かぁ。ダネルさん、どういう方を紹介してくれるんだろう。次はちゃんと、お相手と仲良くなれるかしら……）

はぁ、と深く息を吐く。将来の空白を埋めるためには、まずは相手探しから始めなければならない。また一から関係を築いていく道のりを思うと、どうしても気が重い。

けれど、このまま長く独り身でいることにも不安がある。

「生活が安定してきたら、婚活を始めないとね。……そのためにも、補充士のお仕事を頑張ろう」

この前ファルクから話があった、神殿での氷魔法の補充士の仕事は即採用となった。彼の言葉通り、氷魔法士は何かと需要があるらしい。

これからは副業として定額の収入を得られることになるので、日によってばらつく店の売上に、ハラハラせずに暮らしていけることになる。

来週の頭に、神殿で詳しい説明を受けることになっているので、補充士デビューはそこからだ。

補充士の仕事と共に、婚活もぼちぼちスタートすることにしよう。

心の中で予定を決めて、さて、と気持ちを切り替えて、鍋の中に目を向ける。

野菜をスープレードルでつついて、やわらかさを確認した。人参《にんじん》やジャガイモにも、しっかり火が通ったみたいだ。

火魔石コンロの火を止めて、スープを食器によそう。そういえば、フリオに手料理を振る舞うことはついぞなかったなぁ、なんてことを思って苦笑する。

縁結びが上手くいったら……いつか自分にも、お相手に手料理を振る舞う生活が来るのだろうか。

「そういう未来が来るのなら、旦那さんはご飯を美味しく食べてくれる人がいいわねぇ。なんてね……」

つい乙女なことを考えてしまったけれど、過度な期待はしないでおこう。期待すればするほど、上手くいかなかった時にダメージをくらう、ということを知ったばかりなので……。

アルメは遠い目をして、思考を現実に切り替えた。

と、その時。ふいに視界の端に何かがカサリと走った。コンロ近くの壁――アルメのすぐ右側の壁を、黒い虫が駆け抜けていく。この黒光りする虫は――……。

「ぎゃあっ!!　出たっ!!」

アルメのすぐ隣、顔の横あたりの壁を走っていたのは黒虫だった。しかも親指サイズの特大黒虫だ。

近さと大きさにギョッとしてしまって、思わず飛びのいてしまった。――と同時に、左手に持っていたスープカップを傾けて、盛大にこぼした。

「あっつ……っ!!　あっつつつっ!!　わわわわっ黒虫が鍋にっ！　ダメダメダメやめて来ないで――っ!!」

一人で悲鳴を上げて大騒ぎしながら、慌てて鍋のふたをしめた。黒虫はその上あたりの壁をダッシュで通過していく。

アルメは勢いのまま、半ば放り出すようにスープを調理台に置き、蛇口をひねった。

熱いスープを豪快に浴びた左手を水にさらして、ヒィヒィ悲鳴を上げる。この痛みと皮膚の赤み……ガッツリと火傷《やけど》をくらったようだ。

手を水で冷やしながら、周囲を見回して黒虫の姿を探す。けれど黒虫はもう、どこかへ走り去っていた。今晩はハラハラしながら眠ることになりそうだ。どうか、寝室で遭遇しませんように……。

冷えてきた手を一度水から上げて、状態を確認しながら悩む。

「火傷って、冷やしたほうがいいのよね？　氷魔法でもいいのかな……？」

自分の体だし、まぁいいかと試してみた。

左手の火傷に手を添えて、魔法の冷気を流す。冷やすとヒリヒリとした痛みがやわらいだ。今日は寝るまで、このまま氷魔法を使っておこう……。

そうして翌朝、逆にしもやけを起こして、火傷と相まって酷《ひど》いことになるのだけれど。この時のアルメはまだ、怪我よりも消えた黒虫の行方のほうを、気にかけてしまっていたのだった。

3 魔法補充士の契約

週が明けて、アルメは朝から馬車に揺られていた。中央神殿直通の乗合大馬車だ。

今日は神殿で、氷魔法補充士としての契約を正式に結んで、諸々《もろもろ》の説明を受ける予定である。そしてついでに火傷《やけど》の治療も受けてこようと考えている。

近づいてきた神殿を眺めながら、アルメは左手をわきわきと動かした。手の甲から手首にかけてガーゼを当てて、包帯を巻いている。この左手は今、痛くて仕方ないのに、痒《かゆ》みにまで襲われている……非常に辛《つら》い状態だ。

どうやら氷魔法を当てすぎたらしい。火傷の水ぶくれに加えて、指先から手首までしもやけを起こして、悪化させてしまった。

一応、安価な街医者にはかかったけれど、治療には時間がかかるとのこと。

この手ではアイスに触れないけれど、ちょうどエーナとジェイラが手伝いに入る日が続いたので、この数日はアイスを彼女たちに任せて、アルメは店の雑務や事務仕事をこなしていた。

少し間が空いてしまったが、今日神殿で治癒魔法を受けたら、晴れて通常業務に復帰だ。

ほどなくして、大馬車は神殿の馬車乗り場へと進んでいき、停車した。

他の乗客たちに続いて降り、正面玄関へと歩きながら、そびえ立つ城のような神殿を仰ぎ見る。

白い石壁が日の光を浴びて輝いている。壁に描かれた紋様は、空のような青色で美しい。

並び立った装飾柱の間を通って、玄関を通り抜けた。待合ホールを直進して、受付カウンターへと進む。

神殿に来るのは祭りの日以来だ。あの夜はとんでもなく混雑していたけれど、今日は待合ホールも落ち着いている。といっても、それなりに人は多いけれど。

アルメは様子をうかがいつつ、手が空いていそうな事務の女性に声をかけた。

「お仕事中にすみません、氷魔法補充士の契約に参りました、アルメ・ティティーと申します」

「こんにちは。ティティーさん、ですね？　お待ちしておりました。担当の者を呼びますので、少々お待ちください」

事務の女性は挨拶を交わすと、さっと立ち上がって奥へと歩いていった。カウンター奥の部屋に向かって何やら声をかけている。

「白鷹《しらたか》様案件の方、来られましたよー」

(白鷹様案件……!?)

なんだか妙な単語が聞こえた気がしたけれど、聞かなかったことにしよう……。

すぐに担当者が出てきて、アルメに歩み寄ってきた。四十代くらいのほがらかなおばさまだ。

「こんにちはティティーさん、お待ちしておりましたよ。どうぞこちらへ」

「よろしくお願いします。失礼します」

案内を受けてカウンターの内側に入り、奥の部屋へと歩を進めた。

大きな神殿に見合った、広い事務室だ。神殿の職員たちが慌ただしく働いている。

その端っこ、机と椅子が置いてあるだけの、仕切りのない簡易的な応接スペースに通された。

「騒がしい場所ですみませんが、おかけください。早速ですが、こちらが契約書になります」

担当の女性と二人で向かい合って座ると、契約書を差し出されて説明が始まった。

「詳細は事前にお送りしていた書類にありますので、ここでは大まかな確認だけにいたしますね。まずはお仕事内容ですが、空魔石《から》への氷魔法の補充になります。空魔石は神殿側での用意となりますから、ティティーさんにご用意いただくものは特にございません」

担当女性はペラペラと説明しながら、手元の書類にチェックマークを付けていく。

「週に一度、魔法を込めた魔石を納品いただく形になりますが、神殿での作業ではなく、ご自宅での作業をご希望ということでよろしいでしょうか？」

「はい、その場で一気に魔法を込める――という魔力の使い方にはちょっと不安があるので、できれば自宅で、日を分けてこつこつと補充をできればと」

神殿内の作業場にて、短時間集中で一気に魔法を補充する、という方法だと、魔法疲れを起こしそうなので、在宅で毎日少しずつという方法を選ばせてもらった。

「かしこまりました。家事や他にお仕事をされている方はみなさんそうされているので、お気になさらずに。そうしましたら、週一で空魔石をご自宅にお届けして、魔法を込めたものを送り返してもらう、というお仕事の流れになります。配達と集荷にあたって、盗難防止のために精霊と契約を交わすことになりますが、ご了承いただけますか？」

「精霊と？　経験がないのですが……契約には何か必要ですか？」

精霊との契約と聞いて、なんだかドキドキしてしまった。怯《ひる》むアルメを安心させるように、担当女性はおおらかに笑った。

「指先から少しだけ血を出して、精霊に与えるだけです。特に何か大きな対価が必要になったりはしませんから、どうぞお気を楽にしてください」

「よ、よかった……何かこう、寿命とか臓器とかを取られるのかと……」

「ふふふっ、神や悪魔との契約じゃありませんから」

担当女性は笑っていたけれど、アルメは顔を引きつらせてしまった。逆に言うと、神や悪魔と魔法の契約を結んだら、そういう大きな対価もあり得るということか……。

ちなみにこの世界では、悪魔との契約は重罪である。精霊との契約にも、公的機関への申請が必要だ。

「それじゃあ、ご自宅でのお仕事ということでよろしいですね。次にお給金ですが、月に六万G《ゴールド》を定額として、追加でお仕事いただいた分は歩合制となります。こちらは魔石一つにつき三百Gのお支払いとなります」

「はい、承知いたしました」

「納品量の増減のご要望がありましたら、ご遠慮なくお申し出ください」

毎月六万Gの給金をもらえるのは大変心強い。庶民ができる在宅の仕事としては、かなり割の良い部類だ。

「では、説明は以上になります。ご了承いただけましたら、契約書にサインをお願いします」

ペンを走らせ、手元の契約書にサインを入れる。

契約書の保証人の欄には『ファルケルト・ラルトーゼ』の名前が、既に添えられていた。彼の容姿に違《たが》わぬ、美しい筆跡だ。

これほど心強い契約書があるだろうか、と、ホッと息をつきながらサインを入れた。

契約書を担当女性に渡して確認を受ける。

「たしかに、お預かりしました。それでは続けて、精霊『スプリガン』との契約をしますので、この場で少しお待ちください」

そう言い残すと、担当女性は部屋を出ていった。

一人残されたアルメは、ひたすらソワソワしながら待つ。精霊との契約……初めての経験だ。

しばらく待っていると、担当女性が戻ってきた。事務室の扉が開かれる。——と、彼女は脇にさっとよけて、とある人物を先に通した。

部屋に入ってきたのは、白と青の神官服をまとった男。——白鷹、ファルクだ。

そしてその隣にもう一人。こちらは白地に金色の刺繍《ししゅう》が入った、豪奢《ごうしゃ》な神官服を身にまとっている。グレーの髪を後ろで束ねて、髭《ひげ》をたくわえた老齢の神官。

明らかに身分の高い人だ。衣装の雰囲気からして、ファルクよりも位が高いことがうかがえる。

……いや、ファルク自体、とても身分の高い人なのだけれど。

オフのぽやぽやとしたイメージが強いので忘れそうになるが……こうして神官服をまとっていると、強制的に思い出される。

アルメは目をむいて、大慌てで立ち上がった。

貴人への正しい挨拶の仕方などわからないが、とりあえず身を低くして、深く頭を下げておく。

ファルクは高貴な雰囲気とは裏腹に、いつも通りに声をかけてきた。

「こんにちはアルメさん」

「ええと、ラルトーゼ様、こんにちは……」

「そうかしこまらず。いつも通りで構いませんよ」

つい他人行儀な挨拶をしてしまったら、ファルクは困ったように笑った。

彼は隣に並ぶ老神官を紹介する。

「こちらはルーグ・レイ様。俺の師であり、親代わりのようなお方です」

「初めまして、アイス屋のお嬢さん。一度お会いしたいと思っていたところだったから、ファルクについてきちゃった」

神々《こうごう》しい出《い》で立《た》ちとは正反対の、茶目《ちゃめ》っ気《け》あふれる笑顔で、ルーグはてへっと笑った。

冗談めかしてペロッと舌を出す老神官を前にして、カクリと体の力が抜けた。ファルクもルーグも、見た目と人柄の差が大きい。

アルメはルーグに向かって、改めて頭を下げて挨拶をした。

「初めまして、アルメ・ティティーと申します」

「ファルクからよく話を聞いているよ。これからも仲良くしてやっておくれ」

「こ、こちらこそ、よろしくお願いします」

どう返していいのかわからずに、ひたすらペコペコと頭を下げておく。事務室の職員たちがチラチラとこちらの様子をうかがっていて、ちょっと恥ずかしい……。

挨拶が済んだところで、担当女性が机に錠前と針のセットを置いた。鈍い銀色をした錠前には、紋様が浮かび上がっている。

「――では、精霊スプリガンとの契約をお願いします。指先に血を出して、この錠前に近づけてください。宿っている精霊が血を受け取ります」

担当女性が説明を終えると、ファルクが手を差し出してきた。

「俺が針を刺しますから、手をお貸しください。痛くないようにしますから、大丈夫ですよ」

「あ、はい。お願いします」

なるほど、そのために神官が呼ばれたらしい、と理解した。わざわざお偉い上位神官を呼ぶ必要があったのだろうか、と少々疑問は残るけれど。

アルメはファルクに右手を差し出す。――と同時に、そっと左手を隠した。しょうもない怪我《けが》を目に留められたら、突っ込まれそうなので。

怪我のほうは後でこっそり、庶民診療の神官に頼ることにする。雲の上の神官様たちに、あきれられるのは避けたい……。

ファルクはアルメの手を取って、指先にぷつっと針を刺した。同時に彼の魔法の光がキラリと輝く。痛みを取り除いてくれたようだ。

小さく血の玉が乗った指先を、そのまま錠前に近づける。すると、錠前から光の粒子が噴き出した。キラキラと輝く光の中に、一瞬、手のひらサイズの小人のような精霊の姿が見えた。小人はアルメの指先の血に手を伸ばして触れた。

精霊はなかなか迫力のある鬼に似た顔をしていて、こん棒を持っていた――ように思う。

一瞬で消えてしまったけれど、これが精霊スプリガンだそう。

光が消えるのを待って、担当女性は錠前を手に取り、アルメに向き合った。

「お疲れさまでした。これで契約は完了です。魔石の配達と集荷には専用の荷箱を用意しますので、こちらがその鍵となります。契約者以外がむりやり鍵をこじ開けたり、荷箱を壊したりすると、スプリガンが報復の攻撃を仕掛けますので、ご注意ください」

「報復!?」

物騒な言葉が出てきて目をまるくしてしまった。付け足すようにファルクがのほほんと言ってのける。

「スプリガンにこん棒で頭を殴られますから、部外者が悪戯《いたずら》で触らないようにお気を付けください」

「ち、血の気の多い精霊ですね……」

なんだか怖い精霊と契約してしまった……。荷箱の扱いには十分に気を付けようと思う。

アルメの指先の血を布で拭うと、ファルクはさっと治癒魔法をかけた。刺し傷はあっという間になくなってしまった。

「ありがとうございます、ファルクさん」

「まだお礼を言われるには早いです。その隠している左手を見せていただいた後に、もう一度お聞きしたく思います」

「うっ……」

契約の儀式が終わって気を抜きかけたところで、しっかりとツッコミが入ってしまった。

まずい、と思って目をそらしてみたけれど、もう遅かった。ファルクの猛禽《もうきん》のごとき金の目が、獲物を見据えるように鋭く細められている。

「……いや、あの……こっちは別に」

「お見せなさい」

「はい……」

有無を言わせない命を受けて、背中の後ろに隠していた左手をそろりと出した。即座に捉えられ、包帯を解かれる。

怪我を見て、ファルクは顔をしかめた。

「火傷のように見えますが、どうしたんですか、これは」

「料理中にちょっと焦ってしまって。……家に出たんです、黒いあいつが」

「まさかまた強盗が!?」

ファルクは目をむいて低い声を出す。顔も声音も一気に厳しいものに変わった。この容姿だと迫力があって恐ろしい。

アルメは慌てて言い添えておく。

「違います、黒虫です！　黒虫！」

「黒虫？」

キョトンとしたファルクに、ルーグが説明を加えた。

「クロイエムシのことじゃ。この街では黒虫と呼ばれている」

「料理中に出てきて、驚いてスープをひっくり返してしまったんです……」

「……たかが虫相手に、何を慌てているんです。まったく……こんな怪我をして！」

一瞬呆《ほう》けた顔をしていたファルクは、また厳しい表情に戻った。アルメが言い訳をする前に、次々とお叱りの言葉が放たれる。

「手先の火傷で済んだからよかったものの、もし体に浴びていたらどうするのです。料理中なら慌てた動作によって、服に火が移ることだってあるでしょうに」

「そうですね……返す言葉もありません……」

「それにこの肌の腫れは、火傷の症状だけには見えないのですが？」

「……冷やそうと思って、氷魔法を使いすぎたら、悪化して……」

「どうしてすぐに神殿に来ないのですか！　氷魔法より治癒魔法に頼りなさい！」

ギロリと睨《にら》まれて身をすくめた。鷹を前にしたネズミの気分だ……。

視線から逃げるように、しゅんとうつむいたところで、あの祭りの日の夜のことが頭をよぎった。

なんだか、また似たようなやり取りをしてしまっているなぁ、と……。

そんなことを思っていたら、ファルクがハッとした顔をした。彼は手を取ったまま腰を落として、顔を覗《のぞ》き込《こ》んできた。

突然目の高さを合わせられてギョッとしてしまった。男神のような顔が近づいて、思わず半歩後ずさる。

ファルクは打って変わってうろたえた様子で、アルメの目を覗き込んできた。

「いや、あのっ、違うんです！　責めているわけではなく、気を付けてほしいと思っただけでして……！　どうか泣かないでください！　ね？　怪我も治してさしあげますから！」

「ありがとうございます……ええと、私はまったく泣いていませんから、大丈夫です」

どちらかというと必死な形相をしたファルクのほうが、泣きそうな顔をしている。

隣でやり取りを見ていた担当女性はポカンとしていた。こちらをチラチラうかがっていた事務室の面々も、動作を止めて見物している。

神殿の王子様たる白鷹がアワアワしていたら、そうなるのもわかる。アルメはこの前、土下座姿まで拝んでしまったので、耐性ができているけれど……『神殿の白鷹様』の面しか知らない人が見

たら、一体何事だ、と驚くだろう。

ルーグは喉から、んっふっふと小さく声をもらしていた。笑いをこらえているようだ。彼は親代わりと紹介されていただけあって、素のファルクをよくわかっているみたいだ。

「んふふっ、白鷹お気に入りの止まり木か。羽を休めるというより、力一杯しがみついておるようじゃが」

なにやら頷《うなず》きながら、ルーグは独り言をこぼしていたが……アルメにはよく聞こえなかった。

ほどなくして、気を取り直したように姿勢を整えると、ファルクはアルメの左手に大きな手をかざして治癒魔法を使った。

チカッと一瞬光った後、怪我はあっという間に癒えていた。腫れも痒みも痛みも、すっかり治まった。

「ありがとうございます、すみません……諸々、次から気を付けます」

「そうしてください。あと怪我をしたらすぐに神殿に来るようにしてくださいね。もしくは俺を呼びつけても構いません」

「さすがにそんなことはしませんよ」

上位神官を使用人みたいに使うことは、さすがにできない。そう思って言葉を返したら、ファルクは拗《す》ねたような、複雑な顔をしていた。

治療が済んだ後、アルメは担当女性と挨拶を交わして、ファルクとルーグと共に事務室を出た。

受付カウンターの脇で、二人と別れの挨拶を交わす。

「レイ様、お目にかかることができて光栄でございました。ありがとうございました」

「是非とも、ルーグと呼んでおくれ。ワシもお喋《しゃべ》りができて楽しかったよ」

「ファルクさんも契約のお手伝いと、怪我の治療をありがとうございました。お時間を取ってしまってすみません」

「いえいえ、お気になさらずに。――そうだ、アルメさん。一応仕事の保証人は俺ということになっていますが、俺に万が一があった時には、ルーグ様に保証人を引き継いでいただくので、そのあたりはご心配なく」

「え？」

顔を上げると、ルーグが穏やかに微笑《ほほえ》んでいた。

「ファルクは従軍神官の身ゆえ、何があるかわからんからな」

「もし俺が戦地から帰らなかった時には、遠慮なく、ルーグ様を頼っていただいて――」

「そんな……嫌です！」

なんてことないように喋る二人に対して、咄嗟《とっさ》に大きな声が出てしまった。ハッとして言い添える。

「あ、いえ！　ルーグ様に気にかけていただけるのは、ものすごくありがたい――と言いますか、身に余ることなのですが！　……そういうことではなく、ファルクさんが帰ってこないというのは嫌です……万が一なんてこと言わないでください。あなたに何かあったら悲しいです」

ファルクを見上げると、思い切り顔を背《そむ》けられた。……いや、なんだその反応は。

こちらが真剣に訴えているというのに、会話を避けるとは……今度休みの日に、改めて文句を言ってやろう。この場で白鷹に食って掛かるのは、人目もあってはばかられるので、こらえておく。

顔を背けたまま言葉を返さないファルクをジトリと睨んだ後、ルーグと別れの挨拶を交わす。

「こやつはこう見えてしぶとい奴《やつ》だから、そう案じなさんな。普段はぽやっとした奴だが、戦場ではそれなりじゃ。白鷹の名は伊達《だて》じゃないぞ」

「まぁ、はい……そうですね。——ええと、ルーグ様、気にかけていただき本当にありがとうございます。では、あまりお時間を取ってしまうのも申し訳ないので、私はそろそろお暇《いとま》させていただきますね。皆様、良い一日を」

「良い一日を」

ペコリとお辞儀をして、アルメは二人のもとを離れた。結局ファルクは最後まで、こちらを向かないままだった。

アルメが去った後、ファルクはようやく動きを取り戻し、深く息を吐いた。ルーグはその脇腹を肘で小突いて言う。

「まったく、何を一人で顔を赤くしてるんじゃ。待ち人を安心させる言葉の一つでも、かけてやらんかい」

「……すみません、不意を突かれて……。あぁいう言葉に上目遣いは、ちょっと……男心にくると言いますか……」

ファルクは手でパタパタと顔をあおぎ始めた。照れにのぼせて汗をかいている。

その様子をあきれた目で眺めながら、ルーグは言葉を続ける。

「しかしまぁ、なかなか良い子じゃないか。泣かせないようにな」

「はい……気を付けます。もう泣き顔は見たくないので」

もう一度大きく息を吐いて、ファルクはようやく落ち着きを取り戻した。

待合ホールの患者が遠目にこちらを見て、惚《ほう》けているのが見える。なんだか面白くないので、ルーグはもう一つちょっかいをかけてやることにした。

「――それと、お気に入りの花を見つけたならば、虫払いを忘れぬようにな」

「彼女はそういうアレではありません」

「独り身の娘にはどんどん虫が寄ってくるぞ～」

「おやめください。師と言えど、品のない冗談は許しませんよ」

厳しい声音でピシャリと言い放った後、ファルクはチラリとルーグを見る。口をもごもごとさせながら、小声で言葉を付け足してきた。

「……それはそれとして……何か殺虫剤のようなものはありますか？」

殺虫剤に頼らずとも、自分で虫を狩り殺しそうな目をしているが――それは、あくまで傍《はた》から見た印象。ルーグの目には、ビビり散らしているヒヨコにしか見えなかった。

このまま放っておくのは忍びないので、この後、彼の望む殺虫剤とやらを教えてやろうと思う。

4 縁探しとアイスキャンディー

神殿で魔法補充の契約を交わした後、ほどなくして最初の空魔石《から》の荷箱が届いた。

しっかりとした作りの革の箱に、精霊スプリガンの宿る錠前がガッチリと付いている。鍵を開ける度に精霊の放つ光が舞うのが楽しい。

荷箱の中には空魔石が五十個入っていて、この魔石への氷魔法込めが一週間分の仕事だ。

店舗奥の調理室で昼ご飯を食べながら、アルメはこつこつと今日の作業ノルマをこなしていた。

調理室には他にエーナとジェイラもいる。今日は従業員が全員そろうシフトだ。エーナが表通りの店で買ってきてくれた、肉と野菜がたっぷりのバゲットサンドをかじりながら、お昼休憩という名の女子会を楽しんでいる最中である。

アルメは左手を空魔石に添えて魔法を流し込みつつ、右手で器用にバゲットサンドを食べている。少し行儀が悪いけれど、庶民娘しかいない気安い空間なので許されたい。

もぐもぐと食べながら、エーナが話しかけてきた。

「そういえばアルメ、新しい縁談ってもう来たの？　フリオさんの叔父さんから、誰か紹介あった？」

「いや、まだ全然よ。良い話があったらって約束だし、そうすぐには見つからないと思う」

「アルメちゃんってお見合い派なんだー。アタシお見合いってやったことないんだけど、そういうのって、やべぇ奴《やつ》が来たらどうすんの？」

「それはもう、散々なことになりますよ……経験者が語るのですから、間違いありません」

何の気なしに聞いてきたジェイラに、遠い目をして答える。暗いアルメの顔を見てジェイラはむせていた。

「……ごめんて。アルメちゃんの元婚約者って、お見合いで決まった相手だったんだー」

「お相手の叔父さんと祖母が決めてくれたんです。私には親戚もいないから、将来寄り添える相手を……って、考えてくれたみたい。結局このざまですが」

「そのフリオさんの叔父さんって信頼できる人なの？　また変な男紹介してくる可能性ない……？」

「ダネル叔父さんは『気のいいおじさん』って感じの人だから、それほど嫌な印象はないけれど。でも、そうね。次はちょっと構えて縁談に臨むわ」

次に縁談の顔合わせの機会があったら、紹介されたお相手はしっかりと見定めたいところだ。主に女癖などを。

ジェイラはバゲットを大きな口で頬張《ほおば》ると、もごもごと喋《しゃべ》った。

「そのおっさんだけに頼らなくてもいいんじゃね〜？　信頼できるかわからんって感じなら、なおさら。アタシも誰か紹介してやろっか？　友達紹介で出会うのもありっしょー」

「それなら私もちょっとは紹介できるわよ！　って言っても親戚関係か、アイデン繋《つな》がりの軍人ばかりだけれど」

「軍人さんかぁ。軍人さんは……全然考えていなかったわ」

言われて気が付いたが、軍人の妻になる将来というのは、まったくもって考えたことがなかった。こつこつとした職人仕事のお相手――フリオと失敗した後なので、二度目はもう少し視野を広く持ってもいいかもしれない。軍人と縁を結ぶというのも、ありなのかも。

「軍人さんって、どういう感じなのかしら。私はアイデンしか知らないからなぁ」

「若いのは生意気なイキリが多いからやめたほうがいいよー。絶対年上がおすすめ。――つかいっそアタシの弟とかどうよ？」

「ジェイラさんの弟さん!?」

思っていたより近い場所から候補があがった。

ジェイラの弟とアイデンは友達らしい、ということは知っているけれど、どういう人なのだろう。

目をまるくしていたら、横でエーナが大笑いした。

「チャリコットさんはさすがにアルメとは合わない気がするわ。チャラくてアルメが怯《おび》えそう」

ジェイラの弟――チャリコットなる人物は、どうやらチャラい人らしい。アルメはその情報だけで、ちょっと怯《ひる》んでしまった。

けれどジェイラは構わずに推してきた。

「あいつ見た目はチャラいけど、意外と義理堅い奴だぜ。浮気は絶対しない奴だから、割とおすすめだってー。もし変なことしたら、アタシがぶん殴るという保険付きだし」

「それは……頼もしいですね」

「そういう保険なら、アイデンも付けられるわね」

何かしたら殴られる、というのは、チャリコット氏が可哀想《かわいそう》な気もするけれど。でも、アルメにとっては心強い保険である。

ぼんやりとした返事をしている間に、ジェイラがもう乗り気になっていた。

「顔合わせくらいしてみたらどうよ？　別に縁談ってとこまで考えなくてもいいからさー。経験値稼ぎくらいのノリで」

色々な人と会うことで経験値を得られるならば、顔合わせも悪くないように思う。……緊張はするけれど。

そんな考えを見通したかのように、エーナが背中を押してくれた。

「人と会わないと、人を見る目は養われないって言うし、顔合わせで経験値を稼ぐの、結構いいかもね。チャリコットさんに決めなくても、何人かと会ってみたらいいと思うわ！　目を鍛えた後に、本番の縁談に臨むって流れがベストじゃない？」

「アタシはチャリコットに決めてほしいけどね～。あいつと結婚してくれたら、アルメちゃんアタシの義妹《いもうと》になるし！　そしたら氷魔法使い放題じゃん。家に冷凍冷蔵庫買うわ」

ジェイラの下心を聞いて、アルメはガクリと体を傾けた。

「私の魔法が目当てですか……」

「冗談だよ冗談！　楽しい家族になれそうだな～って思っただけだって」

ジトリとした目を向けたら、ジェイラは口笛を吹いて視線をそらした。

下心を怪しみつつも、彼女が義姉《あね》になる未来をぼんやりと想像してみる。

「――でも、ジェイラさんと家族になれたら、たしかに楽しそうですね。そしたら、お義姉《ねえ》さんと呼ぶことになるのかしら」

「あっはっは、それ良い！　呼ばれたーい！」

ゲラゲラ笑いながら、ジェイラはアルメの頭をわしゃわしゃと撫《な》でてきた。毎度のことながら、犬を撫でるような豪快な手つきだ。

しばらく笑い転げた後、ジェイラは思いついたように言う。

「今日チャリコットの奴、夕方過ぎまで家にいるけど、よかったらご飯一緒に食う？　アタシんとこの焼肉屋で」

「えっ、今日ですか!?　まだ心の準備が……！」

「ほらアルメ、そういうところを直さないと。気負わずに軽い気持ちで会えばいいんだって」

「う……そ、そうね……気楽に、気楽に……」

気楽に軽い気持ちで、と何度も自分に言い聞かせる。……そんなことをしている時点で、気楽とは程遠いけれど。

既に緊張しだしたアルメをよそに、ジェイラが話をまとめた。

「じゃあ夕方になったら一緒に行こう。アタシもいるから安心しなって」

「はい……ありがとうございます。とても心強いです」

ノリと勢いで、アルメの人生二度目の、殿方との顔合わせが決まってしまった。


夕方になって、アルメはジェイラに連行されるようにして、焼肉屋へと降り立った。

東地区の端、少し高台になっている場所にあるお店。ジェイラが本業として働いているガーデンタイプの焼肉屋だ。

景色が良くて、夕方から夜に移り変わる時間帯は空の色が美しい。ちょうど夕飯時ともあって、店は人々であふれかえっていた。

テーブル一つにつき、小ぶりなバーベキューコンロが一つ置かれている。あたりには肉と煙の香りがただよっていて、なんとも心浮き立つ空間である。

はず、なのだけれど。緊張しているアルメには、この空気をのん気に楽しむ余裕はない。

四人掛けのテーブルにはアルメとジェイラ、そして向かい側の席にはジェイラの弟――チャリコットが座っている。

エーナはアイス屋の閉店と共に帰ったので、今日はこの三人での食事会となった。

遅れてきたチャリコットが席について、たった今、顔合わせの会が始まったところだ。各々飲み物を頼んだ後、ジェイラが適当に肉を注文して、ひとまず乾杯となった。

「そんじゃ、アルメちゃんとチャリコットの縁談にカンパーイ！」

「縁談!?　ちょっと……！　まだその段階まではいってませんよね!?」

「縁結びの神様にカンパ～イ！」

初《しょ》っ端《ぱな》から思い切り動揺するアルメをよそに、ジェイラとチャリコット姉弟《きょうだい》はケラケラと笑って、グラスを掲げる。

チャリコットは酒をあおった後、アルメに向き合って改めて自己紹介を始めた。

「じゃ～まずは俺から自己紹介ねー。チャリコット・エルダンテ、二十一歳。ルオーリオ軍三隊の所属でーす。よろしく～」

「え、っと……私はアルメ・ティティーと申します。二十歳で、アイス屋をやっています。よろしくお願いします」

ペコリと頭を下げると、チャリコットが垂れ目を細めて笑った。

褐色の肌に銀色の短髪。耳には飾りがジャラジャラと着いていて、胸元が大きくはだけたシャツを着ている。

喋り方と表情が気だるげで、どことなく甘ったるい雰囲気をしている。彼のような人を、世間は色男と呼ぶのだろう。

ジェイラを男性にしたらこうなる、と言われても納得できるような、よく似た弟だ。

エーナは彼のことを『チャラい』と笑っていたけれど、たしかに、どちらかというとそういう印象である。

逞《たくま》しい胸筋がさらけ出されていて目のやり場に困る……。オロオロしていたら、チャリコットが話を繋げた。

「アルメちゃん、緊張してんの～？　可愛《かわい》いね～」

「いえ、あの。チャリコットさん、肌が見えていて目のやり場に困るといいますか……」

「え～なになに？　触りたいって？　いいよー。女子に触ってもらうためだけに鍛えてきた胸筋だからね！」

「触りませんよ！　そんなことのために鍛えないでください！　剣のために鍛えてくださいよ」

へらっとした調子のチャリコットに、ついツッコミを入れてしまった。ジェイラ曰《いわ》く、ちょっとズレた奴とのことだが、こういうところなのかもしれない。

でも、カラッとしていて意外と喋りやすい気もする。そういうところはやはり、ジェイラに似ている。

ジェイラは慣れた手つきで肉を焼き、各々の皿の上にポイポイと盛っていく。一口大の肉と野菜が交互に刺さった串焼きは、綺麗《きれい》な焦げ目がついていて、とても美味《おい》しそうだ。

人の皿に肉を放りながら、ジェイラは自分の串にかぶりついた。もぐもぐしながら話題を振ってくる。

「アルメちゃんは白鷹《しらたか》様と友達なんだってよ。この前アタシも会った。近くで見る白鷹様、やっぱとんでもなく男前だったなー。チャリコットも頑張れよ～」

「まじかよ!? 白鷹とダチなの!?」

白鷹の名前が出た途端、チャリコットがガタンと前のめりになった。もしかして彼も白鷹のファンなのだろうか。

「チャリコットさんは、白鷹様のファンなのですか？」

「いやありえんて！ 奴は敵だよ、敵！ 俺のライバル！」

「ライバル……？」

「そう！ 白鷹の奴、俺の女ファンをまるっと奪いやがったから、いつか倒してやろうと思ってる」

「そんな私怨で……暴力に頼るのはやめてくださいね」

ついファルクの身を案じてしまった。この前『万が一戦から帰らなかったら』なんて話をしたばかりだけれど、身内から刺されてそうなったら、洒落《しゃれ》にならない……。

アルメがジトリとした目を向けると、チャリコットは拗《す》ねてしまった。

「あっ、くそ～！ アルメちゃんも白鷹を庇《かば》うのかよー」

「それはまぁ、友達ですから」

「え～俺だって今こうして一緒に飯食ってんだから、もう友達っしょ？ アルメちゃん、俺と白鷹だったら、どっちを取る？」

「ど、どっちって……」

突然おかしな問いを投げられて、口ごもってしまった。どっちを取るかと言われても、どう答えていいのか困る。ジェイラに助けを求めようとしたけれど、彼女は愉快そうにニヤニヤしていた。

完全に観客として楽しんでいる。

「ええと……そんな、選べませんよ」

「お、まじか。即決で白鷹を選ばないあたり、俺にもチャンスあるな！」

「街の女たちにこの質問したら、間髪をいれずに白鷹様！　って返ってくるもんなー」

「そ、そうなんですか。やっぱり人気なんですねぇ……」

姉弟が言うには、今街ではこの質問が雑談のネタとして流行《はや》っているらしい。白鷹と即決しない女性は、狙いやすいとかなんとか。

チャリコットはアルメの髪飾りを指さして言う。

「アルメちゃん、髪飾りに白い花着けてっから、結構熱心な白鷹ファンなのかと思ってたわ〜」

「これはたまたま流れで、友達からもらっただけなので」

その友達というのが、白鷹本人なのだけれど……チャリコットは白鷹をライバル視しているようなので、余計なことは言わないでおこう。

彼はアルメが白鷹を選ばなかったことに機嫌を直したようで、またヘラヘラしだした。

「じゃあさ、俺が別の色の髪飾り贈ったら着けてくれる？」

「いえ、いただくのは悪いので」

この白い花の髪飾りはお気に入りなので、本音を言うと、別の物を贈られてもちょっと困ってしまう。

そう思っていたところに、ジェイラが助け舟を出してくれた。

「チャリコットは女への贈り物のセンスねぇから、やめときなー」

「んなことねぇって。姉ちゃんには剣とか贈ってっけど、アルメちゃん相手にはもっとこう、良いものを――」

なにやらぶつぶつ言いながら、チャリコットは鞄《かばん》の中をあさり始めた。何かを手に取って、テーブルの上に出して寄越《よこ》す。出されたものは手のひら大のナイフだった。

「う～ん、今はナイフしか持ってねぇや」

「えっと……使い方もわからないので困ります。遠慮させていただきます」

「やっぱ駄目じゃん。女心、全然わかってねぇ～！」

アルメは苦笑いで断り、ジェイラはゲラゲラと笑った。

彼はナイフを手に持つと、別の話題を持ち出した。

「そういやアルメちゃんって氷魔法使えるんでしょ？　魔法で氷結剣《アイスソード》とか作れんの？　うちの隊長がたまに見せてくれるんだけど、あぁいうの格好良いよなー」

「隊長さんは氷魔法が使えるのですか？」

「強い魔法は使えないらしいけど、小型の魔物の足を鈍らせたり～ってくらいはできるらしい」

「すごいですね！　私の魔力は日常使いくらいの微々たるものなので、氷結剣《アイスソード》とかは作れません」

チャリコットの隊の隊長は氷魔法士らしい。学院に通っていた子供の頃は、氷魔法を使う人を見たことがあったけれど、大人になってからはまったく出会っていない。

なんだか勝手に親近感を覚えてしまって、はしゃいだ声を出してしまった。チャリコットもつられたのか、ウキウキとしている。

「日常使いっつっても、仕事にできるくらいだから結構強いっしょ？　この酒とかも凍らせられる？」

「このくらいでしたら、できますよ」

彼はグラスに入った飲みかけの葡萄酒《ぶどうしゅ》をアルメに差し出した。アルメは手を添えて、氷魔法の冷気を流す。葡萄酒はあっという間に固まった。

チャリコットは凍った葡萄酒にフォークを刺して、グラスからヒョイと取り出した。赤紫色のアイスキャンディーみたいだ。

「おぉ！　すげぇ！　冷たくて美味《うま》い！」

「酒アイスじゃん！　アタシにもやってー、食べてみたい！」

「お酒とアイスって結構合いそうですね」

前世では酎ハイの中に丸いアイスキャンディーを入れる、なんてお洒落なレシピも見たことがある。大人用アイスメニューとして、今後考えてみてもいいかもしれない。

それからしばらく、三人でお酒をアイスキャンディーにして盛り上がった。

他のお酒を頼んで試してみたりして、テーブルの上には色とりどりのアイスキャンディーが並んでいる。なかなか綺麗で、目に楽しい景色だ。

そうしていると、隣のテーブルの家族グループの子供が、こちらを指さして声を上げた。

「母さん、見て！　綺麗！　あれ僕も食べたーい！」

「こらこら、お酒でしょ？」

「――あの、ジュースでもできますよ。よければお作りしましょうか？」

駄々《だだ》をこね始めた子供を見て、アルメが声をかける。隣のテーブルの母親は申し訳なさそうな顔をして、子供のジュースのグラスを手渡してきた。

「すみません、お願いできますか？」

「ええ、大丈夫ですよ！　——はい、どうぞ」

「すごーい！　凍った！」

あっという間に凍ったグラスのジュースを見て、子供はキャッキャとはしゃいだ。フォークで突き刺して持ち上げて、早速シャリシャリと食べている。

その嬉《うれ》しそうな様子を見て、アルメも顔をほころばせた。

子供用にアイスキャンディーを店で出したら、人気が出るだろうか。ちゃっかりそんなことも考えつつ、喜ぶ子供を見守った。

そんなことをしつつ——ふと、自分のテーブルに視線を戻すと、チャリコットがニコニコした顔でこちらを見ていた。

垂れ目を細めて、満面の笑みで彼は言う。

「俺、子供に優しい人好きなんだよね～。アルメちゃんとなら仲良くやってけそうな気がするわー。ねぇ、俺と付き合ってみない？」

「え!?」

これはいわゆる、告白というものだろうか。告白とは、こんなにさらっと口に出されて良いものなのか……？

アルメは驚いて固まってしまったが、チャリコットにとってはなんてことない会話らしい。ゆるっとした告白が続く。

「神に誓って浮気はしないし、大事にするよ〜？　変なことしたら姉ちゃんとアイデンとエーナちゃんに殺されるだろうし」

「いや、ええと、でも」

「恋人探してるんでしょ〜？　俺で良くない？　付き合ってみて微妙だったら、振ってくれていいからさー」

お酒のアイスキャンディーをかじりながら、チャリコットはのん気に提案する。この余裕は経験値の差からくるものだろうか。

アルメにも、いずれはこのくらいの余裕が欲しいところだ。なんて、感心している場合ではない。どう答えたものか……。

と、返事を迷っていると、ちょうど街の鐘が鳴った。

日中に何度か鳴らされる時計鐘だ。この鐘を境に、街には夜の時間が訪れる。

チャリコットは、あ、と短く声を上げた。

「俺そろそろ駐屯地行かなきゃ。今日は姉ちゃんのおごりっつーことでよろしく〜。アルメちゃん、次会う時までに返事考えといてねー」

「は、はい……！」

「そんじゃ、また。お二人ともお疲れさ〜ん」

チャリコットは串焼きを一本手に取ると、食べながら席を立つ。ヒラヒラと手を振って、軽い調子で別れの挨拶を寄越した。

去り際の最後の最後に、遠くからアルメに向けてキスを投げてきた。チャラッ、という効果音が聞こえた気がして、苦笑してしまった。

彼の背中を見送った後、アルメはひっそりと息を吐く。

（告白の返事……私が頷《うなず》いてしまえば、もう『恋人関係』ということになるのよね……？）

なんだか重大な約束をしてしまった気分だ……。

また気負い癖が出始めそうなアルメの近くで、酔っぱらったおじさん客のグループが、小ぶりな弦楽器をかき鳴らした。ちょうど歌い出したのはこの街の誰もが知る曲、『人生は気楽に、愛は真心のままに』だ。

（……気楽に、か。そうよね……気楽に、自分の気持ちのままに考えてみようかなぁ）

悩みの淵《ふち》に沈みかけるアルメを、陽気な歌が引っ張り上げてくれた。告白の返事は、気楽に、心のままに、考えてみることにしよう。


翌日の夜、アルメは店を閉めた後、調理室でフルーツと向き合っていた。

テーブルの上には大粒のブドウとオレンジがいくつか。そして蜂蜜と魔道具のミキサーと、マドレーヌの型。

これから始めるのはアイスキャンディーの試作である。昨日顔合わせの食事会で盛り上がったので、早速作ってみることにしたのだ。

「よし、まずはブドウからいきましょうか」

エプロンを整えて、赤いブドウの房を手に取った。

洗いながらブドウの粒を房から外して、半分に切る。種を取り除いて、どんどんミキサー容器に放り込んでいく。ブドウの山の上に、最後に蜂蜜を垂らし入れた。

しっかりとふたをして、ミキサーに風の魔石をはめ込み、起動させる。ブドウは皮ごと、トロリとしたなめらかなジュースに変わった。

出来上がったブドウジュースを、マドレーヌの型に流し込む。

マドレーヌ型は手のひら大の、貝殻のような形をしている。アイスキャンディー用の型がないので、今回はこれを使うことにした。

ジュースを型に流し込んだ後、スプーンを頭の部分だけ浸して、そっと添え置く。これは持ち手の棒代わりだ。本当は木のアイス棒が欲しいところなのだけれど……ないものは仕方がない。

マドレーヌ型は十個一気に作れるプレートを使っている。スプーンを十個分並べ浸して、両手のひらを向けて氷魔法を放った。

型が小さいこともあって、あっという間に冷え固まった。スプーンの柄を持って、慎重に型から外してみる。

ブドウアイスキャンディーの出来上がりだ。鮮やかな赤紫色と、貝殻の形が可愛らしい。

「なんだかペロペロキャンディーみたいね。もっとこう、細長い形のほうがアイスキャンディーっぽいのだけれど」

出来上がった試作品を眺めながら、独り言をこぼす。

家にあるもので適当に作っただけなので、やはり少しイメージとは違う仕上がりとなった。

アルメがイメージしているのは前世で食べたアイスキャンディーだ。細長い形で、木の棒部分を持って食べる、アレである。

店で出すとしたら、子供が気軽に買えるようにしたいので、大きさを抑えて価格も低くしたい。そうなると、このマドレーヌ型だとちょっと大きい。もっと細長く、持ち手の棒に添った形がベストなのだけれど。

「型も棒も、アイスキャンディー用に新しく作ってもらうしかなさそうね。アイススプーンを作ってもらった工房にお願いしようかなぁ」

今、店でアイスの取り分けに使っている丸いアイススプーンは特注品である。ちょうど腱鞘炎《けんしょうえん》を起こしかけた時に注文したものだ。

アイスを楽に綺麗にすくえるようにと、料理道具の工房にお願いして作ってもらった。火の魔石で熱を送る仕様で、スルリとアイスをすくえる素晴らしい品だ。

アイスキャンディーの型と棒も、また同じ工房に頼んでみようと思う。

ふむ、と予定を決めたところで、ブドウアイスキャンディーにかじりついた。さっぱりとした甘さが上品で美味しい。

「子供向けにするなら、もうちょっと甘くてもいいかしら」

あれこれ考えながら、一つペロッと平らげてしまった。

続いてオレンジの試作に移る。包丁で皮をむいたオレンジを半分に切って、種を取り出す。房を分けながらミキサーに投入して、蜂蜜をたっぷりと垂らした。

ふたをしたらミキサーを起動して、オレンジジュースを作る。こちらも黄色が鮮やかで綺麗だ。

出来上がったオレンジジュースを、またマドレーヌ型に注いでいく。スプーンを添えて氷魔法で固めたら完成。

オレンジアイスキャンディーをヒョイと持ち上げて、シャリシャリと試食する。甘さと爽やかな酸味が絶妙だ。

「うん、美味しい！　店に並べるなら種類を増やしてカラフルにしたいわね。あとはやっぱり、棒の部分に『あたり』の字は外せないわ」

前世での経験だが、棒アイスを食べた後に『あたり』の字が出てくると、なんとなく気分が良いものだ。是非、今世のアイスにも採用したい。

きっと子供たちにも喜んでもらえると思う。――そしてアイス好きの、常連客の神官様にも。

アイスを頬張って嬉しそうな顔で笑うファルクを思い浮かべて、ほっこりとしてしまった。

アイスキャンディー専用の型と棒は、なるべく早めに注文しておこう。

試作品を食べながら、アルメはテーブルの端に置きっぱなしになっている、一つの空魔石へと手を伸ばした。魔法補充の作業が途中になっていたものだ。

アイスを味わいつつ、空いた手で魔法を込めて作業を終わらせておく。

魔法補充の副業は、日中店の仕事をしながら、隙間時間に一個一個こつこつとこなしている。今日の作業ノルマは、この一個を終えたら無事終了だ。

アイスを食べ終えるのと同時に、魔石も氷魔法で満たされた。透明だった空魔石は氷のような薄い青色に染まった。

調理室の端に置いてある魔石入れの荷箱を持ってきて、テーブルの上に置く。錠を開けると、シャラリと精霊の光が舞った。

箱を開けて、封じの呪文が刺繍《ししゅう》されている巾着袋に、魔法を込めた魔石を収める。

丁寧に魔石をしまって荷箱を閉じ、またしっかりと鍵をかけて——という作業の最中に、ふと思った。精霊スプリガンの姿を、もう一度よくよく見られないものか、と。

契約をした瞬間、一瞬だけ見ることができたけれど、すぐに消えてしまった。あの時は不意打ちをくらったので、あまりじっくりと見られなかった。

日常生活の中で、精霊の姿を見る機会はそうそうないので、もったいないことをしたなぁと、少し後悔していたのだ。

アルメは荷箱をじっと見つめて喋りかけてみた。

「スプリガンさん、もう一度出てきてもらうことはできないのでしょうか？」

返事はない。精霊には人の言葉が通じないのか、はたまた無視されているだけなのか。

う〜んと考え込んだ後、オレンジアイスキャンディーを手に取ってみた。食べ物でつれたりして……なんてことを考えて。

「出てきて、アイスでも食べませんか？　美味しいですよ？」

冗談っぽく言ってみたら、近づけたアイスの先にシャラリと光が舞った。思いがけない反応に、驚いて飛びのいてしまった。

手元のアイスを確認すると、端っこが小さく欠けている。

「た……食べた……!?」

光が舞うだけで姿は見えなかったけれど、食べてくれたようだ。

なんだかちょっと嬉しい。懐かない動物が、手からご飯を食べてくれたような感動がある。

感慨深さにひたりながら、もう一度声をかけてみた。

「あの、明日はミルクアイスをあげますね」

応えるかのように、また光が舞った。これはなんとも楽しい交流だ。

これから先、見えない同居人を相手にした独り言が増えてしまいそうだ。

5　コーヒーフロートの試作と虫の悩み

カランカランと玄関の呼び出し鐘が鳴らされた。気持ちの良い朝の空の下、訪ねてきたのはファルクだ。今日はアイス屋はお休みなので、客としてではなく、友人としての来訪である。

この前カフェ・ヘストンで決めた、コーヒーフロートの試作会の日が来たのだ。少し用事を済ませた後、一緒にカフェへと向かう。

白鷹《しらたか》の身分を明かしてくれた日から、彼とは即日届けの手紙でやり取りをするようになった。友人同士、こうして予定を合わせて遊べるようになったのは、嬉《うれ》しい限りである。

アルメは一階店舗の玄関扉を開けると、ファルクを招き入れた。彼は変姿の首飾りの魔法を使って、外歩き用の茶髪茶目の姿をしている。

「こんにちは、ファルクさん。試作会の時間より早くに呼んでしまってすみません。どうぞ上がってください」

「こんにちは。むしろ早くからアルメさんと遊べて嬉しいです。休日は神殿をうろついていても、追い出されてしまう身なので」

試作会は昼からの予定なのだが、その時間よりも早く、ファルクを家に呼んでしまった。それというのも、ちょっと相談事があったからだ。

フリオの叔父、ダネルから慰謝料に関する合意書が届いたのだが、送り返す時に利用する証明郵便の書き方がわからなかったので、彼に相談することにしたのだった。

こういう小難しい社会の仕組みは、子供の頃に学院で名前だけ教わるものの、具体的な活用方法は総じて教えられないものだ。

図書館で情報を得ようにも、アルメには少々行きづらい事情がある。というようなことを、近況話の一つとしてファルクに話したら、教えてくれることになったのだった。ありがたく、勉強させてもらうことにする。

そういうわけで、カフェでの試作会の前に、諸々《もろもろ》の相談会をする運びとなった。

ファルクを店に招き入れ、そのまま二階の自宅へと案内しようと――したのだけれど、階段の前でファルクが足を止めた。

「ご自宅に上がってしまっていいのですか?」

「ええ、もちろんです。居間に諸々用意してありますから、どうぞお上がりください。店よりも家のほうがくつろげるでしょうし」

そう答えると、ファルクはどことなく複雑な顔をした。

「人の暮らしに口を出すのは失礼だとは存じますが……あまり、独りの家に軽々しく男を上げないほうがよろしいかと」

「さすがに人は選んでいますよ！　誰でも上げているわけではありません。信頼できる友人だけです。アイデンとか」

「……アイデンさんは上がったのですか」

「えぇ。彼はもう、子供の頃から何度も」

「じゃあ、俺も失礼します」

アイデンの名前を挙げると、ファルクは態度を一転させて、さっさとついてきた。なんだかむくれた表情をしているように見えるのは、階段が薄暗いせいだろうか。

二階自宅の扉を開けて、彼を中へと招く。居間のテーブルで早速書類を見てもらう。

書類に目を通してもらっている間に、アルメはお茶を用意した。作り置きの冷たいお茶をグラスに注《つ》いで出す。

アルメも向かい側の椅子に座って、テーブルの上に広げられた書類とファルクに目を向けた。

「慰謝料には四百万G《ゴールド》頂けるそうなのですが、金額が大きくて驚いてしまいました。百万Gくらいかと思っていたので」

「家の格にもよりますが、今回のこの額は妥当だと思いますよ。まず、庶民の家同士の縁談で、浮気による婚約破棄でしたら、百五十万前後が相場として。そこに諸々の揉《も》め事《ごと》の詫《わ》びを乗せて百万。あとはこれ以上事を大きくしないでほしい、という願いを込めて、百五十万を乗せて、計四百万G。大体こういう内訳でしょうか」

「そうなのですか……内訳とか、まったく考えていませんでした」

この四百万という数字には、色々な思惑が込められているらしい。まじまじと書面の数字に見入っていたら、ファルクがニッコリと微笑《ほほえ》んだ。

「あと百万G追加で請求して、五百万Gで合意としましょうか？」

「追加!?　いや、あの、そこまでは……四百万Gで大丈夫です」

穏やかな笑顔のわりに、抜かりない。

こちらとしては、ダネルとは縁談の世話の件で今後もやり取りがありそうなので、あまり事を荒立てずにおきたい。

アルメが現状のままを希望したら、ファルクは少し考える顔をした後に了承した。

「アルメさんがそれでよろしいのでしたら、このままで合意としましょう。では、サインを」

「はい」

「ついでに、俺も名を連ねておきます。少しばかり睨《にら》みを添えておきましょう」

「ひえ……」

白鷹の睨み添え……この書類が届いた時のダネルの胃が心配だ。フリオの胃はちょっとくらい、痛んでもいいとは思うけれど。

「なんだかダネルさんが可哀想《かわいそう》に思えてきました……」

「アルメさん、人への優しさと甘さを混同してはいけませんよ。今は情をかける場面ではありません。毅然《きぜん》とした対応をしておかないと、相手側が付け上がってしまいますから」

「そう、ですね」

付け上がる、という言葉に、なんとなくフリオが思い出された。フリオの意地悪癖は、へこへこと付き従っていたアルメの態度にも原因があったのかもしれない。

もし、これから彼に対峙《たいじ》することがあったなら、常にシャンとした態度でいようと思う。

サインを終えると、ファルクは続けて、合意書と一緒に出す書類の作成を始めた。あっという間に書き上げられた文書を見て、アルメはしみじみとしてしまった。

「ファルクさんって、本当に何でも知ってるし、何でもできますね」

「買《か》い被《かぶ》らないでください。俺にはできないことも、苦手なものも多くあります。……最近だと、子供の患者の対応を間違えて、思い切り叱られてしまいました。四歳の女の子に……」

「四歳児に叱られるとは……何をしてしまったんです？」

ファルクは今までの頼もしい顔つきを一変させて、情けない苦笑を見せた。

「子供扱いするな！　と怒られて、繋《つな》ごうとした手を振り払われてしまいました。身分の高い貴族のご令嬢とはいえ、まだ四歳ですから、ごく普通に子供に接するように振る舞っただけなのですが……。すっかり嫌われてしまいました」

「女の子は心の成長が早いですからね。子供だと思わず、お姫様を相手にするくらいの気持ちでいたほうがいいのでは？」

「お姫様ですか。難しいですね。――こういう感じですか？」

考える顔をした後、ファルクは席を立って、アルメの椅子の横に片膝をついた。その姿勢で、おもむろに手を差し出す。

「あなたをお慕いしております。どうか俺の手をお取りください。――と、こういう感じでしたら、女児に手を取ってもらえるでしょうか」

「人を女児に見立てて練習しないでください。そういうところを叱られたのでは?」

「……厳しいご指導、痛み入ります……」

伸ばされたファルクの手をペシリと払うと、彼はしゅんと項垂《うなだ》れた。

子供の頃絵本で見た、王子様とお姫様のワンシーンみたいで、ほんの少しだけ、乙女心がそわそわしてしまったのだけれど……その照れ隠しに手を叩《はた》いてしまったことは内緒だ。


そうして雑談を楽しみつつ、書類を片付けて一息ついた後。アルメとファルクはアイス屋を出た。

ファルクは肩に布鞄《ぬのかばん》を下げている。この鞄の中にはアイスの容器と、保冷のためにたっぷりと氷魔石が入っている。これからコーヒーフロートの試作で使うミルクアイスだ。

小ぶりな容器に詰めたので、アルメでも楽に持ち運べるのだけれど、出際にファルクに奪われてしまった。

奪ったアイス鞄に手を添えて、ファルクは機嫌の良い声で言う。

「冷たくて心地が良いですね。ずっと抱えていたいです」

「荷物持ちをさせてしまってすみません。肩が疲れたら、私が代わりますから」

「いえいえ、最後まで責任を持ってお運びします。このアイスは俺が命をかけて、お守りいたしますよ」

この神官はアイスが溶けたら、治癒魔法でもかけるつもりなのだろうか。アイスを治療する神官の姿を想像して、アルメは軽く吹き出してしまった。

二人はお喋《しゃべ》りをしながら大通りへと向かう。その途中、とある工房へと寄り道をした。

工房の名前は『シトラリー金物工房』。主に料理道具を作る工房だ。以前にアイススプーンを特注したところである。

通りがかりに、アイスキャンディーの型と棒、そしてついでにストローの製作について、工房長に相談しておこうと思う。――『工房長』といっても、壮年の男性が一人で営んでいる工房なので、長もなにもないのだけれど。工房長と呼ぶと彼の機嫌がよくなるので、アルメはそう呼んでいる。

このあたりには物作りをする職人たちの仕事場が多い。その中でもひと際こぢんまりとした建物の扉を叩《たた》いて、アルメは中を覗《のぞ》き込《こ》んだ。

「シトラリー工房長、こんにちは。ティティーですが、ちょっと相談があるのですが――」

金属板や道具、完成品の金物類であふれる建物の中へと声をかけると、奥のほうでガシャーンという大きな音が鳴った。何かが崩れたようだ。

アルメとファルクは二人で目をまるくして、顔を見合わせた。

そうしているとすぐに、奥から小柄な少女が飛び出してきた。赤毛を左右でおさげにして、革のエプロンを身に着けている。

「すすすみません！　お待たせしました！　ようこそシトラリー金物工房へ！　お父さん――あ、えっと、父は今外に出ているので、私がお受けいたします……！」

少女はギクシャクとした動作で挨拶をしてきた。工房長の娘さんらしい。何度か訪れている工房だが、彼女のことは初めて見た。

「シトラリー工房長、娘さんがいらっしゃったのね」

「あっ、も、申し遅れました！　私はカヤ・シトラリーと申します！　この度中学院を卒業しまして、お父さん……父に弟子入りをいたしました！　これからよろしくお願いします……！」

なるほど、カヤというこの少女は、最近工房に入ったばかりのようだ。ガチガチに緊張しているようで、ヒィヒィ言っている。

中学院というのは、小学院で基礎学問を終了した子が進学をする場所だ。中学院は十二歳から十四歳までの間、基礎より進んだ内容の勉強をする。

カヤは勉強を終えて、職人の道への一歩を踏み出したばかりのよう。ということは、年齢はまだ十四歳。幼いながらも、一生懸命な対応が微笑ましい。

アルメはファルクに寄って、コソッと相談する。

「少しだけ、彼女とお話する時間をいただいてもいいですか？」

「えぇ、もちろんです。アイスを作る道具について相談するのでしょう？　俺も興味があるので、話をお聞きしたいです」

工房長に軽く相談をするくらいの寄り道だったのだけれど、カヤを応援する気持ちで、彼女にも話をしてみることにした。この小さな職人さんの、ちょっとした経験値の足しになればいいなぁ、という想《おも》いを込めて。

カヤはアワアワしながらアルメとファルクを中に招き入れた。狭い工房内の隅っこのテーブルに案内されて、席につく。

アルメは鞄から図面を取り出してテーブルに広げた。

「ざっくりとした絵で申し訳ないのですが、こういう感じの型を作っていただきたくて。型にジュースを流し込んで、凍らせて固めるんです。棒を持ち手にして、キャンディーのように食べる氷菓子を作りたいと思っています。アイスキャンディー、という」

図面を見せながら説明すると、カヤより先にファルクが身を乗り出した。

「また面白いものを考え付きましたね。図面から見るに、ガラス管のような細長いアイスが出来上がるのでしょうか？」

「はい、そういうイメージです」

「細い管から凍ったものを取り出すのは大変なのでは？　中でくっ付いてしまいません？」

「取り出す時には、火の魔石をどうにか上手《うま》いこと使って、型を温めてアイスの表面をちょっと溶かす感じで――」

好奇心に目を輝かせるファルクと、説明を加えるアルメ。二人の言葉を、カヤは必死にメモしている。その彼女の手元で、時折キラリと光が舞う。

この光は精霊によるものだ。金物屋をはじめとして、物作りに携わる職人たちは精霊ドワーフと契約していることが多い。彼らは精霊の魔法を使って、硬い金属も自在に加工していく。

手元でチラつく光は、きっと彼女と契約したドワーフが一緒になって図面を見て、メモを確認しているのだろう。キラキラしていて、とても綺麗《きれい》だ。

図面に書かれているアイス棒を指さして、ファルクは楽しそうに質問を繰り出す。

「この持ち手の棒に書かれている『あたり』というのは何ですか？」

「これはちょっとした、くじみたいなものです。食べ終わった時に出てくる感じで」

「それは楽しいですね。あたったら何かいただけるのでしょうか？」

「まだ考えてはいませんが、景品があったらお客さんにも楽しんでもらえそうですね」

二人であれこれ話しているうちに、カヤがメモを取り終えた。その様子を見て、もう一つの注文へと話を移す。

アイスキャンディー型の図案をめくって、二枚目を表に出す。こちらはストローの図案だ。

「もう一つご相談したいのが、この金属製の変形ストローです。ストローと、中を洗えるような専用のブラシをお願いしたいです」

慰謝料というまとまったお金も手に入るので、この機会に色々作ってみることにした。よいストローが出来上がったら、飲み物系の商品も色々と展開できそうだ。

またペンを忙しく走らせて、カヤはメモを取り終えた。

「お願いしたいものは以上です」

「えっと、承りました！　あの、父に引き継ぎますので、また打ち合わせに来ていただくことになりますが……」

「もちろん、大丈夫ですよ。工房長によろしくお伝えいただければと思います。図案もお預けしておきますね」

「はいっ！　お預かりいたします……！」

カヤは革のバインダーに図案とメモを挟んで、奥にある工房長の机に置きに行った。が、その途中でまたガシャーンと大きな音が鳴った。工具箱に足を引っ掛けたみたいだ。

戻ってきた彼女は、恥ずかしさに顔を赤くしていた。

「さっきからワタワタしてばかりで、すみません……！　私、すぐ緊張しちゃう質《たち》で……！　父に工房の番を頼まれて、もう朝からずっとドキドキしてて……未熟者でごめんなさい！」

「店番や来客対応は、慣れないうちは誰でも緊張するものですから、そう気負わずに」

アルメが軽く笑いかけると、カヤはいくらか肩の力を抜いて、ホッと息をついた。

ファルクが思いついたように話しかける。

「緊張してしまう時には、いつも食べているお菓子を食べると落ち着きますよ。飴玉《あめだま》とか、フルーツとか、いつも通りに味わいながら食べるんです」

「お菓子、ですか……？」

「ええ。『これを食べたら楽になる。いつも通りでいられる』と強く念じるほどに、よく効きます。暗示薬みたいなものですね」

「なるほど……良いことを聞きました！　ありがとうございます、試してみます！」

話をするうちに、カヤはようやく気の抜けた笑顔を見せた。ギクシャクとしたこわばりが抜けた彼女は、ほわほわとした雰囲気だ。

調子が出てきたみたいで、ペラリと話を振ってきた。

「その方法を使ったら、好きな人にも緊張せずに話しかけられますかね……！」

「あら、カヤちゃん好きな人がいるの？」

「ふふっ、表通りのお菓子屋さんのお兄さんが格好良くって」

少女は淡い恋をしているらしい。帰りの支度を整えながら、アルメはカヤの恋話に乗った。

「お菓子屋さんなら、お買い物ついでにお喋りをしてみたらどう？」

「いつか、勇気が出たら……！　でも、お客さんの多いお店だし……店員さんの特別にはなれないんだろうなぁって思うと、なかなか……」

「店員とお客の関係でも、お喋りを続けていたらきっと仲良しのお友達になれるわよ」

「そうでしょうか？」

聞き返すカヤに向かって、アルメとファルクは笑顔で大きく頷《うなず》いた。


カヤに見送られながら工房を出て、二人はまた通りを歩き出した。

カフェに向かって移動しながら、アルメはふと、気になったことを聞いてみる。

「さっき、緊張した時にはいつものお菓子を食べるといい、って言っていましたけど、ファルクさんにも緊張する時があったりするんですか？」

「えぇ、ありますよ。例えば、祭りの夜にアルメさんを泣かせてしまった翌日、あなたの家に向かう道中は、それはもう酷《ひど》かったです」

「あの……すみませんでした」

それは初耳だ……。今更知った事実に申し訳なくなる。と同時に、白鷹ともあろう人が、そういうところで普通に緊張するというのは、なんだか不思議な感じだ。

「まさかそんなところで緊張していたとは知らずに……。もっとこう、魔物掃討戦の修羅場のお話とかが出てくるものかと思いました」

「もちろん、戦場でも緊張する場面は多いです。大型の魔物が出た時なんかは特に。最近では緊張状態自体に慣れてきましたが、初めて従軍神官として戦に出た時は、本当に酷かったですね。体がこわばって上手く動けず、しまいには魔物の爪を食らって腕が――……ちょっと怪我《けが》をしてしまったり」

ちょっと怪我をした、くらいの語り口じゃなかったような気がするが……。腕が、一体どうしたというのだろう……聞きたいけれど怖くて聞けない。

アルメの恐々とした視線を避けるように、ファルクは前を向いて話をそらした。

「――と、俺も緊張することは、ままあります。緊張したり嫌なことがあったり、疲れてしまったりした時には、いつも冷たいフルーツを食べていました。子供の頃を思い出して落ち着くので、気慰みに」

ファルクが冷たく凍らせたフルーツを好んでいる、という話は、出会った最初の頃に聞いている。父親が、病弱だった彼に買い与えてくれたのだと、瞳を揺らして語っていた。

白鷹の心を支える思い出の食べ物……今更ながら、とてもプライベートな話を聞いてしまっていたのだな、と思う。

あれこれ思いをめぐらせているうちに、ファルクはこちらを向いて言い添える。

「でも、今はアイスを食べたくなります。フルーツよりも先に、食べたいなぁと思い浮かぶようになりました。戦地にも持っていけたらいいのにと、心から思います」

「それは光栄です。でも、戦地に卸すアイスはありません。どうぞ、アイスはお店で食べてください。いつでも待っていますから」

そう返すと、ファルクは少し困ったような顔で笑った。

アイスは戦地から無事に帰ってきた時にだけ、食べられるものにしておこう。そうしておけば、このアイス好きの常連客はきっと帰ってくるだろうから――。

お喋りをしながら大通りを歩き、ほどなくしてカフェ・ヘストンに着くと、ウィルとアリッサが笑顔で出迎えてくれた。既にウキウキとした様子だ。

今日はカフェは閉めているので、試作会と今後の打ち合わせに時間をたっぷり使えるそう。

カウンターテーブルに集まって、まずは挨拶を交わす。

「こんにちは、ウィルさん、アリッサさん。こちらは私の友人のファルクさんです」

「ファルクと申します。仲間に入れていただき光栄です。よろしくお願いします」

「僕はウィル。こっちは妻のアリッサ。こちらこそどうぞよろしく」

「アルメさん、ファルクさん、ようこそカフェ・ヘストンへ。――さて、親睦会は試食の時にするとして、アイスが溶ける前に始めましょう！」

アリッサはパンと手を叩いて場を締めると、早速動き始めた。

棚から数種類のグラスを出して、カウンターの上に並べる。細長く背の高いグラス、持ち手の付いたグラス、底が丸く膨らんで脚の付いたグラス――などなど。

「コーヒーフロートに使うグラスはどれがいいかしら？　女性客や富裕層を狙うなら、洒落《しゃれ》た飾りグラスがいいと思うのだけど」

「そうですね、お洒落なグラスだと可愛《かわい》く仕上がりそうです。冷たい飲み物なので、あまり大きすぎないほうがいいと思います」

「お洒落なグラスだと、こういうのもあるわ。ちょっと数は少ないのだけれど」

そう言いながらアリッサが取り出したのは、美しいカッティングが施された、装飾グラスだった。

表面に刻まれたレースのような繊細なカットは、光を反射してキラキラしている。

上等なカットグラスを見て、ファルクとウィルも意見を言う。

「華やかなグラスですね。貴族のご婦人方が好みそうです」

「最初のうちはこのグラスで出して客を寄せて、商品の評判が出てきたら別のグラスも使う、っていうのはどうだろう？」

「目に留まりやすいので、華やかなグラスはいいですね！　このグラスだと量もちょうど良さそうなので、ひとまずこちらに決めましょうか」

グラスを決めたら、アリッサが同じものを人数分取り出した。

並ぶカットグラスを見ているうちに、アルメの頭の中には別のメニューも浮かんできた。そういえば前世には、こういう華やかなグラスで食べる、派手なアイスがあったなぁ、と。

(このグラス、パフェに使ってもすごく映えそう。ファルクさんの言うように、貴族のご婦人方が華やかなものを好むのなら、パフェも人気が出るかしら？)

前世のパフェはバリエーションに富んでいて、見ているだけで楽しかった。この街の人々にも気に入ってもらえそうな気がする。

思いついたことを頭のメモに書き加えておく。そのうち試作品でも作ってみよう。

アリッサがグラスを洗って、ウィルがコーヒーの準備を始めた。

ファルクはカウンターの上にアイスの入った鞄を置いて、アルメに問いかける。

「ミルクアイスと――こちらの小さな容器には何が入っているんです？」

「こっちは飾りのサクランボとミントです。あとは白鷹ちゃんの飾り用に、レモンの皮の欠片《かけら》を持ってきました」

「俺も飾りのお手伝いをしてもいいでしょうか？　ただ食べるだけというのは申し訳ないので」

「もちろんです。では、アイスを盛った後にお願いしますね」

手伝いをお願いすると、ファルクは顔をほころばせた。白鷹が白鷹ちゃんアイスを作るという、なんだか面白い光景が見られそうだ。

ウィルは事前にブレンドしておいたというコーヒー豆に、ゆっくりと湯を注いでいく。

大きなガラス容器――サーバーに、たらたらとコーヒーが落ちていき、中の氷で瞬時に冷やされる。湯を継ぎ足しながら注ぎ、サーバーの中にはたっぷりとコーヒーが溜《た》まった。

アリッサがカットグラスに氷を入れて、ウィルへと渡す。サーバーからグラスにコーヒーを注ぎ入れ、まずはアイスコーヒーが出来上がった。

店内に満ちる良い香りと、カランと鳴る氷。もうこの時点で美味《おい》しそうな仕上がりだけれど、さらに、これをフロートにしていく。

カウンターに出されたアイスコーヒーに、アルメはミルクアイスを載せた。アイススプーンで容器からすくい、グラスにまんまるく浮かべる。

それを隣のファルクに流して、飾り付けをお願いした。

ファルクはピンセットを使ってテキパキとアイスを飾る。レモンの皮でミルクアイスに目とくちばしを付けていく。

「ファルクさん、器用ですね。初めてとは思えない手際の良さ」

「細かい作業は得意なんです。日頃の手術で鍛えた腕が、こんなところで役に立つとは思いませんでしたが」

「それはちょっと、今聞きたくはなかったですね」

「……すみません」

口を滑らせてしまったファルクに、アルメはじとりとした目を向けた。食べ物を装飾している時に、神官の仕事の話はやめてほしい……。想像すると食欲が失《う》せてしまいそうだ。

横目に作業を見つつ、アルメはサクランボとミントの葉を取り出した。白鷹ちゃんの隣にそっと添える。

これでコーヒーフロートの完成だ。

アリッサがキャラメルシロップを小さなミルクピッチャーに入れて、フロートに添えてくれた。

「キャラメルをかけたら、もっと美味しくなると思うわ。試してみて」

「商品名は『キャラメル白鷹ちゃんコーヒーフロート』って感じでどうだろう」

「キャラメル白鷹ちゃん……ふふっ、面白いですね。新種の白鷹様みたいで」

ウィルが提案した名前に、ちょっと笑ってしまった。そのうち苺《いちご》白鷹とか、チョコ白鷹とか、白鷹に種類が増えていくのだろうか。

隣のファルクを見ると、照れたような困ったような、なんとも言えない表情をしていた。

人数分の試作品が完成したところで、出来上がりを評価する。四人でカウンターを囲って、まじまじとフロートを見つめて感想を言い合う。

「これがコーヒーフロート。飲み物の上にデザートが載っているなんて、面白いわね。よく思いついたこと」

「もっと派手に食用花を飾ってもいいかもしれないな」

「花屋の友人が言っていたのですが、今は白いお花が人気だそうですよ」

「俺は白い花にこだわらず、色とりどりの花が添えてあったほうが良いように思いますが……」

困り顔のファルクに笑いつつ、アルメはスプーンに手を伸ばした。

「では、溶ける前に試食を。いただきます」

各々グラスを手に取って、アイスをすくってパクリと頰張《ほおば》った。

香り高いコーヒーと甘いミルクアイスが合わさって絶妙だ。コーヒーにひたっている部分のアイスを削って食べると、両方の味を楽しめて良い。

さらにミルクピッチャーのキャラメルシロップをかけると、また味が変わって美味しい。

あっという間に半分ほどを胃に収めたファルクが、目を輝かせてしみじみと言う。

「美味しい……俺はこれまで、アイスコーヒー自体飲まずに生きてきたのですが……この爽やかな冷たさと味わいを楽しめるのなら、ルオーリオの暑さにも感謝したくなりますね。極寒の北の地ではこの感動は味わえない……」

「ファルクさんはルオーリオの出身じゃないのかい？」

「はい、極北の街ベレスレナから参りました」

「あら！　それって白鷹様とご出身が一緒なんじゃない？」

「あぁっと、あの、すごい偶然ですよね……！　有名人と一緒なんて、ファルクさんが羨ましいです」

アルメは会話に割り込んで、のほほんとした空気のままペラッと身分を明かしてしまいそうなフアルクを制する。

白鷹の名前が出たところで、ふいにウィルが神妙な顔をした。

「……しかしこのコーヒーフロート、仮にも白鷹様の分身にキャラメルをぶっかけるなんてことをして、不敬罪で捕まったりしないだろうか」

「いやぁ、ええと、たぶん大丈夫だと思いますよ」

「まったくもって問題ありませんよ。白鷹は甘いものが好きなので、キャラメルでも何でも、どんどんかけてしまって良いかと。――たぶん、そう言うと思います」

「白鷹様が甘いものがお好き、っていうのは、何だかあまりイメージできないわね。あのお方は霞《かすみ》とかを食べてそう」

アリッサが冗談っぽく言うと、ファルクは複雑な顔をしてアルメの耳元に顔を寄せた。小声でぼそりと囁《ささや》く。

「もしかして世間では、白鷹は人間扱いされていないのでしょうか……」

「何とも答えかねますね……どちらかというと、精霊に近い扱いかも」

「そんな……人間になるにはどうしたら……」

人間に憧れる妖怪みたいなことを言い出して、アルメは吹き出しそうになってしまった。

素は十分に人間らしいので、そんなに悲しげな顔をしないでほしい。

カウンター席に着いて試食を楽しみながら、提携の話も進めていく。ひとまず前向きにやってみよう、ということで、最初のミルクアイスの納品は容器二つ分に決まった。容器一つの大きさは両手で軽く抱えられる程度だ。前世の感覚で言うと、大体二リットルくらいだろうか。

売れ行きを見つつ、都度追加で納品していくことになった。

手帳にメモを取りつつ、アルメは手元でこっそりとお金の計算をする。

（容器一つ分を三千五百Gで提供するとして、二つ分で七千Gの売上。原料のミルクは一缶、二百六十G。これを四つくらい使うとして、さらに卵に二百Gかかるから、売上から原価を引くと利益は――）

手帳に数字を書き出して、式を組み立てようとしたところでファルクが囁いた。

「五千七百六十Gです」

「電卓が隣に……」

「デンタク？　俺はファルクですが」

思わず、前世の便利な機械の名前を呟《つぶや》いてしまった。ファルクは空気清浄機能の他に、電卓機能まで兼ね備えているようだ。

さらに物知りなので『インターネット検索』のようなこともできる。……そのうちうっかり、パソコンと呼んでしまいそう。

一家に一台――いや、一家に一ファルク、欲しいところである。

手帳を見つつ、二人でひっそりと話していたら、ウィルが話しかけてきた。

「手を組む店同士、改めて、これからよろしく。フロートの件に限らず、困ったことがあったら気軽に相談してくれて構わないよ。一人で店をやっていくのは何かと大変だろう？　特に女性は、物騒なことに巻き込まれることも多いからね」

「ありがとうございます。最近、頼もしい従業員も二名入りましたし、私事ですが、縁探しが上手くいけば、そのうち夫のサポートも得られるようになるかもしれないので――」

「お待ちなさい。縁探し、とは？　その話は初めて聞くのですが」

アルメが喋り終える前にファルクが言葉を被せてきた。そういえば話していなかったので、近況報告も兼ねて、雑談のネタとして披露しておく。

「ええと、実は最近、婚活――縁探しを始めまして。恥ずかしながら、最初の縁談が上手くいかなかったので……次こそは頑張ろうかと。ちょうどこの前、お相手探しの一環で食事会をしたところでして」

「あらあら、苦労があったのね。何かお手伝いできることがあったら言ってちょうだい。アルメさんは息子夫婦と歳《とし》が近いし、縁探しの力になれるかもしれないわ」

「甘えさせていただく時が来たら、何卒《なにとぞ》よろしくお願いします」

ダネルに続いて、アリッサにも頭を下げておく。

アルメには見合い話を持ってきてくれる親族がいないので、こうした縁はありがたい限りだ。婚活に行き詰まって困った時には、支援をもらえたらと思う。

砕けた空気の中、一人神妙な顔をして、ファルクが問いかけてきた。

「その食事会のお相手というのは、どういうお方だったんです？」

「なんというか、ゆるい雰囲気の方でした。耳飾りがジャラジャラしてて、去り際に、こう、チャラッとキスを贈って寄越《よこ》すような」

「キス……!?　おやめなさい！　そんなすぐに手を出すような男！」

ファルクは思い切り声を裏返らせた。そんな声出せるのか、と驚いた。――と、同時に、突然父親みたいなことを言い出したことが可笑《おか》しくて、笑ってしまった。今世のアルメには父親がいないので、あくまでイメージだけれど。

肩を揺らして笑いをこらえていると、ファルクが盛大なため息を吐《つ》いて頭を抱えた。アルメを睨むような目で見つめながら、低い声を出す。

「笑い事じゃありませんよ。あなたの身を案じているというのに……。いっそ俺が面接官にでもなりましょうか？　チャラい男など一次面接で弾《はじ》いて差し上げます」

「何の採用試験ですか。やめてください。ファルクさんが面接官になったら、一生結婚できませんよ」

上位神官の試験を突破できる人材など、この世に一握りだろう。エリートを射止めようだなんて高望みはしていないので、勘弁願いたい。

ピシャリと断りを入れると、ファルクは顔をしかめて、また大きなため息を吐いた。

そんなファルクの様子を見て、ヘストン夫婦は二人で顔を見合わせる。

「おやおや」

「まぁまぁ」

二人で似たようなことを呟きながら、クスリと笑い合う。

その後はなんだか妙にぬるい笑顔で、アルメとファルクのやり取りを見守っているのだった。

カフェでの試作会を終えて、コラボメニューのための提携契約も無事に結ばれるに至った。

アルメを家まで送り届けた後、ファルクは一人、ぼんやりと路地を歩く。

カフェからの帰り道で、アルメはついでに黒虫よけのハーブを買っていった。黒虫は一匹いたら百匹はいるそうなので、これから家中に設置するとのこと。

「一匹いたら……百匹……」

頭の中でぐるぐると考えていたことが、つい口からこぼれ出る。カフェでの雑談を思い返して、また深くため息を吐いてしまった。

アルメが縁探しをしているという話は、まったくの初耳だった。年頃の娘なので、おかしなことは何もないのだけれど……。

……なんとなく、胸の奥がもやついてしまった。

食事会をした相手がチャラッとした雰囲気だったと聞いて、さらにそのモヤモヤが深まった。大丈夫なのだろうか、と心配で仕方がない。

アルメは笑っていたが、面接官の申し出は冗談ではなく、本気で言ったことなのだけれど、残念ながら断られてしまった。

(チャラッとした雰囲気の人……そういえば、祭りの露店へ使いに出した時、カイルさんが同じようなことを言っていたな。アルメさんのかき氷店の隣は、チャラッとした店主の店だったと……)

記憶をたどるうちに、胸のモヤがさらに一段と濃くなった。

カイルは『二人は仲が良さそうだった』と言っていた。もしかして、食事をした相手と、祭りで隣だった店主は同一人物なのだろうか。

仲の良い友人関係……だとしたら、アルメはその人物も自宅に上げてしまうのだろうか。今日、自分を招いたみたいに。

チャラい男を、独りで暮らす家に上げる——。そんなことをしたら、もう良からぬ事件が起きてしまう予感しかしない……。

「虫を……払わなければ……」

ぐぬぬ、と低く呻《うめ》き声《ごえ》を上げながら、ファルクは表通りへと歩いていった。

賑《にぎ》やかな大通りまで出て、馬車を使わずにしばらく歩く。目指す場所は宝飾品店だ。ひとまずの虫払いは、宝石に頼ることに決めた。

高価な宝飾品を身に着けている女性に対して、格の合わない虫たちは身を引く傾向にある。

そのくらいの虫払いの方法は自分でも知っていたことだが、問題は、アルメは高価な贈り物を拒むかもしれないというところだ。

今までも何度かそういう場面があったので、彼女が遠慮する様は容易に想像できる。

なので、この前ルーグから教わった方法を使わせてもらうことにする。『ただのガラス玉だ』と言って素知らぬ顔で宝石を渡す、という方法を——。

焦《じ》れる気持ちのままに大股で歩いて、宝飾品店にたどり着いた。

石造りの店は、外壁に煌《きら》びやかな彫刻飾りがある。大きな入り口扉の前には、警護員兼、ドアマンの男が二人立つ。一階部分には縦長の細い窓しかない。

表から中が見えない造りになっている。これは防犯のためだけでなく、客をふるいにかけるためだろう。この店に入り辛《づら》いと感じる客は、客ではないということだ。

幸いなことに、上位神官はこういう店にも気軽に入れる。ファルクが扉の前に進むと、ドアマンが重い扉を開いて店へと招き入れた。

中に入ると、魔石による明るい照明と、磨き上げられたガラスのショーケースがファルクを出迎える。

すぐに店員が寄ってきて、声をかけてきた。落ち着いた色合いの三つ揃《ぞろ》えをピシリと着込んだ、なんとも上品な姿の男だ。

「いらっしゃいませ。ご用命がありましたら、なんなりと――……」

店員の男は決まった接客セリフを言い切る前に、ファルクの姿を上から下まで見まわした。言葉が尻すぼみになる。

その様子を見て、はたと気が付いた。自分は今、ものすごく適当な格好をしているということに。

この街は暑いので、休日はいつも、過ごしやすいラフな格好をしている。シャツ一枚に、適当なスラックス。汗で傷んでも構わない、適度にゆるやかなもの。

特に気にせずそのままの格好で店に入ってしまったけれど、どうやら店員にはあきれられてしまったらしい。

店員の雰囲気が、冷ややかなものに変わった。客ではないと判断されてしまったようだ。上品な接客スマイルは白けたものに変わり、声のトーンは一段下がった。

店員はどこか投げやりに息を吐きながらも、とりあえずの対応はしてくれた。

「……ご用命がありましたら、なんなりとお申しつけください」

「ありがとうございます。では早速ですが、品をいくつか見せていただいてもよろしいでしょうか?」

「かしこまりました。こちらへどうぞ」

店の奥のカウンターへと通されて、席に座る。担当の店員は他のスタッフたちに視線を送って、なにか合図をしていた。

それを受けて、他の店員たちはクスクス笑っていたけれど、自分は目当ての品だけ買えればそれでいい。特に過剰なサービスは求めていないので、気にしないでおく。

店員に向かって、さっと注文を伝える。購入するものはもう決めてある。

「ホワイトダイヤのネックレスとイヤリング、あとはブレスレットを見せていただけますか? 女性への贈り物です。大きすぎず、カットとカラーのグレードの高いものを。店内にあるもので構いません。あぁ、あと、石座と鎖は金のものを。なるべく華奢《きゃしゃ》なデザインでお願いします」

「え、っと、お客様、失礼ですがご予算は……?」

「特に決めてはいません。良いものがあれば、いただきます」

店員は複雑な表情を浮かべながら、慣れた動作で品を見繕ってテーブルに広げた。表情の内訳は、疑いと戸惑い、そして少しの好奇心といったところか。

テーブルに敷かれた黒い布の上で、アクセサリーが輝く。

ネックレス、イヤリング、ブレスレット——いくつか並べられたものは、どれも上品なデザインで、彼のセンスの良さがうかがえた。

どれも、金の石座に一粒のホワイトダイヤがあしらわれている。

ホワイトダイヤを選んだのは、前に彼女に贈った花の髪飾りが白かったから、色を合わせてみただけだ。他意はない。……断じて、白鷹の色を身に着けてもらえたら嬉しいから、という下心が理由ではないのだ。

店員が並べた品々の中から、それぞれ一番アルメに似合いそうなものを選んで、会計をお願いした。

財布から身分証のカードを出して手渡す。

このミスリルの身分証カードは便利なもので、財布に手持ちの金がなくても後払いで買い物ができる。

ある程度の身分が保証されている者は、大体みんな持っている。身分によって利用範囲が制限されるが、官や上流貴族、商人なんかに広く利用されている。

とはいえ、店によっては使えないことも多いので、生活には現金の手持ちも必要だ。

高額商品を扱う宝飾品店であれば、日常的によく見るカードであろう。――と思うのだが、店員はカードを見て目をまるくしていた。

「……ファルケルト・ラルトーゼ……様？」

彼のこの反応。この前銀行でも同じようなものを見たなぁ、なんてことを思う。

店員は身分証カードとこちらに視線を往復させて、チラチラと何度か確認する。

「お、お預かり……いたします。お支払いは、ご一括で……？」

「はい、お願いします」

店員は、何とも言えないおかしな表情をしたまま、伝票を書き始めた。首元に汗がにじんでいる。

購入する商品の名前と金額、日付、店名などを、三枚の用紙に記入していく。書き終えると、伝票を身分証カードと共に専用の処理機に通す。

処理機のレバーをガシャンと引くと、紙にカードの情報が転写された。

三枚分の伝票を処理して、こちらに向けて並べる。

「こちら三枚とも、サインをお願いいたします……」

言われた通りにサインを入れたら、店員は汗を流したまま、サインをまじまじと見つめていた。

伝票の一枚を控えとして受け取って、商品の包装を待つ。

テーブルの周りには、いつの間にか他の店員までわらわらと集まってきていて、今更ながらお茶を出されてしまった。もう帰るところなのだけれど。

群がってきた店員たちの声掛けを丁重に断りつつ、商品の入った紙袋だけ受け取って席を立つ。

店を出る時には、盛大な見送りを受けてしまった。店員たちは皆、戸惑った表情をしていて、自分まで変な顔をしてしまった。

彼らを惑わせてしまって申し訳ない……。入店と同時に変姿の魔法を解いておけばよかった。

そんなことを思いながら宝飾品店を出て、通りを歩き出そうとしたところで足を止める。

たった今、手に入れたアクセサリーセットの袋を見て、ため息と共に項垂れた。

勢いにまかせて買ってしまったけれど、冷静になって考えてみると、この虫払いアイテムは重すぎるのではないか？　……という気持ちが、じわじわと湧いてきた。

トボトボ歩き出しながら、思いをめぐらせる。

（アルメさんを悪い虫から守りたいと思ったのだけれど……余計なお節介だろうか）

願わくば、アルメの一番の友達の位まで登り詰めて、彼女を守りたいと思う。……けれどこの気持ちは、傲慢な独りよがりでしかない。

本音を言うと、自分は彼女をその辺の虫たちに渡したくないのだ。

アルメが結婚して家庭を持ったら、友達として遊ぶ時間が減ってしまう。そのことを考えると、どうしても縁探しを応援できなかった。

そんなしょうもない子供みたいな独占欲で、自分は彼女に寄る虫を払ってしまおうとしている。

……彼女の人生を、邪魔しようとしている。

（……俺も十分すぎるほどに、害のある虫じゃないか）

考えれば考えるほど、気分が沈んでいく。自分が虫を払う、なんて息巻いていたけれど、自分も払われるべき虫の側だ……。

きっとそのうちアルメ自身に、もしくはアルメが選んだ相手に、払われてしまう虫なのだろう。


ぼんやりと考え事をしながら歩き、帰ってきた中央神殿にて――。

神官たちが休憩をとるラウンジの端っこで、ファルクは一人、改めて項垂れていた。

ソファーに体を預けて、ガクリと頭を落とす。テーブルの上には、宝飾品店の紙袋がぽつんと置かれている。

この買ってしまったアクセサリーセットをどうするべきか、と思い悩んでいるのだった。

贈りたいけれど、贈ってしまったらアルメの縁探しの邪魔になる。どうしようもなく身勝手で重い、虫払いのアイテムだ。

ファルクは頭を抱えて、もう何度目かになる深いため息を吐いた。

その様子をラウンジの神官たちは遠巻きに見ている。声をひそめて、一体何事かと囁き合っていた。珍しい鳥を囲って観察する、バードウォッチング状態だ。

そのうち、テーブルに置かれた紙袋に目を付けた神官たちが、あれこれと詮索《せんさく》を始めた。

「もしかして、ラルトーゼ様はどなたかに振られてしまったのでは……？　テーブルにある紙袋は、中央大通り沿いの宝飾品店のものですから……指輪を贈ろうとして断られてしまった、とか」

「いやいや、さすがにそんなわけないでしょう。あの白鷹様が振られるものですか」

「じゃあ、贈りたいけど贈れない、というお悩みを抱えていらっしゃるとか？」

「だとしたら、白鷹様がお悩みになるほどのお相手とは、一体……」

考察が深まっていくにつれて、神官たちのヒソヒソ声のざわめきが増していく。

若くして上位神官の位まで登り詰めた白鷹ほどの男が悩む相手となると、限られてくる。

彼以上に身分の高い、手の届かない貴人が相手か。はたまた、既に夫を持っている女性が相手か。

もしくは、あまりにも年齢差のある相手、という可能性も――。

見習い神官カイルも、酷く悩んでいる様子の大先輩――白鷹の姿を遠くから眺めつつ、小声をこぼした。

話し相手は、同じように隣で見物しているルーグだ。

「ファルケルト様があれほどお悩みになるとは……お相手はどこかのお姫様でしょうか？」

「ふむ。姫は姫でも、氷菓の姫じゃろうな。――どれ、このままラウンジの空気を暗くされても困るし、声をかけてやるとしよう」

やれやれ、と苦笑しながら、ルーグは沈むファルクのもとへと歩み寄った。

ソファーの隣に腰をかけて、気安く声をかける。

「これ、ファルクよ。一体どうしたというのだ。また喧嘩《けんか》でもしたのかい？」

「ファルクではなく、これからは俺のことを虫けらとお呼びください……」

「なるほど、重症じゃな」

ずいぶんとふさぎ込んでいる様子である。これはどうにかして心に治癒魔法をかけてやりたいところだ。

傷を癒やしてやりたいと思うのは神官の性《さが》か、それとも単純に親心か。

肩にぽんと手を置くと、ファルクは自分から事情を話し始めた。

「アルメさんに寄る虫を払おうと、宝飾品を買い込んでしまいました……。俺はアルメさんの縁探しを邪魔しようとしています。人の人生を潰そうとしている……友達として最低です……」

なるほど、とルーグは頷いた。

彼は自分のわがままを通したい気持ちと、友人の未来を想う気持ちで葛藤しているらしい。

そう深く悩まずにヒョイと渡してしまえばいいものを、と思うのだけれど、この男は存外臆病者なのだ。まさに、鷹が意外と繊細で臆病な生き物であるように。

（そんな鷹をなだめて、自由に飛ばしてやるのがワシの役目か――）

ルーグはファルクの背を押してやることにした。ニヤリと笑みを浮かべて、悩みの解決に繋がるヒントを与えてやる。

「お前さんの抱える気持ちは、たしかに、友人としては少々不道徳で重い気持ちだろう。でも、友人としての関係ではなく、別の関係であれば、その気持ちの重さも問題ないものになるのではないか？」

「別の関係、ですか……？」

ヒントを与えると、ファルクは顔を上げた。沈んでいた金色の瞳に光が戻ってくる。

別の関係とはすなわち、『友人を越えた関係』である。そういう関係になったなら、大手を振って贈り物もできるし、虫払いだって何も問題がなくなる。

ファルクは考え込み、ぽつりと答えを口にした。

「そうか、『店員と客』という関係ならば……問題がなくなるかもしれませんね」

「うん……？」

想定していたものと違う答えが返ってきて、間の抜けた声が出てしまった。

首を傾《かし》げていると、彼は導き出したらしい答えをペラペラと喋り始めた。

「確か、接客酒屋にはそういう文化があるそうですね。客が店員に対して重い気持ちを抱き、物を貢ぐという文化が。『店員と、店員に入れ込んでいる客』という関係であれば、高価な品も気安く貢げるし、多少不健全な重たい気持ちを一方的に抱いていたとしても、問題はない気がします。そういう文化のもとでは、むしろ逆に健全――」

「馬鹿者！」

「痛っ……」

すべて聞き終える前に、ルーグはファルクの頭をペシリと叩いてしまった。

まったく、頭が良いはずなのに、どうして妙な方向に思考を飛ばしてしまうのか。……それがこの男の面白いところではあるのだけれど。

渋い顔で叱りつけると、ファルクはポカンとしていた。

けれど、一応の答えを得られたためか、先ほどまでの暗さは消えていた。とりあえず復調したようなので、まぁ、今回は良しとしておこうか。

この麗しい白鷹は、事を急《せ》かしたところでまた変な方向に飛んで行ってしまうだろうから。しばらくはこのまま、のんびり飛び回る様を見守ろうと思う。

ファルクは表情を整えて、キリッとした声音で言う。

「このアクセサリーは折を見て、貢ぎに行こうと思います！」

「くれぐれも、接客酒屋のくだりまで説明せぬようにな」

注意をしつつ、ぽんと背中を叩いてやった。応援しているぞ、という気持ちを込めて。

どんよりとしていたファルクに明るさが戻ってきた。

が、二人の様子を観察していた面々は、未《いま》だにざわついていた。ヒソヒソ話がさらに盛り上がる。

「レイ様がラルトーゼ様の頭を叩いたぞ……！」

「白鷹様が想うお相手は、大神官様がお怒りになるようなお相手なのかしらね」

「そうなると、王族関係か、はたまた聖女様か……」

また考察を始めた神官たちの中、カイルはポツリと独り言をこぼした。

「氷菓の姫……あ、もしかして」

思い浮かんだ答えを、そっと飲み込んでおく。今ここでばらしてしまったら、また騒ぎになりそうなので。

自分だけがたどり着いた答えに、ちょっと優越感を覚えながら、カイルはファルクのほうに目を向けた。

彼が宝飾品店で何を買ったのかはわからないけれど、無事にお相手に贈ることができたらいいな、と思う。尊敬する大先輩の恋路は、心から応援したい。

と、この時は思ったのだけれど。後日カイルは、その尊敬する大先輩ファルクから、『店員に貢ぎ物を贈った』と聞かされる。接客酒屋の女性に入れ込んでいたのか……？　と勘違いをして、ガクリと崩れ落ちるのは、もう少し先の話だ。

6　軍学校の文化とチャリコット

調理室のコンロに鍋を二つ並べて、牛乳を火にかけていく。作っているのはミルクアイス液だ。

これからは自店用とカフェ・ヘストン用に、ミルクアイスはたっぷりと作っておかなければいけない。鍋から香る甘いバニラとミルクの匂いを楽しんでいると、後ろからエーナとジェイラに声をかけられた。

二人には調理テーブルでフルーツアイス用の果物の皮をむいてもらっている。

「アルメ、この前のチャリコットさんへの返事ってどうなったの？　実はもう、お付き合いしてたり？」

「まさか！　今週中にはお返事をしようと思っていたところ」

「お！　もう気持ち固まってる感じー？」

期待に満ちた目を向けられて、ちょっと身をすくめてしまった。良い答えは返せないので……。

「チャリコットさんのお誘いは、やっぱりお断りすることにしたわ。場数を踏むためにお付き合いをするっていうのは、なんだか誠実じゃない気がして……。気楽に考えてみようって思ったんだけど、肩肘張らずに素の気持ちで考えた結果、この結論に至りました……」

仲を取り持ってくれたジェイラには本当に申し訳ない。けれど、やはりこういう軽い恋仲の始め方は、自分には向かない気がした。これがアルメの率直な気持ちだ。

「せっかくジェイラさんに機会を作っていただいたのに、本当にごめんなさい。こんなんじゃ私、いつまでたっても経験値なんて得られませんね……」

「いいっていいってー。気が乗らないから断るってのも、経験っしょ」

渋い顔をするアルメとは裏腹に、ジェイラはいつも通りにカラッと笑っていた。

エーナがオレンジの皮をむきながら、話を続ける。

「そうね、断るっていうのも経験よね。人を振ってしまうっていうのも、結構勇気がいることだし」

「そう……そうなのよね。実はその勇気が出なくて、返事が遅くなってしまっていまして……本当に最低なことに……」

「大丈夫だよ、チャリコットの奴《やつ》は気にしないと思うよー？　断りにくければ、いい方法教えてやろっか？」

「いい方法？」

アルメが聞き返すと、ジェイラは『軍人の気楽な振り方』なるものを教えてくれた。

「軍学校の連中がやってることなんだけど、相手を振る時は、返事の代わりにブレスレットを贈るんだよ。革紐《かわひも》に軍神の名前を入れて、『加護がありますように』つって渡すの」

「それは変わった文化ですね。初めて聞きました」

アルメの前世の学校には、好きな人から制服の第二ボタンをもらう、なんて習慣があったけれど、この世界の軍学校にも独自の文化があるらしい。

「振られれば振られるほど軍神の加護が増えていって、そいつは強くなる、っていう」

「恋人を逃す代わりに、加護を得る仕組みなんですね」

「そうそう。ブレスレットの数を競い合ってネタにもなるし、堅っ苦しいやり取りをするより、お互い気楽でいいっしょ～？」

たしかに、この方法ならあまり気まずい雰囲気にならずに済みそうだ。それなりの物を贈れば、お詫《わ》びの品も兼ねることができる。

「明日アイス屋休みっしょ？　暇だったら買いに行くー？　アタシの馴染《なじ》みの店でいいとこあるんだけど」

「是非、お願いします！　チャリコットさんの好みに合いそうなものも、教えていただけると助かります」

「それなら私も行きたい！　アイデンのお守り兼、虫払い用に、派手なブレスレットが欲しいわ」

お守りという言葉を聞いて、ふと思いついた。ファルクも戦に出る人だし、この機会に加護のお守りを贈っておこうか。

「軍人さんへのお守りを神官様に渡してもいいものかしら？」

「白鷹《しらたか》様に渡すのー？　従軍神官は半分軍人みたいなもんだから、いいんじゃね」

「いや、でも、庶民から物を贈られても迷惑か……」

安っぽい装飾品を贈られても迷惑だろうか、という思いが胸をよぎる。が、悩み込む前に、アルメの背をエーナの明るい声が押した。

「大丈夫よ、ファルクさんなら絶対に喜んでくれるって！　――って、なんか前にも私、アルメに同じようなことを言った記憶が」

「ベアトスさんへ贈るスカーフを選んだ時ね……」

「ごめん……今のなしにして」

前にフリオへのプレゼントを選んだ時のやり取りを繰り返してしまって、エーナと二人で苦笑してしまった。

今度こそは、プレゼントを無事に渡して、喜んでもらえたらと思う……。


そんな話をして、翌日――。

アルメはエーナとジェイラの二人と待ち合わせて、革細工の店へと向かった。

ジェイラが軍学校時代からひいきにしている店だそう。迷路のような路地の奥の奥にある店で、地元民でも迷うほど、難易度の高い場所にあるらしい。

彼女について路地を進んでいくと、小さな工房があった。

壁にはつる草が絡まっていて、雰囲気のある店だ。魔女の家、もしくは秘密基地みたいでドキドキする。

ジェイラが元気よく扉を開けると、工房の中には魔女ではなく、高齢の男性の職人がいた。もさもさとした真っ白な髭《ひげ》をたくわえた革職人――店主は、にっこりと目を細めた。

「おぉ、ジェイラちゃんかい。久しぶりだねぇ。どうした？　ま〜た男を泣かせるのか？」

「今日はアタシじゃないよ。男を泣かせるのはこっちの子〜」

ジェイラはアルメの背をポンと押して、店主の前へと押し出す。

「な、泣かせるというのは語弊が……！」

「おやおや、お嬢さんは軍学校の子かい？　なんだか、剣を握るようには見えないが。それにそっちの金髪のお嬢さんも、ずいぶんと綺麗《きれい》な手をしているね」

「ええと、私たちは軍学校の人間ではないんです。部外者ですが、ブレスレットを購入できますか？」

アルメとエーナは身を寄せて、大丈夫だろうかと顔を見合わせる。二人の心配をよそに、店主は店の奥へと案内してくれた。

「もちろん、歓迎するよ。いや、大歓迎と言っておこうか。軍学校の子たちしか来ない店だから、街のお嬢さんたちが来てくれて嬉《うれ》しいよ。さぁ、色々と見ていっておくれ」

小さな店の中には壁に沿って棚が並び、革紐と小物がズラリと並んでいる。

革紐は指の幅ほどの、平たいものが多い。シンプルな形だが、色とりどりで見ていて楽しい。

「ブレスレットにはこの平たい紐を使うから、好きな色を選んでおくれ。紐を選んだら、次に合わせるビーズを選ぶ。そして最後に、刻印する言葉を決めてもらう。それを仕立てて完成って流れだ。お代は一つ三千G《ゴールド》ね」

「組み合わせを選べるんですね」

「楽しいわね！　何色にしようかな」

ブレスレットは半オーダーメイドで作れるらしい。センスが問われるけれど、組み合わせを考えるのは楽しそうだ。

エーナとジェイラは早速紐を見まわして、それぞれ気に入った色を手に取った。

「アタシもチャリコットに贈ってやろ〜っと。オレンジにしよっかなー」

「私は虹色にするわ。一番派手なやつ！」

「ジェイラさん、チャリコットさんは何色がお好きなんでしょう？」

「あいつは手持ちの物、赤系の色が多いかな〜」

「じゃあ、チャリコットさんには赤色を贈ろうかしら。ファルクさんには——」

白色を手に取ろうとしたけれど、やめておいた。淡い色はすぐに汚れてしまいそうだ。

一応戦地へ行く人に贈るものなので、汚れの目立たない色を選んでおこう。……着けてくれるかはわからないけれど。

神官服の色から取って、青色を選ぶことにした。昼の空のように深い色合いで綺麗だ。

革紐はしっかりとしているわりにやわらかくて、着け心地も良さそう。

革紐を選んだら、次はビーズが置かれている場所に移動する。

テーブル一面にビーズ入れが置かれていて、革紐のサイズに合った四角く平たいビーズが輝いている。艶やかなガラスのビーズは飴《あめ》みたいだ。こちらも色とりどりで、迷ってしまう。

センスうんぬんは置いておき、もう三人とも、好きな色を好きなように選んでしまった。カラフルなブレスレットが出来上がりそうだ。

選んだものをトレイに載せて、次の場所へ移動する。次は革に彫る言葉を決めるそう。

店の端の小さなテーブルに集まって、三人で身を寄せ合って椅子に座る。店主がテーブルの上に、何冊かの小冊子を置いた。

「これを参考にどうぞ。こっちの冊子には神と精霊の名前がまとめてある。こっちは祈りの言葉とまじないの呪文。こっちには詩と、流行《はや》りの歌の歌詞も載せてある。短い文しか入れられないが、もちろん、自分でメッセージを考えてもいいよ」

渡された冊子を手に取って、パラパラと見てみる。

神や精霊に加護を求める祈りや、幸運の祈り、ラブソングの歌詞など、色々載っていて面白い。この街の古い歌『人生は気楽に、愛は真心のままに』も、ばっちり載っていた。

ジェイラは開いたページを指さして言う。

「チャリコットにはこれでいいと思うよー。軍神『グラディウス』の加護。軍人のお守りの定番。アタシもグラディウスにするわ～」

「じゃあ、チャリコットさんには神様の名前と加護を」

「アイデンにはどうしようかな。私の名前を大きく入れてもらおうかしら。でも強運のおまじないも捨てがたいわ」

アルメとエーナは冊子を見ながら悩み込む。アルメは詩が載っている冊子も開いてみた。

連なる文字を目で追っているうちに、一つ良さそうな詩を見つけた。

『大切な人よ。あなたと共に朝のパンを』

なんとなく、シンプルなフレーズが気に入った。すっきりとした言葉の中に、生活感があって温かみを感じる。

（一緒にご飯を食べましょう、って意味かしら？　ファルクさんは朝に来店することが多いし、いかもしれない。食べるのはパンではなくてアイスだけど）

戦地から無事に帰って、アイスを食べに来てほしい、という想《おも》いを込めて、この詩を刻印してもらうことにした。

「青いブレスレットのほうは、この詩に決めました。エーナは何にした？」

「私はやっぱり自分の名前と、軍神への祈りに決めたわ」

「よっしゃー、じゃあ爺《じい》ちゃん、そんな感じでお願いしま〜す！」

「はいよ。すぐ仕上げちまうから、待ってな」

店主はメモを取ると、三人のブレスレットセットのトレイを持って、奥の作業スペースへと歩いていった。

刻印用の金具を木槌《きづち》で叩《たた》いて、革に字を入れていく。字を入れた後はビーズを通して、紐の両端に留め具を付ける。

ほどなくして、出来上がったブレスレットをトレイに載せて、三人のもとに持ってきた。

テーブルに置かれた完成品を見て、みんなではしゃいだ声を上げてしまった。

「わぁ、素敵！」

「お洒落《しゃれ》ね！　なんだかアイデンにあげるのがもったいなくなってきたわ……あの人すぐ汚しそうだし。今度は自分用にも作ろうかなぁ」

「軍人しか客がいねーの、本当もったいないよな〜。爺ちゃんもっと店の宣伝したらいいのに」

「宣伝しようにも、店の場所を伝えるのが難しくってな。地区内の地元民にしか伝わらんから、もう諦めちまったよ。人の紹介が頼りだから、お嬢さんたちも友達を連れてきておくれ」

おおらかな店主はそう言うと、もさもさの髭を揺らして笑った。


会計を済ませて、アルメたち三人は店を出た。

店主は、路地の奥へと歩き去っていく娘三人組の背を見送って、しみじみと呟《つぶや》く。

「趣味でやってる店とはいえ、やっぱりお客さんが来てくれると嬉しいもんだ。――それにしても、あの詩を選ぶとは情熱的だねぇ。若さとは良いものだな！」

黒髪のお嬢さんが選んだ詩、『大切な人よ。あなたと共に朝のパンを』の一節は、とある古典文学から取り上げたものだ。

戦地に向かう夫に対して、妻が贈った情熱的な愛の言葉である。

『愛するあなた。早く帰って、私を夜通し抱きしめて。あなたの腕の中で朝日を迎えて、朝食のパンを共に食べたく思います』

これはこういう意味の詩だ。

古典に通じている者にとってはとても人気のある一節だが、知る人は多くない。

冊子に載せてある大量の詩の中からこれを選び取ったとは、あの娘さんはなかなかに通であるらしい。

乙女にこの詩を贈られる者は、どんなにか幸せなことだろう。

店主は髭を撫《な》でながら、この街のどこかにいる幸せ者へと思いを馳《は》せた。

ブレスレットを購入してから数日が経《た》ち、週末が近づいてきたこの日。アルメは両手に冷却ボックスを抱えて、通りを急いでいた。

氷魔石を詰めて即席で作った木箱の冷却ボックス——その中に入っているものはミルクアイスの容器だ。

ガラスの容器は二つ分入っている。前世の感覚で言うと、大体四キロくらいだろうか。なかなかの重量のものを抱えて、早歩きでカフェ・ヘストンへと向かっている。と、いうのも、カフェから追加の注文が入ったからだ。

まだコーヒーフロートの提供を始めてから一週間ほどの短い期間だが、まさかこんなに早いペースで注文が入るとは思わなかった。

晴れ続きの暑さが影響したのか、大通り沿いの好立地が影響したのか——もしくは、両方の条件がそろったからか。アルメの想像を超えて、フロートの人気が出たらしい。

カフェに到着し、通りに面したテラス席に目を向けて、アルメはしばしポカンとする。初めて訪れた時の静かな雰囲気とは一変して、多くの人々で賑《にぎ》わっていた。

店の扉は開け放たれていて、中からも賑やかな音が聞こえる。店内もテラス席と同じように、素晴らしい客入りだ。若い女性客と子供連れも多い。

人々のテーブルに置かれた飲み物を見ると、この前試作したコーヒーフロートに加えて、なにやら新しい飲み物まで出ている。

グラスの縁にキャラメルを垂らして飾り付けられたフロートに、上半分がコーヒーで下半分がミルク、という二層のお洒落なカフェラテフロート。

口の大きく開いたグラスに、浅くコーヒーを入れて、そこに浸《つ》けるように白鷹ちゃんアイスを盛る――という、まるでコーヒープールに入っているようなデザインの商品まで出来上がっている。

ブラックコーヒーにアイスを合わせた男性客。甘いミルクコーヒーのフロートを楽しむ子供たち。みんな思い思いに味わっている様子。

明るい店内の様子に、アルメまでウキウキした気分になる。

(面白いメニューが色々増えてる……！)

あっけにとられていると、カウンターのほうからアリッサが大きく声をかけてきた。

「アルメさん、いらっしゃい！　ごめんなさいね、急《せ》かしてしまって」

「こんにちはアリッサさん。すごい賑わいですね！」

カウンターに進んで追加のアイスを渡すと、アリッサは悪戯《いたずら》っぽく笑った。

「久々の新商品作りに、ウィルと二人で楽しくなっちゃってね。色々アレンジを作って出してみたんだけど、思っていた以上に人気が出ちゃって」

「可愛《かわい》いメニューが増えていて驚きました！　二層のアイスカフェラテフロート、美味《おい》しそうですね」

近くで飲んでいる客のグラスを見て、アルメはごくりと喉を鳴らした。

カウンター裏でせっせと注文をさばいているウィルが、こちらにひょいと顔を出す。

「こんにちはアルメさん。よかったら一杯どうだい？　サービスするよ。追加のアイスを急かしてしまったし、お詫びと感謝を込めて」

「それじゃあ、いただいてもいいですか」

ウィルは頷《うなず》くと、慣れた手さばきで用意を始めた。

今日は一つ試したいものがあったので、元々コーヒーフロートを注文するつもりだったのだけれど。厚意に甘えて、ありがたく新商品をいただこうと思う。

アルメはカウンター席に座り、鞄《かばん》から布包みを取り出した。布を広げると、数本のストローが顔を出す。シトラリー金物工房で作ってもらった、スプーンストローだ。

かき氷を作った時にスプーンストローが欲しかったこともあり、工房長との打ち合わせでこのデザインに仕上げてもらった。

金色のストローは、口に当たる部分がなめらかに仕上げられている。吸い口からなだらかな曲線を描いて、下の部分がスプーンになっている。

コーヒーフロートにぴったりだろうと思って、今日早速、試しに持ってきた。

「はい、お待たせ。白鷹ちゃんカフェラテフロートだよ」

「ありがとうございます。いただきます」

ウィルとアリッサがカフェラテフロートを作って、カウンターに出してくれた。コーヒーとミルクがきっかり二層に分かれていて、見た目にも楽しい。

上に浮かんでいる白鷹ちゃんミルクアイスはとぼけた顔をしていた。可愛らしい仕上がりだ。

アイスの隣にスプーンストローを刺して、カフェラテを堪能させてもらった。苦さと甘さが絶妙な味わいでたまらない。徒歩移動で火照《ほて》った体には冷たさもありがたい。

ホッと一息ついていると、アリッサが話しかけてきた。

「思い切ってアイスメニューを増やして正解だったわ。この街ではやっぱり、あたたかいものより冷たいもののほうが人気ね」

「それにしても、お客さんの入りがすごいですね。通りに何台か馬車が停《と》まっていましたが、あれはお貴族様の馬車でしょうか？」

「えぇ。馬車の走る通り沿いのお店だと、庶民のお店でもふらっと立ち寄ってくださる方が結構多いのよ」

「路地奥店ではなかなかそういうのはないので、いいですね」

通りがかりの富裕層の客を手軽に捉《つか》まえられる、というのは、表通りの店の特権だ。アルメの店ではそうはいかないので、ちょっとだけ羨ましい。

客層が広がったら、もっとたくさんの人にアイスを届けられそうだなぁ、なんてことを考えてしまった。

スプーンストローでミルクアイスをつつきながら、カフェラテを味わう。――という食べ方をしていたら、アリッサが目をキラリと光らせた。

「ところでアルメさん、その便利なストローは何かしら？」

「これは試しに作ってみたスプーンストローです」

スプーンストローの使用感はばっちりだ。

既存の紙ストローや草茎のストローのように、型崩れもしない。このストローを使えば、ちょっと固めのドリンクでも、しっかりと吸えそう。——例えば、『飲むアイス』のようなドリンクでも。

ファルクと仲直りのお茶会をした時に、彼がソフトクリームを飲むアイスというように表現していたので、いっそ本当に飲むアイスを作ってみようかと考えている。

フルーツ入りのシェイクやフローズンドリンクなんかを作ったら、彼にも、街の人々にも、喜んでもらえるのではなかろうか。

よいストローが出来上がったので、そのうち試しに作ってみよう。

そして、このスプーンストローに加えて、今日は別の変形ストローもいくつか持ってきている。

吸い口の下でグルグルと回転したループストローや、二人でイチャイチャしながら飲むカップルストローも作ってみたのだ。

これらは工房長との打ち合わせで盛り上がり、ノリで作ってしまった遊びの品である。

カウンターに広げた色々なストローを見て、ウィルも好奇心に目を輝かせた。

「ずいぶんと変わったストローだなぁ。これはアルメさんの店のオリジナルとして出していくつもりかい？」

「いえ、まったく。スプーンストローはともかく、他のストローは遊びで作ったものなので、面白グッズとして誰かに楽しんでもらえたらいいな、と思っています。これ、どこかに需要ありますかね？　パーティーとかで使えないかしら」

変形ストローを手に取って笑っていると、ウィルがこっそりと提案してきた。

「アルメさんの店の特別にする気がないのなら、そのストロー、うちで導入してみてもいいかい？」

「え、カフェでですか？」

「あぁ。面白いストローだし、上手《うま》くいけば街に広がるんじゃないかな？　ルオーリオ民はこういう盛り上がりそうな物には目がないから。いい客寄せになりそうだ」

遊びで作ったパーティーグッズのへんてこなストロー。人々の興味を引いて人気に火がつけば、面白いことになりそうだ。

イチャイチャカップルストローでフロートを飲む恋人たちや、グルグルループストローを楽しむ子供の姿を見られそう。

「なんだか楽しそうな景色を見られそうですね。是非、お願いします」

「このストローはどこで作ったんだい？　追加の注文はできるだろうか？」

「シトラリー金物工房というところです。図面は工房に預けたままにしてあるので、追加も可能かと。あぁ、あとよければ、フロート用にスプーンストローもいかがですか？　こちらも特にうちのオリジナルにするつもりはないので」

「いいのかい？　じゃあ、そちらもお願いしたい。追加分を発注してもらってもいいかな？　もちろん、費用はこちらで負担するから」

「わかりました。ではまた、改めて注文書をお持ちしますね」

カウンター越しにヘストン夫婦と約束をして、笑顔を交わした。

彼らとの関係は、『戦友』とでも表現するべきだろうか。仕事の中で同じ方向を向いて、共に走る関係。友達や知人とはまた違う、不思議な感覚だ。

戦友との企《たくら》みごとに、なんだか胸が高鳴る心地がした。パーティー用の変形ストローの導入、という新しい仕掛けが、上手くいけばいいなと思う。

面白ストローが流行ったら、三人で思い切りハイタッチを交わそう。


ひとしきり盛り上がった後、アルメはカフェを出て、またアイス屋へと戻ってきた。そうしてせっせと業務をこなしているうちに、日が傾く時刻を迎える。

夕日が差し込む中、ジェイラと二人で閉店作業をしていると――ふいに、一人の男が顔を出した。

褐色の肌に銀の髪、はだけたゆるい服装の男性客――チャリコットだ。

外のテーブルをしまっていたところに、ゆるっとした声をかけてきた。

「よーっす。今日姉ちゃんいるっしょ？　飯おごる約束だったから迎えに来たんだけど――って、あれ？　もうアイス屋終わっちゃった？　食っていこっかな～って思ってたのにー」

「チャリコットさん！　さっき閉店したところですが、中でご馳走《ちそう》しますよ」

「えーいいの？　やり～！」

チャリコットはのん気な返事と共に店内に入っていった。

ファルクものんびりとしたところがあるが、彼もまた違ったのんびり感がある。……のんびりというか、気だるげというか。

チャリコットはカウンターで売上金を数えているジェイラに声をかけた。

「よー姉ちゃん。迎えに来たー。あとアイスちょうだい。大盛りで～」

「お前さー、自分の家じゃねぇんだぞ」

「金は払うって～」

姉弟《きょうだい》の平和なやり取りを聞いて、なんだかほっこりしてしまった。この二人はいつも家でこういう会話をしているのだろうか。

アルメもカウンターに寄って会話に加わる。手を洗って、アイススプーンを握った。

「どのアイスを召し上がりますか？」

「一番人気なのはどれ～？」

「一番人気は――……ええと、白鷹ちゃんアイスですね」

「はぁ!?　何だよそのアイス！」

商品名を伝えると、チャリコットは大袈裟《おおげさ》にカウンターへと崩れ落ちた。ジェイラが腹を抱えて笑い出す。

彼は突っ伏したまま呻《うめ》き声《ごえ》をあげた。

「あの野郎、お菓子屋まで浸食しやがって～……」

「あっはっは！　でも白鷹ちゃんアイス、普通に美味《うま》いよ」

「牛乳とバニラのアイスです。結構甘いですけど、冷たさで爽やかな味わいになるので、男性にも人気ですよ」

「くそ～美味そ～！　でも俺は食欲ごときに屈しねぇぞ！　蜂蜜レモンアイスにするわー」

おかしな苦しみ方をしているチャリコットに笑いながら、注文通りにアイスを取って器に盛る。

スプーンを添えて出すと、彼はパクリと頬張《ほおば》った。垂れ目を細めてもぐもぐと咀嚼《そしゃく》する。

「わぁ、美味いなこれ！　もっと早くに食いに来てればよかった～。暑い日とか最高じゃん」

「ありがとうございます。お口に合ってよかったです」

「家に冷凍庫あったら、買《か》い溜《だ》めて毎日食えるのにな～。うちに氷魔法士がいてくれたらな～」

そう言いながら、チャリコットはチラリとアルメに視線を送った。ついでにウインクまで投げて寄越《よこ》す。

受け取ったアルメは密《ひそ》かに冷や汗をかいた。どうやら『あの返事』を催促されているようだ……。

覚悟を決めて、カウンター裏の引き出しから小さな巾着袋を二つ取り出した。

巾着袋の中には先日購入したブレスレットが入っている。チャリコットに渡すほうを確認して、彼に差し出した。

「……あの、チャリコットさん。この前のお返事ですが……大変申し訳ございません。あなたに軍神のご加護がありますように」

「あちゃ～、愛の神の加護は逃したか～……！」

チャリコットはブレスレットを受け取って渋い顔をした。けれど、雰囲気は変わらずにのんびりとしたままだ。覚悟していた気まずい空気は訪れなくて、アルメは肩の力を抜いた。

チャリコットは早速ブレスレットを取り出して、左手に着けてみせる。

彼の手首には既にもう一つ、オレンジ色のブレスレットが巻かれている。これはジェイラが贈ったものだろう。

アルメが贈った赤いブレスレットと、ジェイラの贈ったオレンジのブレスレットが手首に並ぶ。

目の高さに掲げて眺めて、彼は満足そうに頷いた。

「返事は残念だけど、加護は厚くなったわ。ありがとねー」

「すみません、お待たせしておきながら、良い返事をできずに……」

「いいっていいってー。また普通に友達として飯食いにいこうぜ。……まぁ、次があれば」

「え？」

間延びしたチャリコットの声が、言葉尻でわずかに低いものに変わった。

ジェイラも気が付いたのか、会話に入ってきた。

「なになに？　なんかあった？」

「いや〜なんかさ〜、この前占いの結果悪かったんだよねー」

「占い、ですか？」

占いと聞いて、アルメは神妙な顔をした。

前までは占いなんて、それほど信じていなかったのだけれど……金難と怪我《けが》の占いがばっちり当たった後なので、もう最近ではそれなりに信じている。

内容の精度は占い師の能力にもよるそうだが、悪い結果が出たというのは素直に心配だ。

レモンアイスを一気に頬張って、チャリコットはもごもごしながら話し始めた。

「こないだ軍の連中と飲んだ後、酔ったノリで、占いで勝負しようぜ〜！　ってその辺の占い屋に寄ったんだけどさー」

「占いで勝負、とは？」

「一番良い運勢が出た奴が勝ち、ってー勝負」

なるほど、前世のおみくじのような感覚だろうか。大吉から凶までの運勢で、勝ち負けを決めるような感覚だろう。

「そんで適当に入った占い屋がカード占いの店でさー。裏返しになってるカードを引いて、出てきた。


た絵柄で未来を占うんだけど、それがなんか微妙だった」

「悪い絵のカードを引いてしまったんですか？」

「そー。真っ黒で角と翼が生えてるやつ。それ、『竜』のカードだってさ」

「カード占いだと竜のカードなんざ普通だろ。たまたま引いちまっただけっしょー」

ジェイラがあきれたようにツッコミを入れたが、チャリコットは腑《ふ》に落ちない顔をしたままだった。

彼はぼそぼそと話を続ける。

「全員、同じカードを引いたんだよ。五人いたのに、全員『竜』を引いた。一回ごとにカードをシャッフルしてーっていうやり方だったのにさ。一枚しか入っていないカードを全員が引いちまった」

ぞくりと、背中に冷たいものが走った。そんな偶然あるのだろうか。

固まったアルメを見て、チャリコットは声音をやわらげた。表情を戻してゆるく笑う。

「ってまぁ、そんな結果が出たもんだから、みんな一気に酔いがさめてさ〜。ゲラゲラ笑いながら占い屋に入ったのに、出る時には誰も喋らねぇの。隊長に怒られた後みたいな空気になってて、それは結構面白かったわー」

「笑い事ですか……」

思い出したように肩を揺らして笑い始めたチャリコットを見て、アルメも体のこわばりを解いた。

ジェイラは売上金の計算に戻って、チャリコットに手を伸ばす。

「普段、占いなんか信じねぇ！　とか言ってる軍人どもが、そろいもそろって何ビビってんだよー。

――てかほら、早く代金寄越しな」

「はいはい」

アイスの代金を支払うと、チャリコットは席を立って伸びをした。カウンターに目を向けて、もう一つ残った巾着袋を指さす。

「こっちもブレスレット？　アルメちゃん、俺の他にも振る相手いるのー？　なかなかやるじゃ〜ん！」

「いや、こっちは……特に振るとかそういうアレではなくって」

「そっちのブレスレットは本命なんだよなー！　白鷹様に贈る用の」

「本命とかそういうアレでもありませんが！」

ジェイラのからかいに、早口で言い返してしまった。チャリコットはまた大きく崩れ落ちた。

「ぐわ〜っ！　なんだよそれ、聞くんじゃなかった！　やっぱり白鷹を選びやがったな、アルメちゃんめ〜。くっそ〜……白鷹の奴、許さん！　次会ったら泣かせてやる！」

「やめてください！　彼をいじめないでくださいよ……！」

つい前のめりになって止めてしまった。しょうもないことで内輪《うちわ》揉《も》めをするのはやめてほしい。

「いやいや、冗談だよ。つーか、すかしたツラした戦場の鷹が泣くかって」

「ええと、まぁ、一応白鷹様も人間ですから……」

その泣きそうな顔を見たことがあるから、こうして止めているのだ。

土下座姿で泣き出しそうな顔を晒《さら》した白鷹は、か弱いヒヨコのようだった。あの姿を思うとどうしても、守らなければ、という気持ちになってしまう。

戦場での姿を知らないので、アルメにはこちらの印象のほうが強いのだ。

チャリコットと会話をしているうちに、ジェイラが作業を終えた。

「よっしゃ、終わり〜！　そんじゃ、アタシも上がるわー」

「今日もありがとうございました。お疲れさまです」

彼女は脇に置いてあった鞄を背負うと、チャリコットを引っ張っていった。

「お疲れさん！　またね〜！」

「アルメちゃん、ブレスレットありがと〜！」

「また食べにいらしてくださいね」

別れの挨拶を交わすと、二人は仲良くお喋《しゃべ》りをしながら店を出ていった。

告白の返事をする、というのは、アルメにとっては大きなイベントだったのだが、思っていたよりさらっと済んでしまった。

「チャリコットさん、大人だわ……これが経験値の差」

しみじみとした声で呟いてしまった。

ともあれ、気まずい雰囲気にせず、軽く流してくれたのは本当にありがたいことだ。彼の心遣いに感謝したい。

また友達として、楽しくご飯を食べられたらいいなと思う。できれば、今度はエーナやアイデン、そしてファルクも一緒に。


よく似た姉と弟は、夕焼け空の下、路地を歩いていく。

チャリコットは何てことない風を装っていたけれど、ジェイラの目から見ると、様子がおかしいことなんてバレバレだ。

アルメに振られる前――店に顔を出した時から、調子が悪そうだった。この強がりな弟は隠そうとしているようだが、まだまだ修練が足りない。

男の意地だとか、軍人のプライドだとか、そんなものはジェイラにとってはまるっと全部、どうでもいいことである。脇腹を小突いて、元気のない理由をすっかり吐かせてみることにした。

「――で、どしたん？　元気ないじゃん」

「え～？　やっぱわかる～？　……いやぁ、占いがさぁ、結構心にきてるっつーか」

「お前そういうの、そんなに信じるタイプだっけ？」

「いやぁ、まぁ……」

歯切れの悪い返事をするチャリコットを、急かさずに見守る。弱音を吐くのに時間がかかるのは、子供の頃からの彼の癖だ。

しばらく待っていると、ようやく続きを喋りだした。

「……占いで『竜』のカードを引いた後、酔いがさめたって話したじゃん？　みんなビビってたから、その後、もうちょっとちゃんとした占い屋に行ったんだよねー。そこで五人それぞれ、未来を占ってもらったんだけどさー」

「おー、どうだったの？」

チャリコットは一度口をつぐんだ後、ぽつりと言った。

「俺だけ、占いの結果が出なかった。何も見えないってさ。返金されちった」

未来を占ったのに、その結果が出なかった。……それはつまり、そういうことだ。

しょんぼりとした顔で、チャリコットは路地の石床を見つめて歩く。ジェイラはその背中を力一杯叩いてやった。

「やっぱ晩ご飯、今日もアタシのおごりにしてやるよ。好きなもんを好きなだけ、思いっきり食え。好きな酒をたらふく飲んで、なるべく早く、好きな奴らに会いに行っとけ。そんで全部済ませた後、教会に行こうぜ。アタシも神への祈りに付き合ってやるよ」

「……おう、そうする。ありがと」

顔を上げて、チャリコットは小さく笑った。

チャリコットがどの占い屋に行ったのかはわからないが、占い屋なんてものはピンからキリまである。

精度の低い占い屋に当たったのだと信じよう。

軍神の加護を、手首に二重に重ねた男が、そう簡単に天に昇るものか。加えてこちらには、『軍人の守り神』だってついているのだ。

ジェイラはチャリコットの手を引っ張って、焼肉屋に連行した。

弱った時には肉！　と相場が決まっている。今日はたらふく食わせてやろうと思う。

7　戦場の鷹へ、プレゼントと約束を

連日の営業を経て、今日はお休み手前のオープン日。

まだ朝の早い時間――アイス屋の開店前だけれど、玄関の呼び出し鐘が鳴り、ファルクが顔を出した。

最近、ありがたいことに客入りが良くなったので、ファルクとの時間をとるために、来店の時間を調整して開店前に来てもらうことになったのだった。

他の客に見つからないように調理室に押し込んで、一人ぽつんとアイスを食べてもらうというのは、やはり心苦しいものがあるので。

開店前の来店を提案すると、彼はとても喜んでいた。やっぱり一人アイスは寂しかったらしい。

ファルクは店に入った瞬間に、さっさと変姿の首飾りを外してしまった。

首元の汗をハンカチで拭いながら、ヘロヘロと歩いてくる。今日も外は暑いらしい。

「こんにちは、早くにお邪魔いたします」

「こんにちは、ファルクさん。その様子だと、今日も良い天気みたいですね」

「人で天気を確認しないでください……」

軽口を交わしながら、氷魔法の冷気を送る。ファルクは目を閉じて、全身で涼しさを受け止めた。

なんだか扇風機の前に陣取る子供のようで面白い。前世の風景を思い出しつつ、アルメはこっそりと心を和ませた。

今日もファルクの『空気清浄機機能』は絶好調だ。

オープン前の人のいない店内で、ファルクはいつものカウンター席に座った。

「今日は何を召し上がります？」

「う～ん迷いますが……蜂蜜レモンとメロンにしようかなぁ」

「かしこまりました」

注文通りにアイスを取り分けて、器にレモンとメロンを丸く二つ並べる。黄色と薄緑の色合いが可愛《かわい》らしい。

レモンのほうに蜂蜜を垂らしかけて、メロンのほうにはミントの葉を飾る。

ファルクの前に出すと、いつものように目を輝かせてパクリと頬張《ほおば》った。

「何度食べても美味《おい》しいですね。神殿の宿舎にも常備できたらいいのに……シャワーの後とかに食べたいです」

「その気持ち、よくわかります。湯上りのアイスは最高ですよね」

「アルメさんは食べているのですか？　ずるいですね……」

「製造者の特権です。――まぁ、そう拗《す》ねないでください。そのうちまた、新作の試食をお願いしますから」

拗ねた顔を見かねて、ぽろっと新作の話を出してしまった。ファルクは前のめりで食いついてきた。

「新作とは？　今度はどういうアイスです？」

「ええと、『パフェ』というものを考えています。専用の器も用意したいので、まだ先の話ですが」

「パフェ、とは？」

ファルクはキョトンと首を傾《かし》げる。名前だけだと、まったくイメージが通じないデザートなので、説明を加える。

「グラスにアイスを盛り合わせたデザートです」

「今、俺が食べているような、アイスの盛り合わせとは違うのですか？」

「なんといいますか、こう、もっと色々盛られた華やかなアイスといいますか——」

見たことのない人に対して、言葉ではいまいち上手《うま》く説明できない。

アルメはカウンターの引き出しからノートを取り出して、ページを一枚破った。そこにペンでざっと絵を描いていく。

口の開いた飾りグラスを描いて、その中には穀物のフレークとムースを描く。上にアイスを描いて、フルーツやクッキー、クリームの飾りを盛る。

ざっくりとしたイメージ図を描いてファルクに渡すと、彼はパァッと顔を明るくした。

「これはこれは！　なんとも華やかで美味しそうなデザートですね！」

「コーヒーフロートの試作会で綺麗《きれい》なグラスを見せてもらったので、こういうアイスに合いそうだなぁと思ったんです」

「試作はいつ頃になりますか？　たとえ仕事があろうとも、どうにかして試食に参加させていただきたく思います」

「あの……一応言っておきますが、上位神官様がお仕事をサボったりはしないでくださいね？」

あまりにも真剣な目をしていたので、心配になってしまった。彼が身分と権力をおかしなところに使わないことを祈ろう……。かき氷の時に、一度やっている人なので。

パフェの絵をまじまじと見つめながら、ファルクはあっという間にアイスを完食した。外が暑かったからか、スプーンの進みが早い。

「もう一つ、おかわりしますか？」

「お願いします。では、今日の締めはベリーアイスで」

注文を受けて、またアイススプーンを握る。

ベリーアイスを取っていると、チラチラと視線を感じた。なにやらアルメの手元と首元に視線を往復させているよう。

「どうしました？　私に何か付いてます？」

「いえ……不躾《ぶしつけ》にすみません。あの、アルメさんはもしかして、装飾品を好まれなかったりしますか？　そういえば、普段あまり、あれこれと身に着けている印象がないなぁと思いまして」

「え、おかしいですかね？　ただなんとなく身に着けていないだけなんですが、私の格好、世間的に変だったりします……？」

「いえいえ、まったくおかしくはありません！　失礼なことを言ってしまってすみませんでした」

ファルクは慌てた様子で謝ってきた。

アルメは改めて、自分の姿を確認してみる。言われてみれば、アルメは飾り物がなくて、いつもさっぱりとした格好をしている。

以前まではベアトス夫人の小言を避けて、装飾品を身に着けるどころか、肌を見せる服を着ることすらなかった。

けれど今は、腕も首回りもすっきりと見えるデザインの服を着るようになった。肌が見えている分、アクセサリーがないとちょっと寂しい格好に見えるかも……。

今度、エーナに見繕ってもらおうかな……、と考えた時、ファルクが話を繋《つな》げた。

「――ええと、では、アクセサリーを避けている、というわけではないのですね？」

「ええ、まったく。言われてみれば、私はちょっと寂しい格好をしていますね」

「そんなことはありません！　アルメさんはそのままで素敵です。……お話変わりますが、アルメさんはネックレスとイヤリングとブレスレットの中でしたら、どれが一番お好きですか？」

「ネックレス、ですかね？　……いや、話変わってます？」

会話が妙にギクシャクとしているファルクを不思議に思いながらも、とりあえず答えておいた。

女性の見た目に関する話を不用意に持ち出してしまって、世間話の着地に失敗したのかもしれない。彼の名誉のためにも、この話は早々に流すことにしよう。

アルメはベリーアイスをよそってファルクの前に出した。彼はお喋《しゃべ》りをやめて、アイスを食べ始める。

話を切り替えがてら、アルメは大事な用事を済ませることにした。ちょうど装飾品の話が出た後なので、この流れに乗せてブレスレットを渡そうと思う。

「アクセサリーといえば、一つファルクさんにプレゼントがありまして」

「え？　俺に？」

「庶民が買ったものなので、好みに合わないかもしれませんが……受け取ってもらえると、嬉《うれ》しいです」

アルメはカウンター裏の引き出しを開けて、小さな巾着袋を取り出した。

ファルクに差し出すと、彼はうやうやしく両手で受け取る。そんなに大層なものではないので、わざわざ姿勢を正さないでほしい。こちらが余計な緊張をしてしまう……。

「革のブレスレットです」

「なんと……！　この場で見せていただいてもいいですか？」

「どうぞ、袋から出してご査収ください」

プレゼントというより、何かを納品するような返事をしてしまった。

ファルクは丁寧な動作で、巾着袋からブレスレットを取り出す。空のような青い革に、カラフルな四角いビーズ飾りが輝いている。

ブレスレットをよくよく見て、彼はわずかに目を見開いた。

次にアルメの顔へと視線を移す。口は薄く開かれたまま、言葉がない。

アルメの背中に冷や汗が流れ始めた。あまりに好みと合わないデザインだったので、感想を迷っているのだろうか……。

何度か視線を往復させた後、彼は口元を手で覆って、顔を背けてしまった。

「す、すみません！　微妙でしたか……？　私のセンスがいまいちだったばかりに、好みに合わないものを押し付けてしまって……！」

「え、っと、これは、アルメさんが選んでくださったのですか……？」

「はい……革の色とビーズの色と、あとは刻んだ詩も……。半オーダーメイドで仕立ててもらうお店だったので、私がすべて選びました……」

「この詩も、ですか……そうですか……一応聞いておきますが、アルメさんはどういう意図で、この詩を選んでくださったのでしょう？」

「え……？　また一緒にご飯を食べましょう、という文が、素敵だと思ったので」

そう答えると、ファルクは顔を背けたまま、ぼそぼそと言葉を返してきた。

「その……この詩は古典の一節で、戦地に向かう夫を恋しがる妻の、愛の詩です……。それも結構、情熱的な」

「…………」

アルメは固まり、場に沈黙が流れた。

ファルクの耳が赤くなっているのが見える。この赤さはきっと、暑さによるものではない……。

一瞬の間をおいて、アルメの顔にもぶわっと熱がのぼってきた。

ファルクの手からブレスレットを奪い取ろうと、カウンターに乗り出した。

「あのっ！　違うんです……！　返してください！　間違えました!!」

「もう頂いたものなので！　俺のものです！」

必死なアルメの手はことごとくかわされて、ファルクはさっと背中にブレスレットを隠してしまった。

もう遠慮もなく笑っている。

アルメはカウンターに突っ伏して、襲いくる大照れに身もだえた。

「うぅ……違うんですよ……『共に朝のパンを』っていうフレーズが、平和で素敵だなぁと思っただけで……。戦地から無事に帰って、また朝にアイスを食べに来てください、っていう想《おも》いで、私は……」

「んっふっふ、ありがとうございます。お気持ち、とても嬉しいです。大切にします」

肩を揺らして笑いながらも、ファルクはプレゼントを受け取ってくれた。

しばらくカウンターに沈んだ後、ようやく照れが落ち着いてきたアルメは、むくりと顔を上げる。

未《いま》だに満面の笑みでブレスレットを眺めているファルクを睨《にら》みつつ、言い添えておく。

「……詩は間違えましたけど、無事に帰ってきてほしいという気持ちは本当ですからね」

「ええ、帰れるように努力いたします。……保証はできませんが」

「駄目です。絶対に帰ってきてください」

絶対なんてこと、この世にはないのだということくらい、わかっているけれど……。それでも、言い切ってしまいたかった。

ファルクは考え込んだ後、アルメの顔を覗《のぞ》き込《こ》む。

「もし帰って来れなかったら……アルメさんは泣いてくださいますか？」

「それはもう、一生泣《な》き止《や》むことができないくらいに。毎日泣きながら、空の上に向けて愚痴を連ねます」

「それはなかなか辛《つら》いですね……。あなたの目を腫らさないためにも、絶対に帰らなくてはいけませんね」

「そうしてください。約束です」

アルメはファルクに向けて小指を出す。

不思議そうな顔で指を見つめるファルクに、前世の約束の仕方を教えてあげた。

「小指を貸してください。約束を守る誓いの儀式をします」

「そういうものがあるのですか？」

ポカンとしながらも、ファルクは同じように小指を差し出してきた。アルメと比べるとずいぶんと大きな、男らしい指だ。

アルメは指を絡めて、手をふりふりと上下に揺らす。そしてお決まりの歌を歌った。前世の『指切り』のわらべ歌を。

「そのまじない歌はどういう意味です？」

「嘘《うそ》をついたら一万回殴って、針を千本飲ませる、という罰の歌です」

「なるほど……約束を破ったら酷《ひど》い拷問にかけられるわけですね」

軽快な歌とは裏腹に、ファルクは神妙な顔をしていた。気にせず、最後のフレーズを歌い切る。

「指切った！　――と、これで誓いが交わされました。約束を破らないでくださいね」

指切りを終えて絡めた小指を離す――直前で、ファルクがもう一方の手でアルメの手を押さえ込んだ。

彼は少しためらいながら、揺れた小声で言う。

「……あの、もう一回だけ、お願いしてもいいですか？」

「何度でもいいですよ。あなたが無事に帰ってきてくれるのなら、百回でも指を絡めて歌います」

また小指を絡め直して、アルメは指切りの歌を歌う。

ファルクは照れたように目をそらしていたけれど、やわらかい表情をしていた。


ルオーリオ軍に急ぎの招集がかかったのは、ファルクがアイス屋を出た少し後だった。

時刻を告げる平和な鐘の音とは違う、忙《せわ》しない鐘が街に鳴り響く。人々はポカンとした顔をして、音のこだまする青空を見上げていた。

ファルクはこの鐘の音を、帰りの馬車乗り場で聞いた。

このまま神殿に戻るつもりだったが、目的地を変える。馬車に乗り込みながら、御者へと口早に行き先を告げた。

「ルオーリオ軍駐屯地まで。なるべく急ぎでお願いします」

鐘の音の余韻が残る中、馬車は音を立てて走り出した。


到着した駐屯地の門前で馬車を降り、敷地の中へと進む。歩きながら変姿の魔法を解いた。

軍神グラディウスの大きな彫像が置かれた玄関へと進み、石造りの建物の中に入っていく。

廊下で何人かの警備兵とすれ違いながら、奥の会議室を目指す。部屋の前にたどり着くと、警備兵が扉を開けた。

「ラルトーゼです。参りました」

室内には各隊の隊長たちが集まっていた。彫刻のほどこされた大きなテーブルを囲んでいる。その輪の中にファルクも入り込む。

テーブルにはルオーリオの街とその周辺の地図が広げられ、街の南のほうに黒い石が置かれていた。

この石は魔物を示す石である。正確に言うと、魔物が発生する可能性がある地点を示す石だ。

地図を眺めているうちにメンバーがそろい、十数人での会議が始まった。

厳《いか》めしい空気をまとった総隊長が、早速話を切り出す。髭《ひげ》を生やした大柄な男は、体格に合った大きな声で言う。

「皆そろったな。では、始めよう。——察しの通り、今回は急ぎの出軍となる。精霊観測官が、街の南方に大きな魔霧《まぎり》の予兆をとらえた」

魔霧とは、魔物を生み出す黒い霧だ。霧が発生し、寄り集まって、魔物の形となって動き出す——こうして魔物が生まれる。ちょうど雲が集まって雨が降り出すのと同じように。……といっても、魔物は自由に動き回るから、雨粒よりずいぶんと厄介だけれど。

その厄介な霧の予兆を見つけるのが、精霊観測官の仕事だ。彼らは精霊を視《み》る特別な目を持っていて、その動きから魔霧の発生を予測する。

「観測官の精霊視によると、精霊たちは空を恐れて地の下に逃げているそうだ。精霊たちの避難行動から、魔物は空を制するものが予測されるとのこと」

「空を制する……翼を持つ魔物ですか。なんと厄介な」

「久しぶりにきましたね。鳥型くらいの小物だとよいのですが」

「残念ながら、今回の魔霧は酷く濃い。上位魔物が予測されている。出てくるのは大鷲《おおわし》か、竜か、翼を持ったキメラだろうな」

集まった面々は皆、盛大にため息を吐《つ》いた。

翼を持つ魔物は特に掃討が大変なのだ。地面に撃ち落とす必要があるし、飛んで行ってしまったらどうにもならないので。

それに空から襲い来る魔物は、戦闘員たちの脅威になる。人は地を走るしかないので、どうしても不利になる。……怪我人《けがにん》が多く出そうだ。

何かよい兵器でもあれば……と思うが、なかなか難しいらしい。

かつて戦争のあった時代には、爆発物を飛ばす対人用の兵器があったそうだが、今は製造が禁忌とされている。精霊たちを驚かせて、酷い報復を受けたとかで。

精霊の報復による大災害が起こったせいで、人間同士の戦争に幕が引かれた――というのは、世界史で習う範囲だ。

総隊長はもう一度ため息を吐くと、姿勢を正して命を下す。

「近隣軍への応援要請は既に出してあるが、援軍の到着を待たず、自軍だけでの交戦となることを覚悟せよ。魔霧の発生場所が悪く、恐らく援軍は間に合わん。大弓をすべて運び入れ、弓兵隊、並びに精鋭五隊は全隊員の出兵とする。控えは二隊連れて行く予定だ。控えの隊も、実戦経験のある者を中心に集めよ。――ラルトーゼ殿、神官はどのくらい集められるでしょう？」

「剣兵一隊につき二人お付けして、十人。さらに五人程度の控えを連れましょう」

「ふむ、もう少し増やしたいところだが……一隊につき、三人付けることはできないのでしょうか？神官が少ないと怯《ひる》む奴《やつ》が出てきそうだ」

守りの神官が多くいるほど、戦闘員たちの安心に繋がる。怪我を恐れず、強敵に向かっていける――ということは承知しているが、ファルクは総隊長の要求に首を振った。

「言葉は悪いですが、戦地で使えぬ神官を多く連れていっても、足手まといになるだけです。熾烈《しれつ》な戦が予想されるのなら、なおのこと。精鋭を選びますので、この人数でご了承ください」

「……わかりました。では、従軍神官の人事はあなたにお任せします」

「お受けいたします」

敬礼をすると、総隊長は険しい顔で頷《うなず》いた。

先ほどアイス屋で思い切り笑っておいてよかったと思う。しばらくは、表情をゆるめている余裕なんてなくなりそうだ。


会議が終わって、ファルクは神殿に戻る馬車に乗った。

その道中で、もう一度街の鐘の音を聞いた。今度のは、翌朝の出軍を知らせる鐘だ。行進イベントに向けて、街の商売人たちはこれから忙しくなるのだろう。

今回は急を要する掃討戦ということで、軍も神殿も大忙しだ。いつもは招集から出発まで数日のゆとりがあるのだけれど、今回は身内に挨拶をする時間すらない。

(……本当に、今日アイス屋に行っておいてよかった。戦地でも頑張れそうだ)

馬車の中で、ファルクはもらったブレスレットを左手に着けてみた。青色の革に虹色のビーズ飾り——空にかかる虹みたいで綺麗だ。

アルメが一つ一つパーツを選んでくれたのかと思うと、たまらなく嬉しい。

この詩を選んでくれたことも、胸が苦しくなるほどに嬉しかった。笑ってしまったのは、ただの照れ隠しだ。

革のブレスレットに温度はないはずなのに、不思議とあたたかく感じる。それに加えて、先ほど結んだ小指にも、まだ彼女の熱が残っている気がする。

ブレスレットを巻いた左手と、指を結んだ右手。ぽかぽかとあたたかな両手を、そっと胸元で組んでみる。

祈るような姿勢をとって、自分へと治癒魔法をかけてみた。……効かないはずの、心への治癒魔法だ。

子供の頃、ルーグに言われたことがある。自分は心に怪我を負ってしまったのだと。

自分を産んで母は死に、自分のせいで父も死んでしまった。そして病弱だった自分の医療費のせいで、家は大きく傾いた。

年の離れた兄と姉には、いつもこう言われていた。

『お前さえいなければ、こんなことにはならなかったのに。さっさとくたばっていればよかったんだ。今からでも遅くはないから、死んでくれよ』

何度も何度も同じことを言われて、幼い自分はその言葉を信じきってしまった。

それである時、治療を担当してくれていたルーグにお願いしたのだ。彼の白い神官服に縋《すが》りついて、どうしようもないくらいに泣きながら。

『お願いします、死なせてください』、と。

神官は死の縁から人を生き返らせることができるのだから、その逆も簡単なのだろうと思った。

だから頼み込んだのだけれど、ルーグは願いを聞いてはくれなかった。……死なせてはくれなかった。

ただ優しく抱きしめて、『ゆっくり焦らず、心の怪我も治していこう』と、治療の提案をしてくれたのだった。

そうしてルーグの治療――支援を長く受けることになったが、なかなか心の怪我とやらは癒えなかった。

『当主が末っ子を可愛がって傾いた、愚かな家の出身』と笑われ、家を傾けた犯人だと指を差されて、散々な侮蔑を受けて……。心のすり減りは治る当てもなく、そのままを保っていた。

白鷹《しらたか》の身分を得る前は、ルーグ以外に、自分に目を向けてくれる人などいなかったが……白鷹の身分を得たら得たで、素の自分を見てくれる人はいなくなっていた。

名をあげ始めてからは、名声と金と容姿に魅《ひ》かれた人が寄ってきたが、彼らの下心に満ちた目に映るのは『白鷹の外側』だけ。

素の自分に、かつての父のような親愛の眼差《まなざ》しを向けてくれる人はいなかった。ルーグただ一人を除いて。

ただ一人だけだったのに。

この街に来て、もう一人そういう人ができた。大切な友人は、優しいぬくもりを分け与えてくれる――。

アルメは『白鷹』ではなく、素のファルケルトと、あたたかな指を結んでくれた。

胸が苦しいような、心地いいような、たまらない気持ちになった。

死ねと言われてきた自分が、生きて帰ることを、こんなにも強く望まれるなんて……泣いてばかりいた頃の自分が知ったら、どんな顔をするだろうか。

馬車が停《と》まり、ファルクはさっと降り立つ。足を止めることなく、神殿へと歩いていく。

心への治癒魔法はばっちりだ。今なら全力で戦える気がする。

湧いてきた勇気を胸に、軍人たちの守り神の役目を務めあげてみせよう。

戦地へ飛び立つ白鷹の手元で、空色のブレスレットがシャラリと音を立てた。

翌日の早朝、アルメは早足で大通りに向かっていた。

昨日の昼前に出軍を知らせる鐘が鳴った。直前まで店にいたファルクからは、何も聞いていなかったのに……。

教えてくれなかったのか、それとも急に招集がかかって、出軍となったのか――。

エーナとジェイラからも一切話を聞いていなかったので、たぶん後者なのだと思う。

(なんだか嫌な感じ……)

考えるほどに胸の奥がモヤモヤとして、息苦しさを感じる。

今回はエーナとジェイラの二人と一緒に、見送りに行く約束をする時間もとれなかった。アルメは一人で大通りを目指して歩いている。

この前の見送りの時よりも、また人出が増している気がする。人の波をかき分けて、どうにか通りが見える位置まで進んだ。

とはいえ、人と人の隙間からチラッと見えるくらいだ。今日はこの隙間から力一杯、アイデンとチャリコット、そしてファルクに声援と祈りを送ろうと思う。

軍の行進を待つ間、周囲の人々の声が耳に届く。

「今回もセルジオ様の隊は出るのかしら?」

「結構いい場所をとれたね! 今日こそは白鷹様をしっかり見れるかな」

「この前の白鷹様の敬礼は、本当に王子様みたいだったわ！　またあのお姿を見せてくれたらいいなぁ」

「こんなに慌ただしく出ていくなんて……心配だな。この後、教会に寄って息子の無事を祈ることにするよ」

浮き立つ人々の声の中に、誰かの沈んだ声が混ざっている。やはり今回の出軍は、普段とは様子が違うものらしい。

ざわつく気持ちを深呼吸でやり過ごしながら、軍隊が歩いてくる方向をじっと見つめる。しばらくそうしていると、遠くから歓声が聞こえ始めた。その後すぐに、馬に乗った先頭集団の姿が見えた。

人々の声はボリュームを増して、場の熱気が一気に高まる。

逞《たくま》しい軍人たちが颯爽《さっそう》と大通りを歩いていく。移動のペースは、心なしかいつもより早いように感じられた。

馬に乗った騎士服の隊長、副隊長。その後に続いて、剣を下げた歩きの戦闘員たち。隊の人数はこの前見た時よりも、ずいぶんと多い。大きな弓を背負った弓兵もいて、荷を載せた馬車もズラリと列をなす。

イベントとして見ている分には大迫力の行進だ。――が、ただごとではない、という事情を知っている人間には、ハラハラする景色である。

兵や荷が多いということは、それだけ大きな戦に臨むということなのだろう。……心配だ。

落ち着かない気持ちで見送りをしていると、軍人たちの列に赤毛の短髪が見えた。アイデンだ。

彼の手にはカラフルなブレスレットが着けられている。エーナが贈ったものだろう。

「アイデーン！　頑張ってね！　気を付けてー!!」

人の隙間から大声で声援を送り、手を振る。アイデンはまっすぐ前を向いたまま通り過ぎていった。

この前みたいに気が付くことはなかったが、ひとまず姿を見られたのでよかった。エーナも彼に手を振れただろうか。

アイデンを見送った後すぐに、チャリコットの姿も見つけた。

いつも通りにだらっとしたシャツの着こなしをしているけれど、歩き方は勇ましい。左手にはしっかりと、赤とオレンジのブレスレットが巻かれている。

「チャリコットさん！　軍神のご加護をあなたに！　お祈りしています！」

また大声を送って、手を振った。

彼はこの前、占いの結果が悪かったという話をしていたので、悪い運気を吹き飛ばすくらいの加護を祈っておこうと思う。

チャリコットも通り過ぎ、続く軍人たちもどんどん歩き去っていく。

この人たちみんなに、それぞれ家族や友人、大切な人たちがいる。そう思うと、知らない人であっても全力で声援を送りたくなる。見送りが終わった後は、喉がカラカラになっていそうだ。

そうして応援しているうちに、軍人たちとは違う雰囲気の一団が見えてきた。

馬に乗り、白と青の騎士服をまとった集団は、従軍神官の隊だ。この前の行進では五人ほどだったが、今回は十七人もいる。

従軍神官がこんなにたくさん並んでいる行進を、アルメは今まで見たことがない。華やかな隊列に、周囲はものすごく盛り上がっている。

神官が多いということは、今回の戦地では多くの怪我人が出るということなのか……そう考えると、背中に冷や汗が流れた。

きっと軍に身内がいる人たちも、今、同じように動揺していることだろうと思う。

神官たちを率いて先頭を歩いているのは、もちろん白鷹だ。

休日のアイス屋では見せない涼しい顔をして、ファルクは正面を見据えている。

白灰色の大きな馬に、美しい魔法杖《づえ》。白銀の髪と金の目は、日差しを受けてキラキラと輝く。『神殿の王子様』という呼び名通りの凛々《りり》しい姿で、馬を操り歩いていく。

彼が通ると、周囲から叫び声が上がった。

「白鷹様――！　今日も素敵――!!」

「こっち向いてください！　こっち！」

「どうかこちらにお顔を向けてくださいませ――!!」

黄色い声が響く中、アルメも大きな声で声援を送る。精一杯のつま先立ちをして、どうにか姿を見ながら大きく手を振った。

「白鷹様ー！　どうかお気を付けて！　無事のご帰還をお祈りします!!」

アルメの声は、人々の大声援に混ざって消えた。

ひとまず姿を見て、応援することができた。後は通り過ぎるまで、思い切り手を振り続けよう。

と、そう思ってつま先立ちをやめた時――思いがけず、ファルクがこちらを向いた。

彼はわずかに沿道へと馬を寄せて、左手を掲げた。手首には青いブレスレットが巻かれている。日の光を反射して虹色のビーズが光っていた。

気のせいなんかではなく、今、しっかりと彼と目が合っている――。

以前は『アイドルのコンサート現象』による勘違いだと思って笑ってしまったけれど、今なら、視線の交わりを確信できる。

アルメはもう一度つま先立ちをして、人々の隙間から顔を出した。

「またお店に来てください！　待ってますからね！　約束です!!」

腹から大声を出して叫ぶと、ファルクはアイス屋で過ごしている時と同じ笑顔を見せた。

いや、同じではないかもしれない。オフの笑顔よりも、強く勇ましい笑顔だ。

その顔を見たら、さっきから感じていた胸のざわつきが一気に晴れてしまった。きっとファルクもルオーリオ軍も、無事に帰ってくると、そう思えた。

それくらい頼もしい笑顔だった。

前に見た時には他人だった白鷹様。彼は今、アルメの大切な友達だ。

もう照れたり、ためらったりせずに、ブンブンと思い切り手を振れるし、大声で声援を送ることだってできる。身内に対するような応援を、彼にも送ることができる。

それがとても誇らしく、また、嬉しく感じられた。

ファルクは最後に敬礼をして、沿道から離れた。

周囲には未だにすさまじい絶叫が響いている。『キャー！　笑ったー！』と悲鳴を上げて、のぼせて倒れていった婦女子が複数人。もはや何かの事件現場のようだ。

人々は興奮した様子で話している。

「ビーズブレスレット、洒落《しゃれ》てんなー！　やっぱ高いやつなのかな？」

「白鷹様があゝいう飾り物をお召しになっているの、初めてじゃない!?」

「青色がお好きなのかしら」

「どこのお店のものでしょう？　白鷹様とおそろいにしたい」

「ファンクラブからの情報待ちね！　特定班は仕事が早いから、きっとすぐわかるわ！」

（と、特定班……!?）

なんだその情報網は。アルメは周囲の声に目をまるくする。

あの革細工工房のある路地奥が、道に迷った人であふれかえる未来が見えてしまった……。

店主のおじいさんはお客が増えたら喜ぶだろうか。それとも突然の客入りにギョッとするだろうか。今度、様子をうかがいに行こうと思う。……店がパンクしていたら、謝ろう。

勇ましい白鷹の後ろ姿を見送って、アルメは顔をゆるめた。

「――よし、私も頑張らないと！」

ファルクと軍のみんなも頑張るのだから、ひとまず自分も、自身の生活を頑張ろう。

彼の帰りを、とびきり美味しいアイスを仕込んで待つことにしよう――。

8 竜との戦い

黒い魔霧《まぎり》が広がる中、ルオーリオ軍の弓兵、剣兵たちは戦闘体勢に入った。アイデンも鎧《よろい》をまとって剣を抜き、隊長の号令がかかるのを待っている。

霧の中心部からはバサバサという羽音と唸《うな》り声《ごえ》が聞こえてくる。この騒がしい音の主が、今回の相手――竜型の魔物である。うんざりするほど数が多いという、いらぬオプション付きだ。

真っ黒で、翼を持ったトカゲのような姿をしている。鋭い爪と牙は厄介だ。きっと掃討戦が終わる頃には、戦闘員たちの鎧は傷だらけになっていることだろう……。

幸いなことは、竜が小型だということ。男二人で抱え込める程度のサイズ。

つい最近、遊びで寄った占い屋で引いたカード――『竜』のカードが当たってしまって驚いたが、小型であれば、まぁ、安心である。一番ビビっていたチャリコットも、今では隣で愚痴を言っている。『俺の心配を返せよ！　魔物野郎め～！』とかなんとか。

弓兵が対魔物用の大弓の鉄矢を雨のように降らせて、竜の翼を次々と撃ち抜いていく。そうして落ちた竜を討ち取るのが剣兵の仕事だ。そろそろ突撃の合図が来る頃だろう。

ほどなくして、アイデンの耳に隊長たちの大声が届いた。

「全魔物の飛行不能を確認！　弓兵隊、撃ち方やめ！」

「五隊は待機！　一隊、二隊、三隊、四隊は剣を構えよ！　攻撃用意！」

命令の通りに両手で剣を握り直す。アイデンは三隊の所属だ。そして隣にいるチャリコットも。

グッと体を緊張させ、次の命令を待つ。

「剣兵隊、攻撃開始！　進めー!!」

怒鳴り声のような号令と共に、剣を持った戦闘員たちは走り出す。地面に落ちた竜の群れへと突撃して、戦いが始まった。

アイデンは走り込んだ勢いのまま、一体目の竜の首を叩《たた》き切った。黒い体液が飛び散って、鎧が黒く染まる。牙をむき出しにして飛び掛かってきた竜をなぎ払い、胸を突く。横から突っ込んできたのを避けて、また剣を振り下ろす。

三体、四体、と切っていき、五体目の首を落とした直後、足にガツンと衝撃が走った。足を払われて体勢を崩し、地面を転がる。鎧を貫通して、すねに大きな爪が刺さっていた。

おぞましいことに、千切れた竜の手がうごめいて、襲ってきたらしい。——と、状況を把握した瞬間、足に神官の治癒魔法の光が飛んできた。

従軍神官たちは戦場を囲むように立っていて、大盾持ちに守られながら、魔法杖《づえ》で癒やしの光を飛ばしてくる。

チカッと一瞬光った後には、もう痛みがやわらいでいた。血もあまり出ていない。なんとも素早い魔法である。この魔法を飛ばした神官は、ずいぶんと腕がいいようだ。

そんなことを思った直後、別の竜が飛び掛かってきた。剣で牙を受け止め、振り払う。神官の魔法のおかげで痛みはないが、すねには爪が刺さったままだ。動きが鈍り、わずかに反応が遅れる。

一旦引くべきか、とも考えたが——その必要はなくなった。竜はすぐさま、豪快に真っ二つにされたのだった。叩き切ってくれたのはチャリコットだ。

「アイデン！　大丈夫かー!?」

「おう！　助かった！」

「足に爪刺さってんじゃ〜ん！　それ新しいお洒落《しゃれ》？」

「装飾品はエーナのブレスレットだけで十分だっつの」

軽口を交わしながら背中合わせに剣を構える。ありがたいことに、チャリコットがサポートをしてくれるようだ。これで動きにくさもカバーできそう。

走り込んできた竜をアイデンが受け止め、チャリコットが切りつける。

連携して数体を倒したところで、隊長の声が聞こえた。

「一隊、二隊、三隊、四隊、戦闘やめ！　下がれ！　五隊、討ち損ないの始末にかかれ！」

号令と同時に、戦っていた一隊から四隊の剣兵たちは引き上げ、入れ替わるように五隊の剣兵が走ってきた。


チャリコットに肩を借りて、アイデンは最前線——魔霧の中心部から抜け出す。

最初の魔物の群れは片付いたようだが、掃討戦は終わっていない。霧はまだ晴れていないので、そのうち二陣の魔物が出てくるはずだ。

それに備えて、塹壕《ざんごう》の中で休憩を取りながら治療を行う。忙しく走り回っている神官を呼んで、手当ての順番を待つ。

以前までは治療の順番や決まり事なんかは適当だったが、白鷹《しらたか》が来てからルール遵守が徹底されるようになった。違反者は軍人も神官も分け隔てなく、白鷹に叱り飛ばされるとか。いつも涼しい顔をした、つかみどころのない神官だが、怒るとかなり怖いらしい……。

土の上に腰を下ろして、頭の防具を外す。足の鎧は刺さった竜の爪が邪魔で外せなかった。

「爪、自分で引っこ抜いたらやべぇかな？」

「やめとけって、血出そうじゃね～？　余計なことすると白鷹の野郎に怒られるっしょー……って、うわ、いるし」

そんなことを話していたら、その白鷹当人が目の前に来ていた。しゃがみ込んで早速手当てを始めながら、白鷹――ファルクは話しかけてきた。

「こんにちは、アイデンさん。お疲れさまです」

「お、おう、お疲れっす……。あの、エーナから聞いたんだけど、あんた本当にファルクさんなのか？　前に地下宮殿で会った……」

「えぇ、そうですよ。あの時は失礼しました。戦地から戻ったらまた改めて、友人として親睦の会でも開きましょうか」

最近、エーナから白鷹の正体を聞いて驚いたところだ。アルメの友達だとは思わなかった。というか、いつの間にそんなことになっていたのか……謎である。

色々と聞きたいことはあったが、なんやかんや後回しになっていた。この大きな現場が終わったら、是非ともゆっくりと話を聞きたいところだ。

軽く世間話をしながら、ファルクは足から竜の爪を引っこ抜いた。血は魔法で止められているが、ためらいも容赦もない処置にビクついてしまった。

彼は鎧を外して、慣れた手つきでテキパキと処置をしていく。

そんな中、ふと隣を見たら、チャリコットが悪い笑みを浮かべていた。このニヤリとした顔は、悪戯《いたずら》を仕掛ける時の顔だ。軍学校時代から何度も見てきた顔である。

何か面倒事を起こす前に止めようと思ったが、間に合わなかった。

「白鷹様よ～、そのブレスレット、アルメちゃんからもらったやつっしょ？　見て見て、俺ももらったんだ～。ちゃ～んと俺の好きな赤色選んでくれたの。しかも軍神の加護入り～」

「……あなた、もしかして最近、アルメさんと食事会をしたりしました？」

ファルクは治療の手を止めないまま、低い声で言う。目も向けないし涼しい真顔のままだが、明らかにピリッとした空気に変わった。

「お、なになに？　アルメちゃんから聞いてた？　その通り、一緒にご飯食べて盛り上がった仲でーす。アルメちゃんがこのブレスレット贈ってくれたのも、その時の約束がきっかけ～」

「どういう約束をしたんです？」

「二人だけの秘密だから、内緒～！」

金色の目を細めて、ファルクは口をつぐんだ。今、彼は治癒魔法を使ってアイデンの怪我《けが》を癒やしているが、魔法とは裏腹に人を殺しそうな顔をしている。

怖いし気まずいし、ついでに面倒臭いので勘弁してほしい……。

チャリコットがもったいぶっている『アルメと二人だけの秘密の約束』とは、早めに告白の返事をくれ、という俗なものである。しかも結局、振られたと聞いている。

「おい……俺をはさんでしょうもねぇ喧嘩《けんか》すんなよ。怪我人に配慮してくれ……」

治療はものすごく手際よく終わったけれど、どっと疲れてしまった。これからまた魔物と戦わなければいけないのに、どうしてくれる。

ファルクとチャリコットは最後に睨《にら》み合《あ》うと、二人でプイと顔を背けた。子供の喧嘩か。

チャリコットは元々こういう奴《やつ》だが、白鷹も案外、しょうもないところがあるようだ。……思っていたより親しみやすそうなので、親睦の会とやらを楽しみにしておきたい。

治療を終えると、ファルクはさっと立ち上がり、次の怪我人のもとへ歩いていった。


戦闘員たちが休む塹壕の上。魔霧を眺めながら、隊長たちはこれからの動きを話し合う。

「霧、まったく晴れませんね」

「小型とはいえ、あれだけの数の竜を生み出しながら、まだあの濃さを保っているとは……」

「今回は長引きそうですなぁ」

魔霧はすべての魔物を生み出した後に消える。普通ならば、魔物を生むごとに霧が薄まっていくはずなのだが、今回はまだまだ濃いままだ。

すなわち、まだたくさんの魔物が出てくるということ。長い戦いになりそうだ。

全員が渋い顔でため息を吐《つ》いた。――と、その時、霧がゆらゆらと動き始めた。

「……そろそろ来るか」

「弓兵！　剣兵！　戦闘配置につけ！　二陣の魔物に備えよ！」

号令をかけると、戦闘員たちはわらわらと塹壕から出てきた。手際よく装備を整えて、指示通りの位置につく。

魔霧は揺らめきながら少しずつ形を作り始めていた。完全に形が作られ、固定化された時に、霧は魔物として動き出す。そうなってから初めて、剣や弓による攻撃が効くようになる。

固定化するまでの待ち時間はじれったいが、逆に魔物の形状を予想できるので、戦いやすくもある。

の、だが……次の魔物は形がわかっていても、そう簡単に倒すことはできなそうだ。

「あの魔霧の輪郭《りんかく》……大型竜か」

総隊長は低い声で呻《うめ》いた。深く息を吐いてから、各隊の隊長たちに命令する。

「霧の様子から、次は大型竜が予測される。今のところ頭が一つ、尾が一つ、足が四つ、翼が二つだ。固定化と同時に大弓で翼を撃ち抜き、飛び立つ前に落とす。それと同時に剣兵の攻撃を開始し、前足二本を切り落とす。動きの鈍ったところで全隊による総攻撃としよう」

四つ足の大型竜を相手にする時は、この流れでの攻撃が最も効率が良い。けれど、前足二本を切り落とす、という工程がなんとも厄介なのだ。四つ足竜の前足は力強く、よく動く。

竜の気をそらす役目の隊と、前足を切る役目の隊。そして怪我人を回収する隊で、それぞれ仕事を分担する。

前足切りの役目は、現状で最も欠けが少なく、最も良い動きをする隊が役目を負うのが通例だ。魔物の鋭い牙と爪に真正面から立ち向かう、誇り高き戦士の役目。――言い換えると、一番、死に近づくことになる役目である。

総隊長は並ぶ隊長たちを見まわし、命を下した。

「三隊に前足切りを命ずる。一隊、二隊は竜の気をそらし、三隊を援護せよ」

「三隊、お受けいたします！　私、シグ・セルジオが隊を率いて、必ずや竜を地に沈めてみせましょう。どうか皆様、軍神の加護をお祈りください」

重い空気の中、三隊の隊長は剣を抜いて、剣兵たちのもとへ歩いていった。

「総隊長より、三隊に前足切りの命が下った！　弓兵の攻撃の後、竜が地に落ち次第、三隊全兵での突撃とする！　私に続け！」

三隊隊長のセルジオが、空に剣を掲げて大声を上げげた。

それに応えて剣兵たちも剣を掲げる。うおおお、という気合いの声が鳴り響き、空気をビリビリと揺らす。

アイデンは左手の手首に触れた。巻かれているブレスレットに勇気をもらう。これはエーナに『お守りを作ったから、着けてね』と渡されたものだ。

『三千G《ゴールド》だったわ！　お手頃価格のわりにお洒落じゃない？』と値段まで言われて、笑ったことを思い出す。……緊迫した場面に限って、こういう日常のおかしなやり取りばかりを思い出すのは、死地の軍人あるあるだ。

魔霧が固まり、ついに竜が翼を広げた。三、四階建ての建物くらいあるだろうか、かなりの大型だ。飛ぼうと羽ばたき、ブワリと土煙が上がる。

その瞬間に、弓兵隊に号令がかかった。

「攻撃開始！　放て――っ!!」

合図と共に、大きな鉄の矢が飛んでいった。ビュンビュンと風を切る音が鳴り響く。

竜型魔物は翼にダメージを受けながらも、ピンピンしている。落とすのに時間がかかりそうだ。

緊張しながら待機していると、隣にいるチャリコットに肩を叩かれた。

ゆるい奴だ……。

「悪い、ちょっと抜けるわ〜！　すぐ戻るから！」

「は!?　おい、隊長に怒られるぞ……！」

チャリコットはヘラッと手を振って、後ろへと走っていってしまった。まったく、こんな時でもゆるい奴だ……。


剣兵たちの後ろには神官隊が待機している。チャリコットは白鷹のもとへ走った。

駆け寄ると、彼は金色の目をまるくしていた。

「どうしました？　怪我でもしましたか？」

「いや全然。俺、喧嘩別れはしない主義だからさ〜、謝りに来たわ」

白鷹はキョトンとしていたが、構わずに続ける。

「さっきは喧嘩吹っ掛けてごめん。お詫《わ》びにアルメちゃんのブレスレット、お前にあげるよ」

「受け取れません。それはアルメさんがあなたに贈ったものです。他人に渡すなど……彼女に失礼でしょう」

「いや、アルメちゃんのためだって。このブレスレット、軍神の加護のお守りなんだけどさー、これ着けたまま死んだら、アルメちゃんすげぇ気にしそうじゃん。『お守りが効かなかった』とか言いそうじゃね？　友達落ち込ませるのは嫌だから、先に外しとくわ。あんたなら大切にしてくれそうだから、あげるよ。グローブしてて取れねぇから、ちょっと取ってくんね〜？」

「お断りします」

左手を差し出すと、白鷹は力一杯手を押し戻してきた。

死地に向かう兵の願いなんだから、聞き入れてくれてもいいのに……頑固な奴だ。こいつ、やっぱりいけ好かないなぁ、なんてことを思う。――が、白鷹の表情を見て、すぐに考えが変わった。

彼は笑っていた。後衛の神官のくせに、まるで最前線に立つ戦闘員みたいな勇ましい顔をして。

「アルメさんのブレスレットは受け取りません。そのまま着けていなさい。心配せずとも、俺があなたのことを絶対に死なせませんから」

その自信はどこから来るんだ、というくらい、きっぱりと言われてしまった。なんだか信じてしまいたくなる、不思議な強さを感じる。

……占いで不吉な結果が出てからというもの、ずっと気分が重かった。それが少しだけ、楽になった気がした。

気持ちが不安定になっている時は、動じない奴に縋《すが》りたくなるものだ。自分にとっては姉が、その『動じない奴』なのだが……たった今、そこに白鷹も加わった気がする。

いや、全然まったく、断じて、ほだされたわけではないが。

「……何だよそれ。心強いこっちゃ」

「ほら、お話が済んだのなら隊に戻りなさい。もうすぐ突撃の号令が出ますよ」

「言われなくてもわかってるっつの。……最後にもう一つ言っとく。アルメちゃんのブレスレット、お前のが本命だってよ。じゃ、俺行くわー！」

適当に会話を流して駆け出す。後ろから『何の本命です？』なんてとぼけた声が聞こえたが、無視を決めて、振り返らずに走ってやった。

チャリコットは待機列に戻って、またアイデンの隣に並ぶ。

「お、戻ってきた！　まったく何してんだよ、逃げたのかと思ったわ」

「さすがにそこまで弱虫じゃねぇし～。むしろやる気満々だわ！　なんか今なら、デカい竜にも勝てる気がする！」

急に強気になって戻ってきて、アイデンは笑ってしまった。ここ最近ずっと、『竜、怖《こえ》ぇ……』と泣き言を言っていたというのに。

チャリコットが戻ってすぐに、隊長セルジオの号令がかかった。

「三隊、剣を構えよ！」

剣兵たちが両手で剣を握り直す。ガシャンと剣と鎧の音が鳴り響く。

「魔物の飛行不能を確認！　弓兵隊、撃ち方やめ！」

「一隊、二隊、攻撃開始！」

「三隊、私に続け！　怯《ひる》むな！　進め――――っ!!」

隊長の叫び声と共に、三隊は駆け出した。真正面から巨大な竜に向かって突撃する。むき出しの牙をかわして、竜のもとへと走り込む。

アイデンは勢いよく剣を振り、前足のすねに突き刺した。竜は身をよじって振り払い、剣兵たちは地面に叩きつけられた。

転がりながら起き上がり、振り下ろされた爪を避《よ》ける。爪は鋭く、子供の背丈ほどの長さがある。引《ひ》っ掻《か》かれたら体が裂けてしまいそうだ……。

剣兵たちが飛び掛かり、数人がかりで竜の指数本を落とした。が、その間にも、兵は竜の爪に引っ掻かれて吹っ飛ばされ、噛《か》みつかれて鎧を砕かれ……と、一人、また一人と蹴散らされていく。

治癒魔法の補助を受けながら、アイデンはもう一度、力一杯、前足に剣を突き立てた。固い泥塊を切るような感触が、剣を通して腕に伝わってくる。

チャリコットを含む数人が加勢して、片方の前足を切り落とした。黒い体液が噴き出し、竜は呻き声を上げる。その直後に、反対側の前足も落とされた。

「倒れるぞ！　退避!!」

竜はバランスを崩して、前につんのめるように倒れ込む。その衝撃で、ドッと爆発的に土埃《つちぼこり》が上がった。

視界が悪くて見えないが、前足切りは上手《うま》くいったようだ。兵たちは歓声を上げて、指揮をとる総隊長は次の号令をかける。

「四隊、五隊、剣を構えよ！　総攻撃を開始――……」

「いかん！　伏せろ――っ!!」

突如、号令にかぶさるように、隊長セルジオの大声が上がった。

命令通りに動く前に、アイデンの体は凄《すさ》まじい衝撃と共に、思い切り吹っ飛ばされた。

竜が残った足と尾を振り回して暴れ出したみたいだ。

体が地面に叩きつけられて、呻き声がもれる。爪が当たって胸の鎧は砕け散り、肉を裂かれた。

一瞬のうちに治癒魔法が飛んできて、痛みが消える。血もすぐに止まり、傷だけが残った。

地面に転がったまま自分の体を確認して、これは重傷だな……なんてことを思う。即手術コースだろうから、この後の総攻撃には参加できなそうだ。

首を横に向けると、他にも何人か転がっていた。チャリコットも派手にやられたよう。魔法で止血されているはずなのに、体が真っ赤だ。なんとも酷《ひど》い怪我――……。

そこまで確認して、ギョッとした。

「チャリコット……？　おい！　チャリコット……!!」

無理やり体を起こして、彼の様子を確認した。

鎧には大きな亀裂が入り、首元から胸にかけてざっくりと切れている。というか、体が大きく裂けている。破れた布人形のようだ。

開かれたままの目に光はなく、もう息をしていなかった。


即死だ。

その身は既に亡骸《なきがら》に成り果てていて、ただ転がっていた――……。


一拍の間を置いて、理解した瞬間、体がぶわりと震えた。

「嘘《うそ》、だろ……お前……こんな死に方するような奴じゃねぇだろ……！」

何年か前、彼の姉への誕生日プレゼントを買うのに付き合ったことがある。迷った挙句、最終的にゴツイ短剣を買うことにして、ゲラゲラと笑った。贈ったらなんだかんだ喜ばれた、とか言って、嬉《うれ》しそうな顔をしていた。

この前の掃討戦では、くつろいでいる従軍神官たちのほうに魔物をけしかける悪戯をして、隊長に怒られて正座をしていた。

ついさっきは、振られただけのくせに、アルメにブレスレットをもらったことを白鷹に自慢して、子供みたいな喧嘩をして――……。

そんな、のん気でしょうもない奴が、体を引き裂かれて壊れた人形みたいになって死ぬのか――？

「……どうせならもっと……笑える死に方しろよバカ……！　こんなの、あんまりだろうがよ……」

じわりと目に涙がたまってくる。

こんなにあっけなく、こんなに無残に、あっという間の別れがくるなんて。覚悟はしているつもりだったが、まったく現実感がない。

もう、友達が死体に変わってしまっているということが、信じられない――……。

たまった涙が目からあふれ出る――前に、ハッと意識が引き戻された。

後方から凄まじい怒号が飛んできたのだった。

「何を呆《ほう》けている!!　早くこちらに運びなさい!!」

怒鳴り声は雷のようだった。雷を落としたのは男神――いや、白鷹だ。

怪我人の回収兵は大慌てでチャリコットを運び、続いてアイデンも運ばれた。神官たちのもとに転がされて、鎧を外される。

アイデンはされるがままになりながら、隣で始まったチャリコットの処置を眺めていた。

ファルクは手際よくチャリコットの頭と胸の鎧を外した。手術道具を忙しく使い分けながら、裂けた体に処置をして、魔法をかけていく。

傷口を閉じたら、強力な治癒魔法を使って蘇生《そせい》を始めた。まぶしくて見ていられないほどの光が、チャリコットの体に注がれていく。

こんなに強大な治癒魔法を初めて見た――。

神官は医神と契約をして癒やしの魔法を授かると聞くが……彼は一体、何を対価にして、このまばゆい魔法を得たのだろう。

白鷹は魔法をかけながら、心臓を力一杯押した。口をつけて、繰り返し息を吹き込んでいく。

「あなたが死んでしまったら、アイス屋のお客が一人減ってしまうでしょう！　ほら！　起きなさい！　俺の前で死ぬことは許しませんよ！」

微妙におかしな言葉が聞こえた気がしたが、聞かなかったことにする。

白鷹は何度も何度も、機械のように蘇生の動作を繰り返した。思い切り強い魔法を使いながら、力一杯――……。

そうしているうちに、チャリコットの手がぴくりと動いた。身じろいだあと、大きくむせ込む。

そして、うっすらと目が開かれた。

「チャリコット……!!」

「よろしい！　よく頑張りましたね。――カイルさん、この方に継続して治癒魔法をお願いします。さぁ、次の怪我人を」

ファルクは虚《うつ》ろなチャリコットの頬《ほお》をペシリと叩いて、他の神官へと治療を引き継いだ。

そして間を空けずに、次の負傷兵の治療に移る。千切れた腕をくっつけたり、ひしゃげた足を整復したり――。

流れるように怪我人をさばいて、合間に他の神官へも指示を出していく。

まるで精密な機械のようだ、と思った。これが戦場での白鷹の、真の姿なのかと感心してしまった。

白鷹の煌《きら》びやかな青と白の騎士服は、もうすっかり血と土と魔物の体液で汚れている。けれど、不思議と美しく輝いて見えた。


まじまじと仕事を見学しているうちに、アイデンの治療も済んだ。

引き続き治癒魔法を受けているチャリコットのもとに行き、様子を見る。目は閉じられているが、ちゃんと息をしている。一旦目を覚ましたようだが、また眠りの処置を受けたようだ。

次にチャリコットの目が覚めたら、蘇生の時のことを教えてやろう。『神殿の王子様の口づけで蘇《よみがえ》った』ということを。

この男がどんな顔をするのか今から楽しみだ。きっととびきり面白い反応を返してくるに違いない。そうしたら、腹を抱えて笑ってやろう。

アイデンは流し損ねた涙を拭って、悪戯な顔で笑った。


重傷の怪我人をさばききって、白鷹は立ち上がる。魔法杖を掲げて、また戦闘員たちのサポートへとまわった。

総攻撃の始まった戦場を見守りながら、誓いを呟《つぶや》く。

「全員、無事に帰還させてみせます。もちろん、俺も含めて。約束は必ず守ってみせますよ」

頼もしい守り神の加護を受けながら、軍人たちは巨大な竜へと向かっていった。

黒い魔霧は少しずつ薄くなり、そのうち青い空と白い雲がうっすらと見えるようになってきた。

ルオーリオ軍が郊外で戦いを繰り広げている頃――。

アイス屋の中でも、小さな戦いが始まろうとしていた。

アイスを楽しむお客たちの中に、一人だけ空気の悪い男性客がいる。癖のある茶髪に緑の目をした男……。

たった今、突然来店したその客はフリオである。

アルメは顔を引きつらせて身構えた。

（うわ……本当に来た）

前にベアトス家で謝罪を受けた時に、チラッと『会いに行く』とかなんとか言っていたが、本当に来てしまった。

今日はあいにく、エーナもジェイラも仕事に入っていない。店から逃げ出すわけにもいかないので、アルメはフリオと対峙《たいじ》する覚悟を決めた。

次に会ったら、しっかりとした態度で対応すると決めていたところだ。ヘコヘコせずに背筋を伸ばして、言いたいことはピシャリと言ってやろう。

フリオはアルメの立つカウンターの真正面に座った。

「アルメ、久しぶり……少し、君と話をしたいのだけど」

「私は何も話すことなどありませんが」

「……言い方を変えるよ。僕が、君に話したいことがあるんだ。客として来るのなら対応する、と言ったのは君だろう？」

「注文もせずに、お店の椅子に勝手に座っている人が何を言っているのです」

「……。じゃあ、そのアイスをもらうよ」

アイスの容器を適当に指さして、フリオは注文を決めた。

二人の会話を聞いて、ただならぬ雰囲気を感じ取ったのか、近くの女性客がこちらをチラッと見てきた。どことなくワクワクした顔をしているような……。

愉快な見世物にならないよう、アルメは淡々と対応する。アイスを器に盛って彼の前に出した。が、フリオは手をつけずに話し始めた。

「店は上手くいっているのかい？」

「ええ、ご覧の通り、それなりに」

「そうか。でも、いつまでも続くわけではないだろう？」

「……は？」

つい固い声が出てしまった。もしかしてこの男は喧嘩でも売りに来たのだろうか。

フリオは逃げるように視線をそらしたが、そのままもごもごと喋《しゃべ》り続けた。

「だって、店の経営なんて、女が一人でやっていくことではないだろう。不安定な仕事だし。それに結婚したら、どうせ畳むことになる」

「私は結婚したあとも、お店を続けていきたいと思っていますが」

「無理だろう。強がるなよ。仕事に追われる生活をしている女が、幸せになれると思っているのかい？　安定した職を持った夫に添うほうが、君のためだ」

「あなたは人の生活にケチをつけに来たのですか？」

さらに強めの声が出てしまった。フリオは大きく身じろいだ。

思ったより声が響いてしまって、ハッとして口元を押さえる。店内の客たちは、もうすっかり見物人と化していた。……好奇心に目を輝かせるのは、やめてほしい。

フリオは前髪をいじりながら、ボソボソと言う。

「いや……別に君と喧嘩をしに来たわけじゃないんだ。ただ、話したいことがあっただけで……」

「じゃあ、その話したいこととやらを、さっさと言ったらどうなのです」

「せ、急《せ》かすなよ……君は存外、せっかちな性格なんだな」

アルメの胸の奥で、イラッという音が鳴ったが、なんとか鎮める。客の目があるのだから、冷静に、冷静に……。

ため息を吐きながら、フリオは本題を話し始めた。

「その……キャンベリナとは破談になったよ」

「え、そうですか。はぁ……」

(って、あのイチャイチャはどこにいったの……!?)

平静を装っているが、内心では結構驚いてしまった。あんなにガッツリとキスを交わし、腕を絡ませてベタベタイチャイチャしていたというのに。

男女関係というものは、わからないものだ。というか、その話をなぜ自分にしてくるのだ。縁の切れた他人の恋愛事情に、興味はないのだけれど。

「破談になって、少し時間をおいて……ようやく目が覚めたよ。秘め遊びの熱に浮かされてキャンベリナを選んでしまったけど、僕は間違っていたのだと……。キャンベリナとパートナーになってからは、仕事も上手くいっていなかったし……彼女は『妻』としては、いまいちな女だったのだと思う。僕はそれが見えていなかった。――でも、目が覚めた今ならわかる。僕の将来に本当に必要な相手が、ようやくわかった気がするんだ」

冷ややかな目を向けていたら、フリオが勢いよく立ち上がった。ガタンと椅子の音が鳴って、他のお客たちが一斉にこちらを見る。

「僕の真実の愛の相手は……アルメ、君だと気が付いたんだ。君がパートナーだった頃は仕事も上手くいっていたし、今思えば私生活でも、君は何かと気が利いて、僕は快適に暮らせていた。やっとわかったよ……妻として側に置くべき女は、君みたいな人が一番なのだと。――アルメ、どうか復縁してほしい。もう一度、僕と共に――」

「お断りします」

あまりにも口説き文句が下手すぎるのでは……、と、声に出しそうになった。

恋愛経験値の低いアルメでさえも、フリオの独りよがりな告白には寒気を感じてしまった。

彼が求めているのは『愛するパートナー』ではなく、自分の快適さのための『お世話係』である。母親にでも頼んだらどうだろうか。

即座に断ると、彼は苦い顔をした。

「……あの男に……白鷹に入れ込んでいるから、復縁を望まないというのかい？」

たしかに、友人と過ごす時間を大切に思ってはいるが……復縁を拒否する理由とは、まったく関係のない話だ。アルメは単純に、もうフリオと関わりたくないだけである。

そう言おうと口を開いたが、その前にフリオがまくし立ててきた。

「アルメ、君も目を覚ますべきだ……！　相応の相手と寄り添ったほうが、幸せになれるに決まっている。僕には安定した仕事も収入もあるし、身寄りのない君は、ベアトス家と繋《つな》がりがあったほうが安心して暮らせるだろう？」

声を荒らげたフリオに、アルメはピシャリと言い放った。

「ベアトスさん。ここはアイスを楽しむお店です。食べる気がないのなら、帰ってください。店員を口説きたければ、あなたのお好きな接客酒屋へどうぞ。プロがちやほやしてくれますよ」

「なっ……！　客に向かって何だその態度は！」

「あなたはお客さんではありません。お代もいりませんから、お帰りください！」

そういえば前世では『お客様は神様だ！』と言って、変な絡み方をしてくる迷惑な客のことが、度々話題になったりしていた。

生まれる世界が違っていたら、フリオもこのセリフを言っていたに違いない。――なんてことを考えていたら、突然フリオがカウンターから身を乗り出した。

アルメの手を摑《つか》んで、力一杯引っ張ってきた。

「客を馬鹿にするなんて、店員としてあるまじき態度だな！　やはり君には店など向いていない！」

「ちょっ……！　やめてよ！　痛いっ！」

フリオは線の細い体格をした優男だが、男は男だ。女よりもずっと力が強い。まさか手を出されるとは思っていなくて、悲鳴を上げてしまった。

見物していたお客たちからも声が上がって、男性客が慌てて椅子から立ち上がった。途端に店内が騒然となる。

が、その瞬間。ガツンという鈍い音と共に、突然フリオの体が横に吹っ飛んでいった。

急に床を転がっていったフリオを見て、アルメも客もポカンとする。一体何が起きたというのか——。

ざわざわとする店内に、その答えが光と共に現れた。カウンターの上に、強面《こわもて》の小人がキラキラと輝いていた。

「スプリガンさん……!?」

小さな精霊スプリガンは、握ったこん棒をぶんぶんと振り回していた。アルメのほうを向いて、得意げにこん棒を掲げる。

どうやら精霊が助けてくれたらしい。フリオのことを、自慢のこん棒で殴り飛ばしてくれたみたい。……なかなか威力のある攻撃で驚いたが、助かった。

スプリガンとは、魔石の荷箱を守るための契約をしているのだが、たまにアイスをあげるので、ちょっとサービスで護衛の仕事をしてくれたのかもしれない。

「……ありがとう、助かったわ。お仕事の対価は、またアイスでお支払いしますね」

そう伝えると、スプリガンは嬉しそうにこん棒を揺らしながら消えていった。

フリオは床にへたりこんだまま、殴られた頭を押さえて呆然《ぼうぜん》としている。

前に歩み出て、アルメはフリオを見下ろす。

「ベアトスさん、私もあなたに話したいことができたので、聞いてください」

「……え……？」

「おかげさまで、アイス屋はたくさんのお客様にご来店いただいています。私の他に従業員は二人いて、通り沿いの飲食店とも提携していましてね。さらに副業として、魔法補充士の仕事で固定のお給金も得ています。ちなみに今あなたを殴ったのは、その仕事に伴って契約した、私の精霊です。——と、いうように、私は今、仲の良い友人と、仕事仲間と、お客さんに囲まれて楽しく生活をしていますが、これは『不安定で不幸せな暮らし』でしょうか？　復縁したら、今以上に充実した暮らしを、あなたは私に与えてくれるのですか？」

一気に言い切ると、フリオは黙り込んだ。

アルメは勇ましい接客スマイルと共に、話を締める。

「私の望む未来は、私が自分で手に入れます。申し訳ございませんが、あなたと過ごす未来はいりません。これっぽっちも。——さて、これで話は終わりです。アイスを食べる気がないなら、お帰りくださいませ。ご来店ありがとうございました」

フリオは何か言おうと口をぱくぱくさせていたが、結局言葉は出てこなかった。フラフラと立ち上がって、逃げ出すように店を出ていった。

ホッと息をついた瞬間、思いがけず、客から歓声が上がった。店内に誰かの口笛が響く。

「ははは、なんとも気持ちのいい啖呵《たんか》だったな！」

「一瞬見えたのって、もしかして精霊？」

「私も元彼を振る時、これくらいスッパリ言ってやればよかったわ」

客たちは思い思いにお喋りをしていた。

結局、フリオとの戦いは愉快な見世物になってしまったようだ……。

この街の人々は陽気なので、きっと明日には、面白いネタとしてそこそこ広まっていることだろう。

(――でも、みんな楽しそうだし……まぁ、いいか)

お客はみんな、楽しそうに笑っている。

アイスのお供におかしな即興劇まで提供してしまったので、今日はアイス屋のサービスデーということにしておこう。

9　凱旋と最高の褒美

朝からポツポツと小雨の降る本日――。

アイス屋は昼を前にして、休業へと転じた。午後から天気が荒れそうで、客入りは見込めないだろうと、ミーティングで意見が一致したからだ。

そういうわけで、従業員――エーナとジェイラと話し合い、本日の予定を地下街での買い出しに変更したのが、つい先ほどのことである。ついでに服も見ていきたい、というジェイラについて、アルメは彼女のひいきの店を訪れたのだった。

「さ～て、可愛《かわい》い服あるかな～！」

「ジェイラさんのお気に入りのお店……なるほど、なかなか大胆なデザインの服が多いですね！」

店に並ぶ服は、布面積の小さな服が多かった。お腹《なか》が見えるデザインだったり、脚が見える短いスカートだったり。

アルメが着るにはハードルの高い服だが、見ている分には楽しい。背が高くてスタイルの良いジェイラに似合う服ばかりだ。

手に取って眺めていると、エーナが悪戯《いたずら》っぽく笑った。

「あら、アルメもお腹の見えるブラウス買うの？　肌見せデビューね！」

「買わないわよ！　人様に見せられるお腹してないもの。エーナこそ、このミニスカートどう？」

「可愛いとは思うけど、あんまり際どい服を買うとアイデンが拗《す》ねちゃうから」

「部屋着ならありなんじゃね～？　むしろアイデンの奴《やつ》、喜びそう」

笑いながら、三人で次々と服を手に取って見ていく。

深いスリットが入って、太腿《ふともも》が見えるロングスカート。胸元だけを覆うベアトップタイプのブラウス。股上が浅くて、腰骨がガッツリと見えるパンツ。

普段着ないデザインの服ばかりで面白い。

店の奥には下着のコーナーもあった。下着も店の雰囲気にあったデザインのものが並んでいる。

「こ、これは……なんとも過激な！」

「あっはっは、全然隠す気がないデザインね！」

「このへんの下着はもう、見せるためのモンだからな～！」

際どい下着は、もはや下着ではなく『飾り』である。この店の下着コーナーは、いわゆる勝負下着がそろっているのだった。

手に取って大笑いしていたエーナは、ふいに真剣な顔になった。

「私、一着買っていこうかな。アイデンが無事に帰ってきた時の労《ねぎら》いとして」

真顔でそう言うと、エーナは真面目に選び始めた。これぞという下着セットを決めて、店員に声をかける。

「すみません、下着って試着はできますか？　上だけでいいのですが」

「ええ、もちろん、ご試着いただけますよ」

「アタシもスカートだけ試着しとくかな～」

「どうぞ、こちらの試着室へ」

エーナとジェイラは店員と共に試着室へと向かう。

「私は向かいのお店を見てるわね」

「了解～」

「待たせちゃってごめんね」

「いえいえ、ごゆっくりどうぞ」

二人を待つ間、アルメは服屋の前のアクセサリー店を見ることにした。

そうしてほんの少しの間、別行動をした後。

会計を済ませたエーナとジェイラから、アルメはとんでもないプレゼントを受け取ってしまうのだった。

「アルメ、お待たせ。――はい、これは私たちからのプレゼント！」

「アルメちゃんの縁探しに、応援の気持ちを込めて！」

「えっ、なになに？　見てもいい？」

渡された紙袋から中身を取り出してみる。なにやらテラテラとした肌触りの布だ。

これはまさか――……。

「アタシとエーナちゃんで選んだ最強の下着セットで～す！」

「ピンクと水色と白で迷ったんだけど、白にしてみました！　アルメ白好きでしょ？　髪飾りもサンダルも白いし」

手に取った布を広げて、アルメはガクリとする。プレゼントはものすごく際どい勝負下着だった。透けたレースで仕立てられていて、ほとんど何も隠れないような布面積だ。上下共にリボンを結んで着用するタイプのもので、デザイン自体は結構可愛らしい。

モデルが着ているのを眺めているだけならば、きっと乙女心にキュンときたことだろう。そういう絶妙なデザインだ。……自分で着用するのは、無理がありすぎるけれど。

「ありがとう……でも、こういうアイテムを使った縁探しは、私には無理よ……」

「冗談よ冗談！」

「無事に縁探しが終わった後に着るんなら、ありっしょ～？」

「縁探しの後でも無理ですよ……！」

腹を抱えて笑う二人を前にして、アルメは下着セットを袋へと戻した。申し訳ないけれど、この下着はこのまま袋の中で眠っていてもらおう。

しばらく地下街での買い物を楽しんで、一度地上に出る。

ランチはエーナのリクエストで、通り沿いのレストランに行くことになった。――が、目的地は急遽《きゅうきょ》変更された。

歩き出したところで、街の鐘が鳴ったのだ。

カランコロンと特徴的なメロディーの鐘の音――この鐘は、軍の帰還を知らせるものだ。

三人で足を止め、顔を見合わせた。エーナがわずかに表情を固くする。

「帰ってきたみたい……。ねぇ、沿道でお迎えしてもいい？　今回急な出軍だったから、心配で」

「もちろんよ。お昼は後にしましょう」

「帰還の行進は出軍よりかは混まないし、近くで見れるんじゃね？　場所取りするなら今がチャンス！　行こうぜ！」

雨が本降りへと変わる中、三人は中央大通りへと急いだ。

大通りはそれなりに混んではいるけれど、見送りの時に比べると、見物人の数はずいぶんと少ない。雨が降っているから、というのもあるかもしれない。

沿道のよく見える場所で、軍の帰りを待つ。

周囲の人々の会話を聞くと、集まっている人々は関係者――軍人の家族や友人が多いみたいだ。みんな心配そうに通りに目を向けている。

「今回は隊の規模が大きかったからなぁ……大丈夫だろうか」

「息子が初めて戦に出たの……」

「きっと大丈夫よ。パパは強いもの。パパが歩いてきたら、手を振ってあげましょうね」

人々の声に、胸がざわざわする。

エーナも同じ気持ちのようで、傘を持つ手が震えているように見える。

アルメは自分の傘を閉じて、エーナの傘に入った。彼女の手を取って、両手で握りしめる。

不安な時は、人の体温を感じると落ち着くものだ。

「アタシも入～れて！」

アルメが傘に入った後、ジェイラも入ってきた。彼女のカラッとした明るい声に気持ちがやわらぐ。

三人一緒に、一つの傘に入って軍を出迎えることにした。

しばらく待っていると、通りの向こうから人々の声と、足音が聞こえてきた。軍人たちが歩いてきたようだ。

先頭の隊が見え始めた。——けれど、出軍した時の人数より少ないように思える。

歩きの軍人たちはみんな疲れ切っている様子で、服も酷《ひど》く汚れている。真っ黒なシミと赤黒いシミ、そして土埃《つちぼこり》。

剣を下げていない人は、戦地でなくしてしまったのだろうか。それとも、壊してしまったのか。

人を乗せていない馬もいる。行きには乗せていたのに……主人はどこへいったのだろう。

ボロボロの行進を呆然《ぼうぜん》と眺める。

エーナが揺れる声で呟《つぶや》いた。

「……今通り過ぎたの、三隊だわ。アイデン、歩いてなかった……」

「チャリコットの奴もいねぇな」

「……」

何も言えずに、アルメは唇を噛《か》んだ。

隊列は通り過ぎていく。

もう行進も終わりに近い。主人を乗せていない馬の集団が、兵に引かれて歩いてきた。

馬には魔法杖《づえ》だけがくくりつけられている。従軍神官たちの馬だ。美しい魔法杖は泥を浴びたように、真っ黒に汚れていた。

その馬の群れの中に、白灰色の馬もいた。この馬は確か、ファルクが乗っていた馬だ。よく覚えている。

けれど今、その背には誰も乗っていない。

胸のざわつきが大きくなって苦しい。エーナは体をこわばらせて、アルメも手が震えてきた。

淡々とした声でジェイラが言う。

「怪我人《けがにん》は馬車に放り込まれるから、中にいるのかもなー。死んだ奴は……酷い戦地だと、しばらくは置き去りだ。生きてる奴を先に街に帰した後、お迎えの隊が出る」

ジェイラはいつも通りに背筋を伸ばして、真《ま》っ直《す》ぐに立っている。冷静に受け止めているようだ。

最後尾の集団の隊列から、一人が沿道のほうに出てきた。髭《ひげ》を生やした大柄の軍人だ。

馬に乗った騎士服の軍人は、勢いよく剣を抜き、空へと掲げた。それと同時に、大声を上げたのだった。

「勇敢なる我らがルオーリオ軍は、数多《あまた》の竜と戦い、これを見事に討ち取った！　戦地には指の一《ひと》欠片《かけら》も残さず、一人の魂も残さず、全隊員無事の帰還である！　戦士たちをたたえよ！　ルオーリオ軍をたたえよ――!!」

その大声を聞いた途端、周囲からどっと歓声が上がった。

アルメもエーナも目を見開いた。

「みんな、無事の帰還……？　竜の魔物を相手に……誰も死なずに……？　みんな生きて帰ってきた、のね……？　アイデンも馬車の中にいるのね……!?　よかった……よかった～……っ!!」

エーナはアルメに力一杯抱きついてきた。アルメも思い切り抱きしめ返す。ホッとして泣きそうだ……。

本当に、本当によかった。

ルオーリオ軍は全員生きて帰ってきた……！

ジェイラとも喜びのハグを交わそう、と、彼女のほうを向いたが、長身のジェイラが見当たらなくなっていた。

ふと足元を見ると、彼女はしゃがみ込んで、両手で顔を覆っている。

「チャリコットのバカ野郎～……っ！　ふざけんな！　ばっちり生きてるじゃねぇかよ～！　無駄に不吉なこと言いやがって……！　帰ったらぶん殴ってやる～……っ!!　あ～～もうっ！　化粧が落ちる～……っ!!」

ジェイラは大泣きしていたのだった。

アルメもエーナもギョッとして慌てる。今さっきまでの動じない姿はどこにいったのだ。

彼女は罵声を飛ばしながら、しゃくりあげてボロボロと泣いていた。

「ジェイラさん!?　大丈夫ですか!?」

「ちょっとハンカチ！　ハンカチは!?」

「アタシ、ハンカチ持ってねぇ〜！　貸してくれ〜……！」

しばらく泣き続けて、ジェイラの化粧はすっかり落ちてしまった。彼女は意外と、泣き出すと止まらなくなる質《たち》らしい。

すっぴんの彼女は、容姿までチャリコットによく似ていた。


その日の翌日、エーナからアイデンの怪我についての知らせを聞いた。治療は済んでいるけれど、重傷を負った後なので休養が必要とのこと。

さらに翌日には、ジェイラからも手紙が届いた。チャリコットはしばらく入院するらしい。でも、元気にご飯を食べているそう。

二人の様子を聞いて安心した。

けれど、ファルクからの連絡はない。

帰ってきたその日のうちに手紙を出したのだけれど、返事は来なかった。毎日、何回もポストを確かめたが、彼からの手紙が届くことはなかった。


***

ルオーリオ軍が帰ってきてから数日が経《た》った。

この数日は大雨が続いていたが、今日はようやくの晴れ日になりそうだ。

アルメは天気を確認しつつ、玄関先のポストを覗《のぞ》く。……今日もファルクからの手紙は入っていない。

忙しいだけなのか……それとも酷い怪我をして、返事を出せない状態なのか。

(何かあったなら、神殿から連絡が来るとは思うけど……)

ファルクには、神殿の仕事——氷魔法補充の保証人になってもらっているので、彼の身に何かあったら連絡は来るはずだ。

今のところその連絡もないので、きっと大丈夫なのだろう。……とは思うけれど。心配は心配だ。

ため息を吐《つ》きつつも、どんよりとした気分のまま一日を過ごすわけにもいかないので、ざわつく気持ちを無理やり切り替える。

さぁ、そろそろ店の開店作業をしなければ——。と、思った時、路地奥から小広場へ歩いてくる人影が見えた。

高い背丈に茶色の髪。歩いてくるのはファルクだ。

「ファルクさん!?　……って、なんだかフラフラしてるような」

暑さにバテてへとへとになっているのはいつものことだが、今日は様子が違う。路地の壁に手をつきながら歩いている。

アルメは小広場を突っ切って、慌てて駆け寄った。

「ファルクさん、お帰りなさい！　というか、どうしたんです!?　大丈夫ですか!?」

「こんにちは、アルメさん。お手紙の返事を出せずにすみません……直接会ってお喋《しゃべ》りをしたくて、来ちゃいました」

「見るからに具合が悪そうですが……」

　ふらつくファルクの腕を取って支える。触れた体はいつもよりずいぶんと熱かった。

　彼の頭に手を伸ばして、額の温度を確認する。

「熱がありますね。神官様がこんな体調でフラフラ出歩くなんて……医神に怒られますよ」

「愚かさは承知の上です……。でも、どうしても、アイスを食べたくなってしまって……神殿をこっそり抜け出してきました」

「思い切りお説教をしたいところですが、元気になった時にさせていただきます。とりあえず、うちで休んでください」

　しゅんとして背中を丸めたファルクを支えながら、家へと歩き出した。

「具合が悪いのは、戦のせいですか？　怪我をしたから？」

「いいえ、ただの魔法疲れです。今回はなかなか魔物が途切れなくて、怪我をする方が多かったので。連日治癒魔法を使い続けていたら、このざまです……」

「それは……お疲れさまでした」

　魔法疲れは、魔法を使いすぎた時に生じる体調不良だ。少し体がだるくなる軽度のものから、動けなくなるほどの重度のものまで、様々だ。……きっとファルクは後者の状態だったのだろう。

「神殿を抜け出してきた、というのは、もしやファルクさんは今、入院中の身だったりします？」

「……もうお説教をくらうことが確定しているので、白状しますが……まぁ、そういうことになります」

　ファルクはさらに体を小さくした。アルメの顔色をうかがいながら、続けてぼそぼそと小声で言う。

「それで、あの……できればアイスを、たくさん食べたいのですが……」

「お腹が空《す》いているのですか？」

「……神殿を抜け出すのに手間取って、朝ごはんを食べ損ねたといいますか……」

「何をしているんですか……本当にもう」

この神官、人の怪我には結構怒るくせに、自分のことは棚に上げている。医者の不養生ならぬ、神官の不摂生だ。

アルメの説教がとびきり長くなることが確定した。


アルメはフラフラのファルクを、一階の店舗ではなく二階の自宅へと招いた。

今日もアイス屋はお休みにする。ひとまず、彼にゆっくりとくつろいでもらうことにした。

自宅に上げると、ファルクは鞄《かばん》を置いて、変姿の首飾りも外した。

「どうぞ、座ってください。作り置きのものですが、スープを温めますね」

「ありがとうございます……失礼します」

アイスより先に朝ご飯を出す。居間の椅子に座らせて、テーブルに皿を並べる。

チキンとマカロニの野菜スープ、もちもちとした小さなチーズパン。あとは、昔祖母から教わった、元気の出る緑の野菜ジュース。

「ルオーリオの家庭料理なので、お口に合うかわかりませんが、どうぞ召し上がってください」

「ご飯までたかってしまって、すみません……いただきます」

しょんぼりとした様子とは裏腹に、ファルクは大きな口で、具だくさんのスープを頬張《ほおば》った。相当腹ペコだったらしい。しょんぼり顔は次第に笑顔へと変わっていく。

魔法疲れを起こしていても、食欲はあるようでよかった。

アルメも向かい側に座って、ひとまずお茶にする。

ファルクと過ごす、このゆるやかな時間は、アルメのお気に入りのひと時だ。『あぁ、日常が戻ってきた』なんてことを思って、ホッと息をついた。

「美味《おい》しい……生き返ります……。天上の料理のようですね。きっと神々は毎日、こういう料理を食べているに違いない」

「ただの家庭料理に何を言ってるんですか」

大袈裟《おおげさ》すぎる感想に笑ってしまった。どうやらファルクは、空腹で味覚がおかしくなっているようだ。

「スープもパンもまだたくさんありますから、足りなければ、おかわりもどうぞ」

「ありがとうございます。でも、アイスの分のお腹も残しておきたいので」

「——あ、そういえば、この前お話しした『パフェ』の試作の材料がそろっているのですが、食べてみます？」

「是非！　お願いします！　やっぱり神殿を抜け出してきてよかった……！」

アルメが睨《にら》みつけると、ファルクはすぐに目をそらして縮こまった。

スープを飲みながら、もごもごと言い訳を始める。

「……仕事を頑張ったので、少しだけ、自分への褒美が欲しかったんです……神殿にいても、従軍の手当くらいしかいただけないので。もっとこう、気慰みが欲しくて」

「言い訳をしても、お説教は確定ですからね。――と、まぁでも、それはそれとして。大変なお仕事の後ですから、何か大きな褒賞があってもいいですよね。よし！　私からファルクさんへ、特製のパフェをお贈りしましょう」

そう言うと、ファルクは食事の手を止めて拍手をした。しゅんとした態度から一転して、わかりやすくはしゃいでいる。熱のせいなのか、いつにも増して反応が素直だ。

部屋にパチパチと響く、のん気な拍手が雰囲気を盛り上げる。二人しかいない静かな居間なのに、パーティーでも始まりそうな空気だ。

いっそ本当に、帰還のお祝いとして二人でパーティーをしてしまってもいいかもしれない。

お喋りをしているうちにファルクは朝ご飯を食べ終えた。

「片付けは俺がします」

「いえいえ、気にせずに。今、ファルクさんがするべき仕事は『ゆっくりくつろぐこと』です。休むことも仕事のうちですよ」

「似たようなことをルーグ様にも言われたことがあります……。それじゃあ、今日は甘えさせていただきます」

「パフェを作るのには少し時間がかかりますから、ソファーで休んでいてください。散らかってて申し訳ないのですが」

急遽家に上げることになったので、居間はそれなりの散らかり具合だ。庶民の家は大体どこもこういう感じなので、どうか気にしないでもらいたい……。

ソファーに座ってもらいつつ、一応、その辺のものを手早く片付ける。

置きっぱなしになっていた自分の鞄をどかして、洗濯後に畳んだまま放置されていたタオル類を移動する。

と、その時——。慌ただしく片付けをするアルメの足元で、ガサッという音がした。何か、足に引っ掛けてしまったようだ。

「すみません、お客さんがいる前でガサガサと」

「いえ、急に訪ねてしまって、こちらこそすみません。俺はまったく気にしないので、そのままでも——……」

アルメが足に引っ掛けて蹴飛ばしてしまった物——それは紙袋だった。

その紙袋を拾おうとして、ファルクが手を伸ばす。が、途中で動作が止まった。そのまま、彼は石像のように固まってしまった。

「え、どうしました？」

「……いや、ええと……」

アルメはファルクの伸ばされた手の先を見た。

倒れた紙袋からは中身が出ている。白く透けたレースに、可愛らしいリボン。布面積が極端に少ないそれは——……先日もらった勝負下着セットだ。

「わあっ!!」

光の速さで、ファルクの手元から下着と紙袋を奪い取った。今まで生きてきた中で、一番素早い身のこなしだったと思う。

大慌てで下着を紙袋の中に突っ込んだ。

「み、見ました!?」

「あの、いや！　見ていません！　何も……！」

ファルクは手で顔を覆った。

そして、そのままふらっとよろめいて、ソファーに倒れ込んでしまった。

際どい下着を見られたかどうか、なんてしょうもないことは、一瞬で意識の外へ飛んでいった。

クッションに沈んだファルクにギョッとして、顔を覗き込む。

「ファルクさん!?　大丈夫ですか!?」

「大丈夫です、大丈夫。全然大丈夫……。ちょっと眩暈《めまい》がしただけです……」

さっきよりも顔が赤いように見える。熱が上がってしまったのだろうか。

アルメは紙袋を寝室へと放り込んで、代わりに小さいタオルを持ってきた。

畳んだタオルを水で濡《ぬ》らして、軽く絞った後に氷魔法を使う。凍ったタオルをもみほぐして、のぼせたファルクの額に置いた。

「とりあえず、しばらく横になっていてください。パフェ、食べられそうですか？」

「いただきたいです……冷たいものを」

「承知しました。急いで作りますね。自宅のキッチンで作るので、何かあったら呼んでください」

「はい……お騒がせしてすみません。……もう一度言っておきますが、俺は何も見ていませんからね！」

そう言うと、ファルクは目を閉じて大人しくなった。

険しい顔をしているのに、口元だけ、ふにゃっとゆるんで見えるのは気のせいだろうか。

アルメは調理室からパフェに使う材料を持ってきて、キッチンに並べた。

苺《いちご》、マンゴー、バナナ、オレンジ。麦のフレーク。砕いたアーモンド。そしてミルクアイス。それから自宅用の冷蔵庫から、バターと苺ジャムを取り出す。

あとは砂糖と、諸々《もろもろ》の料理道具を並べたら準備は完了。エプロンを着けたら、調理スタートだ。

まずはパフェの下層に敷くための、フレークを調理する。

フライパンでアーモンドを乾煎《からい》りして、焼き目がついて香ばしくなったら一度取り出す。

次に砂糖と水を火にかけて、フライパンを揺すりながら、グツグツしてくるまで熱する。焦げ色がついて泡がぶくぶくと大きくなってきたら、バターを入れる。

出来上がったのはバターキャラメルソースだ。

バターとキャラメルの甘く香ばしい匂いがたまらない。香りを楽しみながら、乾煎りしたアーモンドと麦のフレークを入れて絡める。

これでキャラメルフレークの完成である。平たい容器に広げて冷ましておく。

フレークを作ったら、次はフルーツを切り分ける。

苺のヘタを取って半分に切っていく。マンゴーはサイコロ大に切り、バナナは斜めにスライスする。オレンジは皮をむいて、丸ごとスライスした。切り口が綺麗《きれい》で華やかだ。

棚から二つグラスを出して、調理台に並べる。

パフェのグラスにはカクテルグラスを使うことにした。口が広くて脚が短い、小さめサイズのもの。

熱を取ったキャラメルフレークをグラスの底に敷いて、その上に薄く苺ジャムを敷く。

さらにその上にミルクアイスを丸く盛りつける。ミルクアイスを囲うように、フルーツを綺麗に並べていく。

オレンジの皮を使ってパーツを作り、ミルクアイスに目とくちばしを付けて、白鷹《しらたか》ちゃん仕様にした。その頭の上には、ミントの葉を飾っておく。

これを手早く二つ分作って、最後にバランスを確認する。――フルーツミニパフェの完成だ。

「ファルクさん、パフェできましたよ。起きられます？」

「ええ、もうさっきから起きていました。焦がし砂糖のよい香りが、たまらなくて」

居間のテーブルに持っていったところで、ファルクも歩いてきた。まだフラフラとした様子だが、さっきよりはよくなったみたいだ。

二人向かい合ってテーブルにつき、出来上がったミニパフェを前にする。

「この前、疲れた時にはフルーツを食べたくなる、と言っていたので、今回はフルーツパフェにしてみました。――早く元気になってくださいね。という想《おも》いを込めまして」

「フルーツパフェ……ありがとうございます。嬉《うれ》しいです。とても」

パフェを見つめて、ファルクは金色の瞳を揺らした。

なんだか泣きそうな顔をしているように見えて、アルメは慌てて言い添える。

「あなたの笑顔を見たくて作ったものなので、ええと、できれば笑っていただきたく……！」

「すみません、弱っていると駄目ですね……。では、笑顔でいただきたく思います」

ファルクは眉を下げて笑いながら、カクテルグラスを持った。アルメもグラスを持ち上げ、二人でパフェを掲げる。

「では、ファルクさんとルオーリオ軍の帰還をお祝いして！」

「いただきます！」

グラスの中身は酒ではないけれど。雰囲気に任せて、乾杯の挨拶を交わしておく。

二人きりのお祝いパフェパーティーが始まった。

早速スプーンをパフェへと伸ばす――というところで、ファルクは手を止める。

「食べるのがもったいないですね。華やかな聖杯のようなので、このまま部屋に飾っておきたいです」

「半日で傷みそうな聖杯ですが……」

ファルクはグラスを見つめて真剣な顔をしている。アルメの前世には『食品サンプル』なんてものがあったが、彼に見せたら喜んで部屋に飾りそうだ。

しばらく見つめた後、ようやくパフェを食べ始めた。フルーツとアイスを一緒にすくって頬張る。

「美味しい！　消耗した身と心にアイスとフルーツの甘さがしみます……！」

「ムースとかプリンとか、クリームなんかを盛ると、さらに賑《にぎ》やかになるのですが、あいにく準備がなく。でもミニパフェでしたら、フルーツだけでも可愛くまとまりますね」

「下に層になっているのは、フレークですか？」

「はい。麦フレークにキャラメルを絡めたものです」

スプーンをざっくりと差し込んで、下の層からフレークを掘り起こす。上のアイスと一緒に食べると、ザクザクとした食感とキャラメルの香ばしさが合わさって絶妙だ。

「本当に美味しい……最高のご褒美です」

「戦地から無事に帰ってきたら、いつでも作って差し上げます。パフェは具や見た目で、いくらでもバリエーションを増やせるので、是非とも、全制覇を目指してください」

全制覇なんてできないくらい、どんどん作りますけれど。――心の中で、そう言葉を続けておいた。

新しいパフェを無限に作り続けて、彼には何度でも帰ってきてもらおう――。

お喋りをしているうちに、パフェのグラスはあっという間に空になった。

グラスをキッチンに戻して、食後のお茶を用意する。

アルメが席に戻ると、ファルクはシャツのポケットから小さな布袋を取り出した。

コインくらいの小さな袋をアルメに差し出す。

「アルメさん、これを差し上げます。戦から帰ったら、渡そうと思っていたんです」

「え、何ですか？」

「これは俺から――常連客からひいきの店員への貢ぎ物です。どうか、お納めください」

「貢ぎ物!?　うちは、そういうお店ではありませんが!?」

接客酒屋か、と突っ込んでしまった。勝手に店に新しいシステムを導入しないでもらいたい……。

ぐいぐいと差し出されたので、布袋を手に取ってしまった。見もせずに断るのもアレなので、一応確認させてもらう。

袋の中からはネックレスが出てきた。金色のチェーンと石座に、白く輝く石があしらわれている。

「……これ、まさか宝石――」

「いえ、違いますよ。ただのカットガラスです」

「――にしては、ものすごくキラキラしていませんか……？」

「最近の技術は素晴らしいですね。ただのガラスでも、こんなに輝かせることができるのですから」

さっきから、ただのガラス、という部分が強調されているように聞こえるのは、気のせいだろうか。

アルメはネックレスとファルクに視線を往復させて、ジロジロと観察する。

「本当にガラスなんですか？」

「ええ、ガラスですよ。なので傷を付けても、失くしてしまっても構いません。好みに合わなければ、捨ててしまってもいいです」

「そんな、捨てるなんてことはしませんけど……。じゃあ、ええと、ありがとうございます。いただきます」

疑いながらも、アルメはネックレスを受け取った。手元で揺らしてみると、光を反射して綺麗だ。

「すごく綺麗ですね。宝石みたい」

「気に入っていただけたのなら、よかったです。……着けてみせていただくことはできませんか？」

「今ですか？」

「はい、今。戦地から帰って弱り切っている病人のわがままを、どうか聞いてください」

「病人のわりに、デザートまでしっかりと食べていましたが」

「そう言わず……ねぇ、着けてみせて？　お願い」

ファルクは甘えた声とともに首を傾《かし》げてきた。なんともずるいお願いの仕方だ……。照れに襲われる前に、アルメはさっと視線を外した。

この人はもう少し、自分の容姿に攻撃力があるということを正しく自覚したほうがいいように思う。

そのうちうっかり、その辺の女性たちを照れ死させてしまいそう……。神官がそんなことをしたら大事件である。

色々思いつつ、アルメはネックレスを着けてみた。首元にキラキラとした華が添えられた。

「どうでしょう？」

「素敵です、とても。よく似合っています。んっふっふ、可愛い！」

ファルクは一人で盛り上がり、ニコニコとしたままテーブルへと崩れ落ちていった。頬杖をついて、溶けたアイスのようにぐんにゃりとしている。

「あの、大丈夫ですか!?　また熱が辛《つら》くなってきましたか？」

「ふふっ、そうかもしれません」

テーブルに体を預けたまま、ファルクは笑っている。辛いのか辛くないのか、いまいちよくわからない。なんなのだ。

アルメはそっと、ファルクの頭に手を伸ばした。額に触れて温度を確かめる。

「う〜ん、それなりに熱い、ですね。魔法で楽になるかしら」

額に触れたまま氷魔法を使う。

彼は目を閉じて、気持ちよさそうな顔をしている。されるがままになっているので、そのまま続けてみる。

そういえば前に、銀行で頭を撫《な》でられたことがあったが、その仕返しを今してしまおう。――ふと、そんなことを思いついた。

ひんやりとした魔法の冷気をまとう手で、ファルクの頭をやわやわと撫でてやった。さすがに嫌がられるかと思ったけれど、ファルクはずっと大人しい。

彼は目をつぶったまま、何かを呟いた。

「……俺は悪い虫ですね」

「え？　何ですか？」

「なんでもありません」

よく聞き取れなかったやり取りの後、ファルクはいよいよテーブルに突っ伏してしまった。

チラッと見えた横顔は、ものすごく良い笑みをたたえていた。


テーブルに潰れたファルクは、胸の内でしみじみと思う。『一家に一アルメ、欲しい』、と。

今回の掃討戦では、いつもの従軍の手当の他に報奨金までもらえるそうだ。けれど、それよりずっと素晴らしい、最高の褒美を今、もらっている――。

アルメのひんやりとした優しい手が、やわらかく頭を撫でる。たまらない心地よさだ。

戦から帰ったら、毎回これが欲しい……やみつきになりそう。

(俺は本当に悪い虫だな。独り身の娘の家に入り浸って、ダラダラして……。でも、こんなに幸せじゃ、虫をやめられない……)

まだ、もうしばらくは、たからせてほしい。そんなことを思ってしまう。

ルオーリオに来てから、街中でよく聴く曲がある。『人生は気楽に、愛は真心のままに』という歌だ。

この明るい街にぴったりの、軽やかなメロディーと陽気な歌詞の歌。

知らない歌だったが、何度も聴いているうちにすっかり好きになってしまった。

この歌のように、もう少し、心のままに気楽でいてもいいのかもしれない——。

あれこれ悩むより、いっそ思い切り虫生活を楽しんでやろうか。……なんだか、そんな気持ちになってきた。

頭を撫でる優しい手の主に、先に言っておく。

「アルメさん、他にも貢ぎ物があるので、また持って参りますね」

「いや、だからうちは、そういうお店ではありませんって！」

慌てるアルメをよそに、開き直った虫は満面の笑みを浮かべた。


その後、ファルクはアルメの家でダラダラゴロゴロした後、神殿へと帰っていった。

帰りたくない、なんてことを言い出したので、最終的にアルメが通りまで引っ張っていき、馬車に押し込んだのだった。

翌日、手紙が届いたが、彼は今週いっぱいは入院棟で療養するそう。今度こそ抜け出さずに、しっかり休んでもらいたいところだ。

アルメは読み終えた手紙を丁寧に畳んだ後、鏡に寄って首元をまじまじと見つめる。

もらったネックレスは、もうその日のうちに、すっかりお気に入りになってしまった。これから毎日、この身を飾ってもらおうと思う。

白いガラス粒と金のチェーンを見ていると、なんだかソワソワした心地になってしまうのだけれど……この妙な照れには、見て見ぬふりをしておこう。

10 束の間の平穏と不審なアイス屋

そうして数日が経《た》った今日。

シトラリー金物工房の見習い職人――カヤがアイス屋に来た。両手で布袋を抱えて、カウンターのアルメに声をかけてきた。

「ティティーさん、こんにちは！　えっと、アイスキャンディーの型を納品に参りました！」

「ありがとうございます。早い納品はとても助かるわ。早速アイスキャンディーを作ってみるわね。工房長にもお礼をお伝えください」

「はい。……あの、この『アイス棒』は私が作らせていただきました。それで、もしよければ……アイスキャンディーが出来上がったら、私も完成品を見てみたいといいますか」

ごにょごにょ言いながら、カヤは顔を赤くした。自分の作った道具がどういう風に使われるのか、気になるらしい。

「材料もそろってるし、もうこの後すぐにでも作れるわよ。魔法を使えばあっという間だから、カヤちゃんに時間があるのなら、アイス作りを見学していきます？」

「えっ、いいんですか！　やったー！」

カヤはパッと顔を上げて、年相応の元気な笑顔を見せた。

彼女はまだ十四歳の少女だ。お喋《しゃべ》りをしていると、なんだか妹ができたみたいで楽しい。

今日はエーナも出勤しているので、店番は彼女にお願いする。

「それじゃあ、奥の調理室へどうぞ」

「ありがとうございます、お邪魔します！」

「エーナ、アイスキャンディー型を試してみるから、店番を頼んでもいいかしら？」

「ええ、もちろん！　アイスキャンディーって、子供用に出すって言ってた新作よね？　今、広場で子供たちが遊んでるし、お試しのチャンスよ」

今日はカラッとしたお出かけ日和《びより》なので、小広場には遊びに来た子供たちや、散歩の家族連れの姿がある。

店内も賑《にぎ》わっていて、客入りが良い日だ。新作を出すにはぴったりのタイミング。

「よし、アイスキャンディー、張り切って仕込みましょう！」

調理室へ移動しながら、アルメは気合いを入れた。

「それじゃあ、まずは型を見せてもらうわね」

「はい！　型のほうは、十個作れるものを二セット。アイス棒は予備を含めて二十五本になります。そのうち五本に『あたり』の文字が入っています」

調理テーブルの上に品を並べて、カヤが説明する。

アイス型は、円柱の管が十本並んだものが二セット。艶やかな金属でできている。形は前世の理科室で見た、試験管立てみたいだ。

アイス棒は端に丸みがあり、平たい形。色は白っぽい銀色なので、アイスの色の邪魔にもならなそう。『あたり』の文字の位置もばっちりだ。

「素晴らしい仕上がりです！　『あたり』もばっちり！」

「えへへ、ありがとうございます」

「では、早速作っていきましょうか。カヤちゃんはこちらの椅子にどうぞ」

「失礼します。見学させていただきます！」

カヤに座ってもらって、アルメはアイスキャンディー作りを始めた。

先にアイス型と棒を綺麗《きれい》に洗って、乾かしておく。専用のブラシも作ってもらったのだが、こちらもイメージ通りだ。

冷蔵庫からブドウ、オレンジ、メロン、苺《いちご》を取り出してテーブルに並べる。とりあえず、この四つで作ってみよう。

フルーツの皮をテキパキとむいて、切り分けていく。ミキサーに放り込んで、四種類のジュースを一気に作り上げた。

そのジュースを、スープレードルを使って、慎重にアイスキャンディー型に流し込んでいく。

型の円柱管部分は取り外しができるので、使いやすい。試験管に液を流し込むように、ジュースを注いでいく。――なんだか理科の実験をしている気分だ。

全部の型――二十個分に流し込み、アイス棒を差し込む。『あたり』棒は五本すべて使うことにした。四分の一の確率であたりが出ることになる。

カヤが興味深そうに見つめる中、アルメは型に両手を向けて氷魔法を使った。

ひんやりとした冷気に包まれて、型がキンキンに冷えていく。アイスキャンディーはあっという間に固まった。

「わぁ！　氷魔法は涼しくていいですねぇ！　これで完成ですか？」

「えぇ、あとは型から外して――」

アイスキャンディーの型のくぼみ――魔石をはめ込む部分に、火魔石をセットする。

このアイス型は魔道具でもある。火魔石の魔力の熱が、刻まれた呪文を伝わって、アイスの入った円柱管まで届く。

そうしてほのかな熱によってアイスの表面が溶けて、するりと取り出せる仕組みだ。

棒を持って、アイスを一本、すぽっと抜いてみた。あわい緑色が綺麗な、メロンアイスキャンディーが出来上がった。

「これで完成！　うん、すごく綺麗にできたわ」

「おもしろいデザートですね！　ソーセージの串焼きみたい」

「たしかに、形が似ているわね」

アルメは一旦アイスを戻すと、冷凍庫を開けた。製氷容器を取り出して、大きなガラスのボウルに氷のブロックを出す。

氷のブロックを山盛りにして、そこにアイスキャンディー棒をざくざくと刺していく。ひとまず、今日はこういう形で店頭に出してみようと思う。

もう少しお洒落《しゃれ》にディスプレイしたいところだけれど……そのあたりは、後でエーナに相談してみよう。

カヤは立ち上がって、アルメにペコリと頭を下げた。

「見学させていただき、ありがとうございました！」

「こちらこそ、よい道具を作っていただき、ありがとうございました」

二人で挨拶を交わして、調理室を出た。

アイスキャンディーの刺さったボウルをカウンターに持っていく。

エーナがボウルを覗《のぞ》き込《こ》んだ。

「あっはっは、氷に突っ込むなんて、豪快な飾り方ね。でも、アイスの色を選んで、自分で引き抜くっていうのは楽しいかも」

「そうだ、カヤちゃん。もしよければ、品を届けに来てくれたお礼にご馳走《ちそう》するけれど、食べていく？」

「いいんですか!?　わぁい、いただきます！　――どれにしようかなぁ」

氷に刺さった二十本のアイスキャンディー。カヤは伸ばした手をうろうろと迷わせた後、赤い苺のアイスを引き抜いた。

「これに決めた！　いただきまーす！」

「どうぞ、召し上がれ」

彼女は手に取ったアイスキャンディーをシャリッとかじる。

「冷たくてすごく美味《おい》しいです！　毎日食べたくなっちゃいそう――……あ！」

食べ進めていくうちに、ふいに大きな声が上がった。出てきたアイスの棒を見て、カヤは顔をほころばせた。

「見てください！　当たった！」

「わぁ、早速!?　二十本もあるのに、カヤちゃんすごい」

「おめでとう！　きっといいことが起きるわね！」

初っ端《しょぱな》の一本目からあたりが出て、女子三人で盛り上がってしまった。

「いいことが起きる、かぁ。それなら、恋が叶《かな》ってほしいなぁ。あたりも出たことだし、今日は運勢が良さそうだから、好きな人に話しかけてみようかな……！」

と、カヤが無邪気な声を上げた時。店内のお客から声がかかった。

若い女性グループの客は、カウンターに寄ってアイスキャンディーを覗き込んできた。

「それ、『恋みくじ』なんですか？」

「楽しそう。あたしも引いてみようかなぁ」

「あら、結構お安い。私いってみるわ！」

恋みくじとは、その名の通り恋愛運のおみくじだ。彼女たちはカヤの声を聞いて、恋みくじだと思ったらしい。……特に、そういうわけではないのだけれど。

女性グループはキャッキャと喋りながら、アイスキャンディーのお代を渡してきた。それぞれ一本ずつ引き抜いて食べ始める。

その様子を見ていた別の女性客も寄ってきて、一本引いていった。さらに好奇心に目を輝かせた二人組の少女たちが、それぞれ引いていく。

その賑わいに興味を引かれた客が、また覗き込んできて――。カウンター周りには若い娘の集まりができて、なんとも賑やかな景色が出来上がってしまったのだった。

エーナはアルメの耳元でコソリと言う。

「あの、アルメ。アイスキャンディーって子供向けの商品じゃなかったの……？」

「ええと……そのつもりだったんだけど」

色とりどりのアイスキャンディーは、恋愛運を試す乙女たちのデザートになってしまった。

この世界は占いが盛んなので、みんな、基本的にこういうものが大好きである。特に恋愛事の占いとなると、女性たちは目がない。

想定していた客層とは違うところに火がついてしまったみたいだ。

（ま、まぁ……みんな楽しそうだし、こういう商品ということにしておきましょう）

斜め上の方向に走り出したアイスキャンディーを見て、アルメは半笑いの顔になった。

アイスはあっという間に、乙女たちに引っこ抜かれて空になった。

おもしろい占いなどはすぐに広まる街なので、明日からは量産が必要になりそうだ。

アルメは女性客の群れを抜けて、カヤを店の玄関先まで見送る。

「アイスまでご馳走になってしまって、すみません。ありがとうございました！　美味しかったです！」

「また食べにいらしてください。それから、好きな人とのお喋りも頑張ってね」

「はい、頑張ります……！」

「あぁ、あと、工房への注文とは別の話で、一つ聞きたいことがあるのだけれど」

そういえば、聞いておきたいことがあったのだった。次の企画に使いたいものがあるので、情報を仕入れておきたくて。

「シトラリー金物工房の通りには、物作りの職人さんたちが多いでしょう？　その中に、『花火』を特注で作ってくれる職人さんはいないかしら？」

「花火、ですか？　――確か、うちの工房から東のほうに歩いていった先に、あったような……。すみません、父ならよく知ってるかも。ティティーさん、何か大きなパーティーでもするんです？」

「ふふっ、まだ内緒。形になったら披露するわ」

まだ秘密にしておくけれど、お祝い用の思い切り華やかなパフェを作ってみようかな、と考えている。上手《うま》くいったなら、きっと楽しいものが出来上がるはずだ。

キョトンとするカヤに向かって、アルメは人差し指を口に当てて、ニッコリと笑った。

カヤは彼女の父親――工房長から花火工房の話を聞いて、すぐにアルメに教えに来てくれた。

その際に『もう一つアイスを食べたい』と、もじもじしていたので、ご馳走してあげた。どうやら、彼女もアイスにハマってくれたらしい。

夕方に店を閉めた後、アルメは早速、花火工房へ向かうことにした。

花火を求める理由――それは、パフェに添えるためである。

ファルクとお祝いパーティーをした時、ふと、前世の飲食店でメニューにあった『お誕生日プレート』を思い出したのだ。

チョコソースでお祝いメッセージが書かれた大きな皿に、ケーキが飾られて、そのケーキには花火が刺さっていた。

スイーツの上でパチパチと弾ける小さな花火は、お祝いの場を華やかに盛り上げる。このお祝い花火を是非とも、パフェでやってみたいと思ったのだ。

とりあえず花火職人にチラッと話をしてみて、依頼を受けてくれるかどうかだけ、先に確認しておこうと思う。というのも、庶民が個人で花火作りを依頼することは、一般的ではないので。

この世界では花火自体、暮らしとは縁遠いものだ。富裕層がガーデンパーティーの盛り上げとして使うくらいである。打ち上げ花火のような派手な爆発をともなう花火は、精霊たちが驚いてしまうので製造を禁止されている。

そして手持ち花火というものも、ほとんどないに等しい。小型の花火は地味なので、富裕層のパーティーで使うにはいまいちだ。作るのも難しいそうなので、世間に広まっていない。

打ち上げ花火も、手持ち花火もない。――そんなこの世界で花火といえば、地面に設置して、大きく噴き上がるタイプのものが普通である。

原料は火魔石と風魔石の粉末だそう。あとは精霊の魔法や薬などを使うらしい。詳しくは知らないが、諸々《もろもろ》の扱いが難しいのだとか。

腕の悪い花火職人が作ると、不発に終わったり、逆に飛び散って大変なことになるそう。

そういうわけで、わざわざ花火の製造を依頼する庶民はいない。花火職人たちは貴族のお抱えだったりするので、アルメの話など聞いてくれないかもしれない。

(断られてしまったら仕方ないけれど、まぁ、とりあえず話だけでも……)

アルメは少し緊張しながら、夕方の工房通りを歩いていく。

周囲を見まわしながら歩いていくと、カヤから聞いた花火工房の看板を見つけた。通りを抜けた先、街並みから少し外れたところにあった。

「花火工房——ここ、よね？　……本当にここ？」

建物の前で立ち止まり、アルメは顔を引きつらせた。

工房の玄関周りには、山のように瓶が置かれている。すべて空の酒瓶だ。

酒瓶の工房だったなら、別段おかしくもない光景だが……あいにくここは花火工房である。

（……お酒好きな職人さんなのかしら？　にしても、飲みすぎでは……）

玄関扉を叩《たた》くことを、ためらってしまった。せめて明るい時間帯に訪ねるべきか、と考える。

が、迷っているうちに玄関扉が開かれてしまった。ギィ、と扉の音が鳴る。

薄暗い工房の中から顔を出したのは、どんよりとした亡霊のような男だった。

「なんだよ、さっきから人の家の前で突っ立って。用がねぇならどいてくれ」

「いえ、あの……花火の依頼のお話をしたくて来たのですが……」

「あ？　依頼？　あんたが？　ふーん、そうかい」

亡霊のような男はそう言うと、工房の中へと戻っていった。

年齢は三十代くらいだろうか。癖のある黒髪に、無精ひげを生やしている。目元にはクマがあって、ギョロッとしていて怖い。

男はボソボソとした低い声で、中からアルメを呼んだ。

「おい、さっさと入れよ」

「あ、ええと……」

ひとまず、依頼は受けつけているようだ。が、入るのに躊躇《ちゅうちょ》する。工房の中からは、フワリと酒の臭いが漂ってきている。

固まっているアルメを見て、男は面倒臭そうな顔をした。

「別に手なんざ出さねぇよ。こう見えて俺は妻のいる身だ」

「は、はい……」

そう言いながら、男は玄関近くまで戻ってきた。玄関先で話を聞いてくれるみたいだ。

見た目と工房の雰囲気は荒《すさ》んでいるが……意外と気を遣ってくれる人らしい。

男は玄関の壁に寄りかかって、アルメにギョロッとした目を向けた。

「あんた、貴族の使いっぱしりだろ。主人のお貴族様はどういう花火をご所望で？　金持ちアピールのための、馬鹿みたいに派手な花火か？　それとも遊び女を口説き落とすための、情熱的で下品な花火か？　噴水みたいに、火柱のどデカい花火でもいいぜ。火事になっても知らねぇけどな。お望み通りのしょうもねぇ花火を、いくらでも作ってやるよ」

男は鼻で笑いながら吐き捨てる。まったくもって依頼を受ける態度ではない。

（ひえ……この人、まさか花火嫌いなんじゃ……）

話から察するに、男は一応花火職人のようだが、仕事への熱意などは感じられない。

やっぱり帰ろうか……と思ったけれど、職人はアルメの話を待っているようだった。

アルメはビクつきながら、鞄《かばん》からノートを取り出す。花火のイメージ図を描いたページを開いて、彼に見せた。

「あの……私はお貴族様の使いではありません。個人で依頼をしたくて、受けていただけるかお話だけでも、と思いまして……。こういう、小さい花火を作りたいんです……けど、どうでしょう？」

「あぁ？　小さい花火だぁ？」

ノートには、パチパチと小さく弾《はじ》ける花火を描いてきた。弾けた花火の直径は手のひら程度。持ち手の長さは縦長のグラスくらいだ。

職人の顔色をうかがいつつ、説明を加える。

「あまり大きく火花が飛び散らないような、控えめな花火を……」

「こんなちっこい花火じゃ、何のアピールにもなんねぇぞ。財力をアピールしたいなら派手な花火。恋人を夢中にさせたいなら、どぎつい色の花火、ってのが常識だろ」

「……すみません、私は庶民なので、お貴族様の花火遊びはわかりません。何かをアピールするための花火ではなくて……ちょっと華を添える、くらいのものが欲しいんです」

「華を添える？」

職人は改めてノートを覗き込んできた。だらりと壁に寄りかかっていた背中が伸ばされる。

「例えば、人に花を贈ったり、テーブルに花を飾ったり――という、ちょっとした感覚で、小型花火を使えないかなぁと。イメージ的には一輪花みたいな……」

「ほう、花火の一輪花か」

「どちらかというとお洒落で上品な雰囲気が理想です。大きさや派手さは抑える感じで」

「小さくて洒落た花火……ちょっと待ってろ」

職人は工房の中へと大股で歩いていった。心なしか、先ほどよりも歩き方が颯爽《さっそう》としている。不健康そうな、だらっとした雰囲気がなくなった。

さっと戻ってきた職人の手には、小さな筒が載っていた。親指サイズの花火だ。

「俺が趣味で作った花火だが、これが今うちにある中で最小だ。嬢ちゃんの作りてぇ花火は、こういう雰囲気っつーことで合ってるか？」

そう言うと、彼は火魔石の着火器——前世のライターに似た形をしている道具で、花火に火をつけた。

指でつままれた小さな筒形花火は、チラチラと繊細な火花を噴き上げ始めた。前世で見た線香花火のような火花が散る。

ちょうど今は夕方から夜に移り変わっていく時間。うっすらと暗くなってきた中で、火花がキラキラと美しく輝く。

貴族がパーティーで披露する、ど派手な噴水のような花火と比べると、本当にささやかな花火だ。でも、この花火こそ、まさにアルメが求めているものに近い雰囲気である。思わず前のめりになってしまった。

「そう！　こういう雰囲気です！　これに持ち手を付けて、棒状にすることはできませんか？」

「筒の形を細長くすりゃ、どうにか。あんたの小指くらいの太さなら——いや、もう少し細くできるな」

「その花火をお願いしたいです！　少ない数で注文することはできますか？　注文の最低数はいくらでしょう」

「いくらでも構わない。一本からでも作ってやるよ。あんたの依頼を歓迎する」

さっきまでどんよりとした顔をしていた職人は、いつの間にかやわらかい表情をしていた。

「俺は元々、こういう繊細な花火に惚《ほ》れ込《こ》んで花火師になったんだ。……嫁さんがそういう花火を好きだったから。この手の花火なら、きっと空にいるあいつも喜ぶだろうよ」

花火を見る職人の目は、懐かしいものを見るように細められていた。奥さんは空にいるらしい。アルメの祖母と同じところにいるようだ。

しばらくして花火が終わり、職人はアルメに向き合った。

「名乗りが遅くなったが、俺はグラント・クレイだ」

「アルメ・ティティーと申します。花火の注文、お願いしてもいいですか？」

「あぁ、とびっきり洒落たやつを作ってやる。――どれ、持ち手の長さはどれくらいだ？　もう一度図面を見せてくれ」

ノートを渡すと、職人――グラントは図面を見つめた。そして何の気なしに、次のページを開いた。

次のページには、花火をパフェに刺した場合のイメージ図が描かれている。フルーツパフェの上で花火がキラキラしている絵だ。

グラントはそれを見て目をまるくした。

「え？　花火、食い物にぶっ刺すの？」

「その予定です。あぁ、言い忘れていましたが、私はデザートを提供するお店をやっていまして。花火に火をつけて、お客様に出すんです」

「ひ、火花を浴びながら食うのか……？　なんかの拷問……いや、デザートだから、ご褒美か？　嬢ちゃん、大人しい顔して、なかなか攻めた趣味を持ってんな……まさか、『鞭《むち》持ち嬢』か？」

「違います!!」

鞭持ち嬢とは——鞭を持った女性が殿方を叩き、喜ばせる、という大人の店のお姉さんである。

アルメは即座に、大声で否定した。

最近ファルクの持ち出してきた接客酒屋システムといい、今話に上がった鞭持ち嬢といい……一体なんだというのか。

自分という人間のキャラクターが迷子にならないように、気を付けていきたいと思う。アルメ・ティティーは、ただのアイス屋の店主である。


休日のアイス屋の調理室に、甘い匂いがただよう。

今日、アルメはパフェを改良するべく、盛り付け用のお菓子を作っていた。

朝から調理室にこもってクッキーを焼き、プリンを作った。

冷めるのを待つ間にキャラメルフレークを作って、今、フルーツを切り終えたところだ。ジャム作りは省略して、市販のものを使わせてもらう。

必要なものがすべてそろったところで、冷凍庫からミルクアイスの容器を取り出した。

パフェの盛り付け、スタートだ。

先日ファルクに出したフルーツパフェは、カクテルグラスを使ったミニパフェだったが、今日作るのは通常サイズのパフェ。縦長のゴブレットグラスを使ってみることにした。

まずはグラスの底にキャラメルフレークを入れる。

その上に苺ジャムの層を作って、またキャラメルフレークの層を作る。その上に、今度はブルーベリージャムを敷く。

そしてその上にフルーツアイスを置く。今回は苺アイスとブルーベリーアイスとクランベリーアイスを選んだ。一口サイズの小さな玉を三つ、輪になるように配置する。これでフルーツアイスの層が出来上がった。

ここまでで、グラスは八割くらいが満たされた。ここからは上部の盛り付けに入る。パフェの華やかさは上の部分で決まるので、ここからが本番である。

フルーツアイスの層の上に、大玉のミルクアイスを載せた。綺麗に丸く盛りつけたら、その隣にプリンを添える。

プリンは朝一で作って冷やしておいたミニプリンだ。加熱の加減が難しかったが、上手くできてよかった。一口サイズで可愛《かわい》らしい。

一旦プリンを小皿に出して、小皿からミルクアイスの隣へそっと移す。アイスに寄り添うように、プリンが綺麗に並んだ。

バランスを見ながら、グラスの隙間を埋めるようにフルーツを配置していく。

使うフルーツは、グラスの層と同じく、苺とブルーベリーとクランベリー。スライスした苺を飾った後、ブルーベリーとクランベリーの粒を散らす。

最後にミルクアイスを白鷹《しらたか》ちゃん仕様に飾って、その後ろに星形のクッキーを添える。

これで白鷹ちゃんベリーパフェの完成だ。

「色をそろえると、お洒落に仕上がるわね」

完成したパフェを眺めながら、ふむ、と頷《うなず》く。

苺とクランベリーの赤がメインで、ブルーベリーの紫が差し色になっている。大きなパフェ第一号は、なかなか洒落た仕上がりとなった。

これに赤色の花火を添えたら、さらに華やかで素敵なパフェになりそうだ。先日無事に小型花火の注文を受けてもらえたので、出来上がりが待ち遠しい。

「このパフェに合わせるなら、クッキーも苺味のピンク色にしたほうがいいわね。——さて、お味のほどは」

見た目を評価した後、アルメはパフェにスプーンを入れた。パクリと頬張《ほおば》って、思い切り表情をゆるめる。

「うん、美味しい！　やっぱり生クリームも足したいわ。今度牛乳屋さんに相談してみよう」

ミルクアイスに使う牛乳は、街の牛乳屋から仕入れている。あの牛乳屋は生クリームの製造もしているだろうか。今度仕入れられるか聞いてみよう。

あとはムースやゼリーを作るゼラチンと、チョコもあればいいのだけれど……これらは手に入れるのが難しい。

と、いうのも、ゼラチンもチョコも、製菓用のものは庶民の市場に卸されていないのだ。

そうなると、業者から直接仕入れることになるが、小さな個人店の少量注文に対応してくれるかはわからない。ほとんどは大きな菓子店や、レストランの注文だろうから。

でも、そのうち仕入れ方法を考えたいと思う。ゼラチンはともかく、チョコアイスは絶対に作ってみたいので。

ミルクアイスを作ったからには、対となるチョコアイスも作らねばなるまい。アイス屋を名乗るからには、店にこの二種類はそろえておきたいところだ。

あれこれ考え事をしているうちに、パフェをペロッと食べてしまった。……最近食べすぎな気がするけれど、仕事ということで目をつぶっておく。

ベリーパフェの試作と試食を終えて、食休みをしつつ片付けに入る。が、すぐに作業は中断された。

カランカランと、玄関の鐘が鳴らされた。

脇の窓から確認すると、訪ねてきたのはエーナとアイデンだった。アルメは急いで玄関扉を開けた。

「エーナ、アイデン、こんにちは！　もう怪我《けが》は大丈夫なの？」

「おう！　俺はもうすっかり。チャリコットの奴《やつ》も近々退院予定だとよ！」

「それはよかったわ。――お茶を出すから、どうぞあがって」

「お邪魔しまーす！」

「お休みの日にごめんね、お邪魔します」

二人を店の中に招いて、適当に座ってもらう。アイデンは戦地で怪我をしたそうだけれど、元気そうでよかった。

「もう少し早ければ、二人にパフェを出せたのに……自分で食べてしまって悔しいわ」

「なになに？　また新作アイスでも作ってたの？」

「俺ら別にアイスをたかりに来たわけじゃねぇし、気にすんなよ」

水出しのお茶を用意して、アルメもその辺の椅子に座る。

落ち着いたところで、エーナが話を切り出した。

「――で、今日はちょっと報告があってきたの！　私たちの結婚パーティーなんだけど、近いうちにやっちゃおうか、って話になってね。アルメの予定はどうかな～ってわけで、相談に来たんだけど」

「デカい戦が終わった後だし、この先しばらくは魔物なんざ出てこねぇだろ、ってことで。なるべく早めがいいんだけど、どうよ？」

アイデンが言うには、濃い魔霧が出た後には、しばらく霧が出なくなるらしい。出たとしても薄い霧なので、小さくて弱い魔物しか発生しないとのこと。

平和なうちにパーティーをしておこう、という提案に、アルメは笑顔で賛成した。

「私はいつでも大丈夫よ。楽しみにしていたから、むしろ嬉《うれ》しいわ！　場所は決まってるの？」

「まだ確定してないけど、東地区の第二教会広場を借りる予定」

「身内だけの気楽なガーデンパーティーだから、適当に呼びたい友達とか知り合いとか、呼んできていいから」

「じゃあ、ファルクさんも呼んでいいかしら？」

「お、おう……！　別にいいけど、身分とか堅苦しいことはなしの、無礼講で頼むぜ？」

変姿の魔法を使っていれば、白鷹だとバレないだろうし、素のファルクはぽやぽやとした人なので、庶民のパーティーにいても大丈夫だと思う。

そう説明すると、アイデンも了承してくれた。

「みんなでお酒と料理を持ち寄って——っていうパーティーにするつもりなんだけど、アルメにはデザートを担当してもらえたら嬉しいなって思ってて。どうかしら？」

「もちろん、協力する！　たくさん仕込んでおくけど、一応、近くなったら大体の参加人数だけ教えてちょうだい。とびっきりのアイスを作るから」

「了解。ありがとうね。楽しみにしてるわ！」

さっき、エーナとアイデンにパフェの試作をご馳走できなくて悔しいと思ったけれど、よかったかもしれない。

パフェのお披露目《ひろめ》は二人の結婚パーティーに決めた。とびきり素敵なものを仕上げて、二人にプレゼントしようと思う。

エーナとアイデン、そしてパーティーに集まったみんなが笑顔になるような、美味しくて楽しいアイスを作ってみせよう。

そんなことを考えてニコニコしていると、ふいに二人が別の話題を出してきた。

エーナとアイデンは二人で顔を見合わせたあと、なんとも微妙な表情を浮かべて言う。

「——それで、アルメ、ここからは別の話になるんだけど……」

「うん？　どうしたの？」

「その、すげぇ言いにくいんだけど、ここに来る途中に、ちょっと変なモン見つけちゃってよ……」

「変なもの？」

雰囲気の変わった二人を見て、アルメも真面目な顔になった。続くエーナとアイデンの話は、おかしな内容だった。

「アルメのアイス屋さんって、ここだけ、なのよね？」

「え？　えぇ、もちろん」

「なんか通り沿いにさ、『ティティーの店』、もう一軒できてたんだけど……あれって、お前の店の二号店じゃねぇんだよな？」

「はぁ!?」

アルメは目をむいて、大声を出した。

ポカンとするアルメに、エーナが詳細を教えてくれた。

「大通りに面したところに新しい店ができてて、看板に大きく書いてあったの……『ティティーの店』って。『新しい極上スイーツ、貴人も夢中の氷菓子』っていう触れ込みで、垂れ幕まで下がっていたわ」

「えぇ!?　なんで!?」

一体どういうことなのだろう。たまたま店名が被っただけならわかるが、商品まで一緒なんてこと、あるだろうか。

氷菓子を扱う店なんて、他にはなかったはずなのだけれど……これはちょっと、調査が必要だ。

アルメは神妙な顔で立ち上がり、エーナとアイデンは励ますようにポンと背中を叩いた。

二人と一緒に家を出て、大通りで別れた。彼らはこれから親戚の家をまわるそうだ。

アルメは一人、もう一つの『ティティーの店』とやらに向かう。

教えてもらった通り、東地区から中央に向かって歩いていくと、その店が見えてきた。なにやらギラギラとした派手な外観だ。

歩く速度を落として、看板をまじまじと見上げる。

その店の玄関の上には、たしかに、ティティーの店と書かれた看板が設置されていた。

青地に白い文字――アルメの店よりずいぶんと大きな看板だが、色とデザインは一緒だ。

アルメの店の看板は祖母が手作りしたものなので、細かいところに微妙な違いはあるけれど。

思わず、店の前でポカンと立ち尽くしてしまった。

「わぁ……ティティーの店、本当にできてた。偶然、じゃないわよね……？」

看板の下には垂れ幕が下がっていて、たしかに『氷菓子』の表記がある。

オープンは来月で、今は準備中らしい……。

「……なんでうちの店なのかしら？　路地奥のお店の看板を、わざわざ再現する必要ある？」

アイス自体は、別にアルメだけのものではない。レシピというものはそのうち世間に広まっていくものだ。

誰かがアルメの店のアイスに目を付けて、自分もそういうデザートの店を出したい、と思ったのなら、それを止めることはできない。

の、だけれど……店の名前と祖母の手作り看板までそっくり複製されるというのは、ちょっと不思議である。有名店の看板ならいざ知らず、なぜティティーの店を……。

アルメの近くでは、他の通行人たちも店を見ている。物珍しい新しいデザート店に興味を引かれたのだろう。子供たちや家族連れが、楽しそうに話している。

「氷菓子……へぇ、冷たいデザートだって。美味しそうだね」

「オープンしたら来てみようか」

「白鷹様アイスだって！　食べてみたい！」

(白鷹様アイス……？)

アルメは店に近づき、店の関係者と思われる男性からチラシを一枚もらった。オープン予定日、そして商品のメニューが書かれている。

メニューの中には、『白鷹様アイス』の字があった。イラストは載っていないが、似たようなものが出てくる可能性は高い。

ぐぬぬ……と、渋い顔をしてチラシを見ていたら、突然、そのチラシを誰かに奪われた。

チラシをひったくったのは、ずいぶんと白い手の女性。その手の主を確認して、アルメはギョッとした。

いつの間にか側に立っていたのは、キャンベリナだった。

フワフワした金髪に、小柄なわりに豊かな胸元。ボリュームのある色っぽいドレス。――久しぶりに見た姿に、わずかに胸焼けを覚える。

キャンベリナはアルメを追い払うように手を振ってきた。

「黒ネズミさん、あたしの店の前で立ち止まらないでちょうだい。店のイメージが悪くなるわ」

「キャンベリナさん……!?　ちょっと、あなたのお店ってどういうことですか!?　お店の看板、うちと同じなんですが！」

「あなたの店の看板なんて知らないわ。これはうちの看板よ。デスモンド家の料理人が腕によりをかけて作る、アイスのお店なの。ドレスコードにそぐわない安っぽい格好の庶民はお客様じゃないから、チラシに触らないでよね」

「料理人に……ドレスコード……!?」

キャンベリナが言うには、ここは彼女のアイス屋で、なにやら格式の高い店らしい。料理人を雇って、本格的なデザートを提供する予定だそう。

百歩譲って、別にそれ自体は構わない。客を選ぶ店はあってもいいし、彼女がなぜか突然、アイス屋に目覚めたのだとしても、別にいいのだ。

けれど、この店の名前だけはどうにかならないのか。

「あなたの商売自体には、私は口を出しません。でも、店の名前と看板は見過ごせません！　どうしてわざわざ同じものにしたのですか？　……まさかこの前の、銀行での仕返しのつもりですか？」

「ごちゃごちゃうるさいわね！　あなたへの仕返しなんてどうでもいいのよ。ネズミなんて眼中にないわ」

キャンベリナはアルメに背を向けて、クスリと意地の悪い笑みを浮かべる。

「じゃあね。あたし、黒ネズミとお喋りしている暇はないの。さっさとどこかへ行ってちょうだい」

そう言いながら、彼女は店の玄関へと歩いていく。

その途中、チラシを手に取った子供たちや、店の前で立ち止まって垂れ幕を見ていた家族を、しっしっ、と追い払った。

「ここは庶民のお店じゃないの。店の格が下がるから、みすぼらしい格好で近寄らないで」

「え、そんな言い方ないだろう……」

「……行きましょう、あなた」

「チラシを見るくらいいいじゃないの……！」

集まっていた人々は複雑な表情をして散っていった。

戸惑った様子の夫婦、しょげた子供たち、ムッとした顔で歩き去る女性グループ……追い払われた人たちの姿が、アルメの心にモヤを残した。さっきまで楽しそうにお喋りをしながら、店の看板を見ていたのに……。

祖母が大事にしてきた店であり、今は自分にとっても大事な店――そんな『ティティーの店』の看板の下で、こういう残念な光景を見ることになるなんて……。

やり場のない悔しさと悲しさで、胸がモヤモヤする。

アルメは足元に落ちているチラシを拾った。もう一度キャンベリナのアイス屋のメニューを見る。

「どうしよう、おばあちゃん……お店の名前とられちゃった……。白鷹ちゃんアイスも……」

ため息まじりにポツリと呟《つぶや》いた。

と、その時。独り言に応えるかのように、視界の下のほうでチカッと光が走った。目を遣《や》ると、ファルクにもらったネックレスが、日差しを反射していた。

今日もルオーリオは晴天で、明るい日差しが降り注いでいる。輝く青い空に、白い雲がゆるやかに流れていく。

呆然《ぼうぜん》と空を見上げて立ち尽くしていると、ふと、祖母が神殿のホスピスに入った日のことを思い出した。あの日も、空にはゆったりと流れる雲が浮かんでいたっけ――。

祖母がホスピス暮らしになることが寂しくて、アルメはものすごくしょんぼりとしていた。

そんな元気のないアルメに向かって、祖母は病室のベッドの上で、笑顔でこう言った。

『アルメ、ちょっと大通りを歩いてきなさい。青空の下で、思い切り大きく手を振って、大股で歩いてごらん。人目なんか気にせずに、のしのしと力一杯歩くの。そうすれば心の中の空気がすっかり入れ替わるから』

思い出した祖母の言葉に、アルメは顔を上げた。輝くネックレスを握りしめて通りを歩き出す。のしのし、とまではいかないけれど、いつもより力強く歩いてみた。

しばらく歩いているうちに、なんだかモヤモヤとした気分がすっきりとしてきた。さっきまで胸を満たしていた、悔しさと悲しさが抜けていく。

胸の中の空気が入れ替わり、じめじめとした気持ちがなくなった。そして代わりに――……ものすごく腹が立ってきた。

「やっぱり、『ティティーの店』の名前と看板を掲げて、あんな風に街の人を追い払うのは許せないわ」

人目も気にせず文句を言いながら、グッと拳を握りしめる。

一人でしょんぼりと悩むのはやめよう。とりあえず、みんなに相談だ。アイス屋の仲間たちを集めて、緊急会議を開こう。

アルメはムッとした強い表情のまま、通りを大股で歩いていった。

祖母の言っていた気分転換とは、こういうことではないのかもしれないが……まぁ、ひとまず元気は出てきたので、よしとする。

家に着く頃にはもうすっかり、のしのし、という歩き方になっていた。

＊＊＊＊

数日後、休日のアイス屋にて、緊急会議が開かれた。

といっても大袈裟《おおげさ》なものではなく、アルメとエーナとジェイラという、いつものメンバーが集まっただけのミーティングだけれど。

そこに加えてもう一人、ファルクが混ざっている。

魔法疲れはもうすっかり癒えたが、休みを消化しなければいけなくて暇なのだそう。

新しい商品――アイスキャンディーを食べてみたいとのことで、試食がてら、彼も会議に参加することになった。

そういうわけで、四人でアイスキャンディーをかじりながら、会議が始まった。

アルメはキャンベリナの店のチラシをテーブルに置き、ざっくりと事情を説明する。

「――というわけで、先日現地に確認に行ったところ、うちのアイス屋と同じ名前のお店ができていました……。向こうのお店にはキャンベリナ・デスモンドさんが関わっているみたい。お金持ちの貴族家のご令嬢です」

「そのキャンベリナって人、前にアルメの店に来て、手切れ金を押し付けてきた人よね？　嵐みたいなご令嬢だったたから、面倒なことになりそう……」

「オープンは来月かー。とりあえず、開店したら乗り込んでやろうぜ。戦をするには、まず敵情視察から、ってな！」

「向こうのお店はドレスコードがあるみたい。庶民はお客さんじゃない、って通行人を追い払っていたわ。乗り込もうにも、門前払いを食らいそう」

アイスキャンディーをシャリシャリと食べながら、みんなでう～ん、と悩み込む。続けてファルクが意見を出した。

「ならば、ドレスコードに添うような装いをすれば問題ないのでは？」

「お、変装かー。それでいいじゃん！　お貴族様っぽい格好してりゃ、入れるんじゃね」

「となると、ドレスを着て、ばっちりお化粧して、髪型を変えてって感じ？　アルメはいつも髪を下ろしてるから、アップにするだけでかなり印象変わりそう！」

「ちょっと待ってちょうだい。私が乗り込む前提なの!?」

全員の目が、当然のようにアルメに向く。思わず、口元を引きつらせてしまった。

「アタシらが行くより、店主が直接乗り込んだほうが色々情報得られるっしょ？」

「俺がお供いたしましょう。格式の高い店は男女で入ったほうがより自然です」

「とりあえず必要なのはドレスよね！」

「ド、ドレス……って、いくらくらいするの？　というか、まずドレスを買いに行くドレスがないわ……！」

あっという間に話が進んでいく。押し流されないように、なんとか声をねじ込んだ。

が、ファルクによって一瞬で流された。

「ドレス店のグレードは上から下までありますから、そう構える必要はありませんよ。入りやすそうな店を探しておきましょうか。今度お休みの日にでも、覗きに行ってみましょう」

「はぁ……いや、でも、変装のためだけにドレスを買うというのは、なんだかちょっともったいない気も……」

別に夜会に行くわけでも、公の場に出るわけでもないのに、上等な服を買うのには抵抗がある。

敵情視察を終えたら、もう着る機会もないし……と、考えると、貧乏癖がチクチクと心をつついた。

そんな歯切れの悪い返事をしながら、アルメはアイスキャンディーをパクリとかじる。出てきた棒を見て、無意識に声が出た。

「――あ、『あたり』が出たわ」

「あら、おめでとう！　ついてるわね！　その運気があれば、きっと変装作戦も上手くいくわ！」

「あたりも出たことだし、乗り込むのはアルメちゃんで決定ってことでー」

「アイスの神様にも背中を押されているのでは？」

「……みなさん、都合のいい解釈をしすぎです」

なんてことないアイス棒の『あたり』に、諸々をこじつけないでほしい……。

そんなアルメの思いをよそに、もう変装乗り込み作戦は決定の雰囲気になっていた。

ひとまず、キャンベリナのアイス屋がオープンしたら、令嬢に扮《ふん》して敵情視察をしに行く、ということで今日の会議は終了した。

前世には『コスプレ』なる文化があったけれど、まさか今世でデビューすることになるとは思わなかった。

『貴族令嬢コスプレ』、どうにか形にできるよう頑張ろう……。

11　アイス屋ティティーの商売戦

アイス屋メンバーでの会議から数日の営業日を経て、貴族令嬢コスプレのための衣装を見に行くことになった。ファルクが早々と、手頃な店を見繕ってくれたのだ。

彼の仕事が早すぎて、アルメはまったく心の準備ができていなかったのだが……引っ張られるようにして、家を出てきてしまった。

アルメとファルクは中央大通りから少し入った通りを進み、ドレス店へと入る。

吊《つ》るし売りの既製服店だそう。注文服の店に比べると、ずっと価格帯が低いそうだが……アルメの目からだと、やはりどれも高価な品に見える。

「さぁ、中へどうぞ」

「ありがとうございます。……なんだかお高そうなお店ですが、大丈夫でしょうか」

「大丈夫ですよ。ひとまず覗《のぞ》いてみるだけですから」

ファルクが扉を開けて、うやうやしくアルメをエスコートする。

その様子を見て、店員は出迎えの挨拶と共に、キラリと目を光らせた。

二人を迎えた店員は四十代半ばの女性――この店の店長だ。来店した男女ペアの客を見て、頭の中で早速、分析を始めた。

（男女二人組のお客様……雰囲気的に親族ではなさそうだし、カップルね。にしては二人とも、互いに節度のある言葉使いと、態度をとっている。まだ結ばれていない関係かしら）

長くドレス店に勤めて、色々な客を見てきた経験を基《もと》に、店員はこの男女の関係を推察する。

（女性のほうは服装の感じから、見るからに庶民ね。男性のほうも格好は庶民だけれど、所作が上品で丁寧なエスコートに慣れている。ある程度の身分がありそう。それにこの整った容貌……女性に事欠かなそうだわ。庶民遊びをしている貴人、というところかしらね）

店員は客に見えないように、やれやれとため息を吐《つ》いた。

『貴人の庶民遊び』とは、その辺の街娘に声をかけて、お姫様扱いをして喜ばせる遊びだ。

初々しい娘の姿を見て優越感と支配欲を満たして、自分が王子様にでもなったかのような感覚を楽しむ遊びである。

お姫様役にした娘に飽きたら捨てて、また別の娘をお姫様に仕立て上げる。この庶民の女性客は、そんな貴人の『王子様ごっこ』の配役にされてしまったのだろう。

彼女に訪れる未来を思うと、なんとも言えない気持ちになる。……けれど、そんなことはもちろん顔には出さない。

店員は接客用の笑顔を作って声をかけた。

「ご用命はございますか？　お好きなお色やドレスのイメージがありましたら、なんなりとお申しつけください。奥にも用意がございますので、お持ちいたします」

「あ、はい、ありがとうございます。まだ決めていないので、店内のドレスを見てまわってもいいでしょうか？」

「もちろんでございます。どうぞ、ごゆっくりお選びくださいませ」

そっと身を引くと、女性はホッとした表情を浮かべた。こういう店に慣れておらず、店員の接客に緊張するタイプなのだろう。

そういう客が相手の時は、過剰に接するのは逆効果。遠くから様子をうかがうのがベストである。

男女の客は小声で相談をしながら、店内を回り始めた。

「アルメさんは何色のドレスをお召しになりたいですか？」

「まったく考えていませんでしたが、あまりにも可愛《かわい》らしい色はちょっと……黄色とかピンクとか。

あぁ、あと、赤とかオレンジとか派手な色も厳しいです」

「そうですか？　アルメさんの黒髪には、赤いドレスも似合いそうですが。敵陣に乗り込むのですから、烈火のごとき真っ赤なドレスというのもよいのでは。強そうで」

「どこぞの劇の、悪役の令嬢みたいなものは無理ですよ……！　衣装に負けてしまいます。もっとこう、落ち着いた感じのドレスが——あ、紺色素敵ですね。無難な感じで」

アルメと呼ばれた女性客は、人型のトルソーに着せて飾られている紺色のドレスを見ていた。

すかさず近づいて、提案をする。

「よろしければ、他にも紺色のドレスがございますので、お持ちいたしましょうか？」

「あ、いえ、ええと……」

「紺色のドレス、アルメさんによく似合いそうですね。せっかくですから、ご試着もされてみては？

色々着てみましょう。悪役令嬢姿も見てみたいので、赤もお願いします」

「……ファルクさん、他人事《ひとごと》だと思って……私は着せ替え人形ですか」

「では、試着のお部屋にご案内いたします」

女性の名前はアルメ。男性の名前はファルク。客の情報を頭のメモに書き込みながら、試着の案内をする。他数人のスタッフを連れて、女性客を試着部屋へと招き入れた。男性客の対応は、他のスタッフに任せておく。

絨毯《じゅうたん》敷きの部屋に入って、手際よくドレスを着付けていく。さっと仕上げて、彼女を姿見の前に案内した。

「わぁ、綺麗《きれい》。こういうドレスを初めて着ました。なんだかお姫様みたいで、照れてしまいますね」

紺色のドレスは裾がフワリとしていて、肩の出るデザインだ。落ち着いた色合いは彼女の雰囲気によく似合う。

乙女心に響いたのか、彼女は自分の姿を見て目を輝かせていた。……そういう顔をされると、どうしても胸が痛む。

貴人の庶民遊びに巻き込まれた娘たちは、お姫様になった自分の姿を見て、みんなこういう顔をするのだ。

買い与えられたドレスは、ほとんどの場合、一年程度で売りに出される。捨てられた娘がやつれた顔でドレスを売りにきて、金に換えていく。

彼女の選んだドレスもいつか古着として、どこかの店に並ぶのだろう。そのことを考えると複雑な気持ちになるが……せめて今は、束《つか》の間《ま》の夢のお手伝いをさせてもらおう。

「お客様、とてもよくお似合いです！」

「衣装に負けていませんか？」

「そんなことはございません！　とても素敵ですから、お連れ様もお喜びになるかと思います！」

「そ、そうでしょうか」

彼女は照れた顔で笑った。哀れな笑顔を見ないようにして、待ちわびる男性客のもとへ彼女を案内した。

ドレス姿を男性客に披露する。――この瞬間が、最も暗い気持ちになる。

王子様役の貴人が、自分が仕立てたお姫様を見てニヤニヤと笑う瞬間。歪《ゆが》んだプライドと欲が満たされて、男がふんぞり返る瞬間だ。

女性客は、男性客の前に歩み出た。

「着てみました。どうでしょうか……？」

男性客はニヤリと歪んだ笑みを浮かべ――……なかった。口元を手で押さえて、感極まった大声を出したのだった。

「あぁっ、最高っ!!　お似合いです！　すごくっ!!」

男性客の裏返った声が響いた。

店長である自分を含めて、フロアにいる店員全員が、目をまるくした。

(最高……!?)

先ほどまでの上品な貴人らしい雰囲気はどこへいったのか。

男性客は目を輝かせて、色々な角度からドレス姿を見まわし始めた。女性客は恥ずかしさで頬《ほお》を赤く染めて、なんとも言えない渋い顔をしている。

店員たちがポカンとする中、男性客ははしゃいだ様子で別のドレスを手に取った。

「普段の装いも可愛らしいですが、ドレス姿も雰囲気が変わって素敵ですね！　やっぱり他の色のドレスも、色々着てみましょう！」

「いや……！　派手な色は勘弁してくださいって……！」

「着るだけですから、着るだけ！　ね！」

「ね、じゃないですよ……！　あぁ、ちょっと、持ってこないでください！」

さぁ、ほら、と男性客は女性客にドレスを押し付けた。

スタッフ数人がかりで、ドレスを大量に抱えて試着部屋に戻る。

女性客が神妙な顔をして、低い呻《うめ》き声《ごえ》を上げた。

「すみません……助けてください……彼を止めて……。あの人があの調子だと、私、一生試着部屋から出られなくなりそうです……」

先ほどまでの照れた顔はどこへやら。一転して、女性客は冷や汗をかいた真顔になっていた。

貴人の庶民遊びに巻き込まれた哀れな娘、なんて、とんでもない思い違いだった。

この女性は、貴人に遊ばれている不幸な娘ではなく、貴人を虜《とりこ》にしてしまった不幸な娘である。

彼女はきっとこの先、嬉《うれ》しい苦労で何度もヒィヒィ言うことになるのだろう。まさに、今みたいに。なんと羨ましい不幸だろうか。

でも、彼女は大変だろうが、こちらとしてはありがたいことである。

『遊びのお姫様』でないのなら、王子様は出し渋らないし、気持ちよく商品を勧められる――。

店員たちは満面の笑みを向けて、女性客を囲った。

「まぁまぁ、お客様。せっかくですし、こちらのドレス、すべてご試着なさってみてはいかがでしょう。――いえ、『お客様』とお呼びするのは失礼ですね。我がドレス店の、試着部屋の『ご主人様』と、お呼びいたしましょう」

女性に入れ込んでいる様子を見るに、あの男性客は上客になりそうだ。基本的に、店員は上客の味方である。

申し訳ないが、彼女を助けてやることはできなそうだ。

彼の気の済むまで試着をしてもらって、ドレスをお買い上げいただこう。

そして店員一同、心からの笑顔で、『ご来店ありがとうございました』と見送るところまで、付き合ってもらうことにする。

結局、アルメは十万G《ゴールド》のドレスを購入して店を出た。

落ち着いた紺色のドレスだが、生地がふわりとしていて華やかだ。

これからまた他の店を見て回るというのも大変なので、もう最初の店で決めさせてもらった。

着せ替え人形にしたお詫《わ》びだと言って、ファルクが代金を払ってくれようとしたのだけれど、全力で遠慮させてもらった。高額の貢ぎ物はさすがに受け取れない。

が、私服に着替えて試着部屋から戻ってきたら、ドレスが半額程度に値引きされていた。ファルクと店員は、なんだか妙に涼しい顔をしていたような……。

不審に思いながらも、思いの外安く購入できたことにはホッとした。とはいえ、服に五万Gというのは、アルメの感覚だとなかなかの出費だけれど……必要経費ということにしておく。

そうして買い物を終えた後、アルメとファルクはカフェ・ヘストンへと向かっていた。ティティーの店の偽物ができてしまったことを、ヘストン夫婦に報告し、相談するためである。彼らは戦友――提携している店なので、何か助言をもらえたら、と。表通りに店を構えている大先輩に、アドバイスをもらえたらと思う。

二人でお喋《しゃべ》りをしながら通りを歩いて、カフェに向かう。

見えてきたテラス席に目を向けて、ファルクは驚きの声を上げた。

「ずいぶんと賑《にぎ》わっていますね！　コーヒーフロートの他にも、メニューが色々と増えているような。――それに、あのぐるぐるしたストローは何でしょう？」

「あれはこの前遊びで作ったストローです。面白そうだからカフェに導入してみようって話になったのですが、お客さん、使ってくれていますね！」

カフェは今日もよい客入りのようだ。賑わうテラス席では、コーヒーフロートを楽しんでいる客も多い。

そのグラスには、この前まではなかった変形ストローが刺さっている。ぐるんとループしたストローや、二本が絡み合った形のカップルストロー。

この前、シトラリー金物工房に追加の注文をした分が、無事にカフェへと納品されたらしい。ヘストン夫婦は早速店に出してくれたみたいだ。

カフェでのひと時を、より楽しく過ごすアイテムとして使ってもらえたら――と思っていたが、思いの外、使用率が高い。

身なりの美しい女性――富裕層と思《おぼ》しきご婦人たちまで使っている。

一応、盛り上げ用の、おふざけパーティーグッズなのだが……みんな澄ました顔をして、上品に使っていた。なんだかちょっと、シュールな光景だ。

カフェの中に入ると、カウンターに立つアリッサが声をかけてきた。

「アルメさん、ファルクさん、いらっしゃい！」

「こんにちは。お店、今日もいい調子ですね」

「色々と新しいメニューが増えていて驚きました」

「すっかりお客さんが戻ってきて、私もウィルもホッとしているわ。どんどん新メニューを出して、売上が落ちていた時の分を取り戻さないとね」

アリッサはお茶目《ちゃめ》なウインクを飛ばした。奥からウィルも出てきて、弾んだ声で言う。

「お！　二人とも、こんにちは。見たかい？　店内のストロー人気。あっという間に馴染《なじ》んでしまったよ」

「遊びで使ってもらうことを想定していたのですが。みなさん、普通に使っていますね」

「いやぁ、それが……ちょっと広め方を間違えたというか。最初のうちは身内に使ってもらって、そこから他のお客さんたちに広めていけたら、と思って、うちの孫たちに使ってもらったんだが。なんだかパーティーグッズが、『お洒落《しゃれ》グッズ』になってしまって……。――ほら、あれがうちの孫たち」

ウィルは店の奥に視線を向ける。そちらを見ると、十歳くらいの子供が二人、向かい合って座っていた。

一人は短い金髪の男の子。もう一人は長い金髪の女の子。服装と髪型は違うが、顔も背もよく似ている。双子だろうか。

二人ともぱっちりした綺麗な目をしていて、人形のように愛らしい。

(わ、キッズモデル……!?)

思わず、そんなことを思ってしまった。二人とも愛らしい姿をした子供だが、どこか完成された雰囲気をまとっている。

ストローの吸い口を持つ指先も、わずかに傾《かし》げた首の角度も完璧だ。絶対に、自分で可愛いポーズをわかってやっている。仕事人である。

ストローを使ってカフェラテフロートを飲んでいるだけなのだが、異様に絵になる。お洒落雑誌の表紙を飾れそう。

彼らが使っていると、クルンと円を描いたループストローは、ふざけたパーティーグッズというより洒落たアイテムのようだ。

「孫のアークとアイラだよ。二人ともすっかりアイスの大ファンさ。――で、あの通り、澄ました顔でフロートを食べるものだから、ストローのイメージが変な方向にいってしまって……。お洒落を楽しむご婦人方や、貴族たちに人気になってしまったよ」

「とても可愛らしいお孫さんですね。ええと、一応導入は成功しましたし……二人にストローを広めてくれたお礼をしないと」

遠目に子供たちを見ていると、今度はアリッサが別の方向に視線を向けた。少し声を落として、コソリと言う。

「でも、あのストローが広まったのは、あの子たちの力だけじゃないわ。見てちょうだい。使っているのは、特に女性客が多いでしょう？　金属製のストローは口紅が付きにくいし、さっと拭き取れる、っていうのがウケているみたい」

「あぁ、なるほど」

近くに座っていた女性客をチラッと見て、納得した。

女性客は美しい真っ赤な口紅をつけている。

紙や植物の茎を使ったストローだと口紅が移ってしまいそうだが、つやつやした金属ストローならば拭き取りやすい。それに、リップメイクが大きく崩れる心配もなさそうだ。

横目で見ていたら、その女性客と目が合った。女性客は赤い唇の端をニコッと上げた。

ふいに向けられた微笑《ほほえ》みに会釈を返して、アルメは慌てて視線を外す。

このパーティーグッズの変形ストローの広まりは、洒落た見た目と実用性が、思いがけず客にウケたことが理由らしい。

イチャイチャカップルストローを使っている男女の客もいたけれど、お洒落グッズとして見ると、そちらもなんだか絵になっているような気がしてきた。

思わぬ方向での反響だけれど、これはこれで面白い景色なので、よしとしておこう。

カウンター席の端に座って、アルメとファルクもコーヒーフロートを注文した。

フロート用のスプーンストローも、早々と店に定着したようだ。他の客たちもごく普通に使っている。

冷たいコーヒーフロートにホッと一息ついた後、アルメは本題を話し始めた。

「あの、お仕事中に押しかけてしまって申し訳ないのですが……ウィルさんとアリッサさんに、ちょっとご相談がありまして」

「構わないよ。お店のことかい？」

「はい。中央地区の通り沿いに、私のアイス屋と同じお店ができてしまって、どう対処したらよいものかと」

「同じ店？」

「名前と看板が一緒で、提供する商品もアイスだそうで。来月オープン予定だとか」

「まぁ、なんてこと！　お相手は大きいお店なのかしら？」

「うちよりずっと大きいお店です」

「それは厄介だな」

レシピを保護する法はないので、同じ料理店が並ぶこと自体はよくあることである。が、相手が大きくて強い店となると、そちらにすべて持っていかれてしまう。客もネームバリューも、売上も。……加えて店の名前まで一緒となると、さすがに困ってしまう。

ウィルは渋い顔をした。

「とりあえず組合に相談を――……いや、界隈《かいわい》ではよくある話だから、自分たちで解決してくれって撥《は》ね付けられることが多いからなぁ……。結局、戦って力でねじ伏せるのが一番なんだけれど」

「私の店に戦う力があるでしょうか……。通り沿いに大きな看板を出されてしまったら、もうネームバリューでは勝ち目がないかと……」

みんなで悩み込んでいると、ファルクがコソリと耳打ちしてきた。

「いっそ、俺が店先に立っていましょうか？　客寄せ看板として」

「友達を晒《さら》しものにしたくはありません、却下です」

ファルクの提案に、前世のファストフード店が頭をよぎった。店の前にインパクトのある、大きなマスコット人形が置かれていることがあったなぁと。

それを白鷹《しらたか》本人でやれば、それは客が来るだろうけれど……友達をマネキンのように店先に置いておくのは複雑だ。

なるべくなら、別の戦略で戦いたいところ。――なんて、ぬるいことを言っているうちに、あっさり負けてしまったらどうしようもないが。

悩みながら、ウィルがとりあえずのアドバイスをくれた。

「オープンしたら偵察に行くのは必須として……向こうのオープン前に、できる限りアルメさんの店の知名度を上げておいたほうがいい。世間に『こちらが先にオープンしていた、本物のティティーの店だ』って認知されていないと、向こうに取って代わられてしまうし、最悪、逆にアルメさんの店が模倣店扱いされてしまう」

「それは避けたいです……！　でも、う～ん、知名度ですか……難しいですね」

「うちのお店も協力するわ。提携先は路地奥のアイス屋さんです、って、メニュー表に書いておくから」

「ありがとうございます。お願いします」

ヘストン夫婦に向かって、アルメは深々と頭を下げた。

これまで、店はそれなりの賑わいを保てていればそれでいい、という気持ちだったが。ここにきて知名度を上げる必要性が出てくるとは思わなかった。

(通り沿いの店と戦えるほどの知名度……路地奥の店にはなかなか厳しい課題ね。客入りを増やして話題にならないといけないわ)

白鷹の噂《うわさ》が流れてから、店の客入りはぐんと増えた。そして新作のアイスキャンディー恋みくじを始めてから、さらに客入りは良くなってきている。

けれど、通り沿いの大看板の集客力には、まだまだ敵《かな》わない。もう一押し、大きな話題性が欲しい。……できれば、友達をマスコット人形にして、店先に晒し置く以外の方法で。

と、考えあぐねていると、ふいにパタパタと足音が近づいてきた。

ヘストン夫婦の孫――アークとアイラが寄ってきていた。

二人はカウンター席に乗っかって、ヘストン夫婦にフロートのグラスを返す。

「ごちそうさまー！　美味《おい》しかった！」

「明日も来ていい？　明日は白鷹ちゃんアイス二個がいい！」

モデルのように澄ました顔でフロートを飲んでいた二人だが、こうして見ると普通の子供だ。元気な高い声が可愛らしい。

アリッサは二人にアルメを紹介してくれた。

「アーク、アイラ、あなたたちの大好きなアイス、お姉さんが氷魔法で作ってくれているのよ」

「こんにちは。美味しく食べてくれてありがとう」

「えっ！　氷魔法すごーい！　僕にも魔法が使えたらアイス作れるのにー」

「あたしも大人になったらお菓子屋さんになりたいわ！　自分で作れたら毎日食べれる！」

はしゃぐ二人を見たら、今さっきまで浮かべていた渋い表情がゆるんでしまった。本当に可愛らしい兄妹《きょうだい》だ。

隣を見ると、ファルクもほっこりとした顔をしていた。

「お菓子を好むのは良いですが、虫歯に気を付けてくださいね」

「それママにも言われるー。ちゃんと歯磨きしてるよ」

「それは偉いですね。――おや、アークさんとアイラさん、素敵な飾りを着けていますね」

ファルクがふと、アークとアイラの手元に目を留めた。二人の手首にはブレスレットが巻かれている。青色の細いブレスレットだ。

話を振ると、二人は得意げに見せてきた。

「え、これ？　格好良いでしょ！　見て見てー！」

「白鷹様と一緒のやつなのー！」

アルメとファルクは顔を見合わせた。二人はキャッキャと話を続ける。

「でもね、一緒だけど一緒じゃないんだよ。白鷹様のは、たぶんもっといいやつなの」

「本物はビーズが付いてるんだって！　黄色と、白と、水色と――あとなんか色々！」

「学院でみんな着けてるから、パパに頼んで買ってもらったんだー」

「これは偽物だから五百G《ゴールド》。本物は三百万くらいするって、クラスの子が言ってたー」

アルメは思い切り目をそらした。本物は三千Gだ。ケタが違っていて申し訳ない……。

話を聞いて、ファルクは驚いた顔をしていた。

「え、三百万G!?」

「……違います、ケタが三つずれてます」

コソッと囁《ささや》いて、訂正しておいた。子供たちの話は大袈裟《おおげさ》になるものなのだ。真に受けないでほしい。

ちなみに、ファルクは今そのブレスレットを着けていない。汗で汚れてしまうのが嫌なので、戦に向かう時など、ここぞという日を選んで着けるらしい。普段は部屋に飾ってくれているそうだ。

アークとアイラが言うには、学院で白鷹の青いブレスレットが流行《はや》っているらしい。

この前の行進イベントで、大々的にお披露目《ひろめ》されたブレスレットは、やはり世間の人々の興味を引いたようだ。きっと学院だけでなく、世間的にも流行っていると思われる。

その本物を作った人間と、本物を持っている人間が、目の前にそろっている。そうとは知らずに、二人は目を輝かせていた。

ファルクはふと思いついた顔をして、二人に話しかける。

「もし、白鷹のブレスレットの本物をもらえたならば、嬉しいですか？」

「うん！　毎日着ける！」

「みんなに自慢するー！」

答えを聞くと、ファルクはアルメの耳元に顔を寄せた。コソリと小声で提案する。

「アルメさん、もしあなたさえよければ、という一つの案ですが……白鷹のブレスレットを、アイスキャンディーの『あたり』の景品にしてみる、というのはどうでしょう？　頂き物の複製品を作ろう、なんて、失礼な案で申し訳ないのですが……でも、お客さんに喜んでもらえませんかね？」

「ブレスレットを？　……たしかに話題にはなりそう」

アルメはあのブレスレットに使ったビーズの色と、その並びまで、全部知っているのだ。刻印されている詩までも。

本物を景品にしたならば、たしかに話題にはなりそうだ。アイスキャンディーのくじ要素も相まって、街の人々に楽しんでもらえそう。

でも、誰か知らない人がファルクとおそろいをつけるというのは、なんとなく複雑な思いもある。友達との思い出のアイテムを、他の人にも真似《まね》されてしまうような、モヤモヤする気持ちが……。

(って、子供みたいな気持ちにかまけている場合じゃないわよね……。せっかくファルクさんが提案してくれたんだから、やれることはやってみよう)

背に腹は代えられない。アルメは気持ちを決めた。

「その案、乗ってもいいですか？　ファルクさんがよければ、『ブレスレットで話題作り作戦』、やってみたいと思います」

「ええ、アルメさんの力になれるのならば、俺は構いません。――けど、刻印の詩だけは、景品のほうを変えてもらってもいいですか？　あの詩は俺だけのものにしておきます」

「まだからかうつもりですか……もう……」

「別にからかっているわけではありませんよ。純粋に気に入っているんです。一人占めしたいくらいに」

詩の話を蒸し返されて、アルメはじとりとした目を向けた。再び顔にのぼってきた熱は、氷魔法で冷やしておく。

ひとまずカフェ・ヘストンでの会議は終了となった。課題はとにかく『知名度アップ』だ。

世間の人々に、『アイスを売っているティティーの店といえば、路地奥のあの店』と印象付けておく。

そうすることで、キャンベリナの店に名前を奪われることを阻止する。

そして向こうがオープンしたら、乗り込んでメニューをチェックする。向こうのアイスを上回る素敵なアイスを用意して、取って代わられないようにする。

直近でできることは、このくらいだ。

まずは知名度アップ作戦のための、ブレスレットを用意しなければいけない。

ヘストン一家と別れの挨拶を交わして、アルメとファルクはカフェを出た。

「ファルクさん、この後革細工の工房に寄ってもいいですか？　ブレスレットの件を相談しに行きたくて」

「ええ、もちろんです。行きましょう」

ファルクはさっと手を取って歩き出した。もうすっかり手繋《つな》ぎが普通になってしまっている。氷魔法の冷気を送ると、彼は機嫌良さそうに笑んでいた。

アルメは街歩きにおいて、完全にファルクの携帯冷却装置と化している。

前に彼のことをパソコンみたいだ、なんて考えたことがあったが、その例えでいくと、アルメはさながら、パソコンを冷やす冷却ファンか。……彼が暑さにバテてしまうのも可哀想《かわいそう》なので、まぁ、いいのだけれど。

アルメとファルクは手を重ねて、カフェを出ていった。

その二人の背中を、真っ赤な口紅の女性が見ていた。目を光らせ、ニヤリと口の端を上げて笑う。

「白鷹様（仮）の名前はファルク。黒髪の女性の名前はアルメ、ね。アルメ・ティティーのアイス屋って、彼女の名前をそのまま使っていたのね。ふむふむ。まさか近くに座ってくれるとは思わなかったわ。張り込んでいたかいがあった。お二人とも、ずいぶんと仲がよろしいこと」

女性は小声で呟《つぶや》きながら、手帳にメモを書き加えた。

＊＊＊＊

カフェを出て、アルメとファルクはブレスレットを作った革細工の工房へと向かった。

複雑な路地で迷いつつも、蔦《つた》に覆われた工房を見つけ出して、扉をノックする。

ほどなくして、もさもさした白い髭《ひげ》のおじいさん――店主が出てきたが、扉はほんのわずかに開かれただけだった。

「こんにちは。ご相談がありまして、おうかがいしたのですが」

「すまない！　青い革は今準備中なんだ！　ブレスレット作りなら他の店をあたってくれ……！　すまないっ!!」

彼は隙間から顔を半分だけ覗かせて、早口でまくし立ててきた。なんだか様子がおかしい。

「ええと、その青いブレスレットの件なのですが――」

「いや！　ワシは何もわからん！　ワシは作っていない！　すまんな！　たぶん他の店のブレスレットだと思う！」

「あの、落ち着いてください」

「何かあったのですか？」

「何かあったもなにも――って、ん？　お嬢さん、見たことがある顔だな」

アワアワしていた店主は、ふと気が付いたように、アルメの顔にまじまじと目を向けた。落ち着いた隙を見て、アルメが話を滑り込ませた。

「この前お世話になりました、アルメと申します。ジェイラさんにご紹介いただいて、一緒にブレスレットを作った」

「あぁ、ジェイラちゃんのお友達の！　なんだなんだ、てっきり『白鷹様のブレスレット』を求めて来たお客さんかと思ったよ。どうしたんだい？　ブレスレットが壊れちまったかい？　とりあえずお入りなさい」

「突然押しかけてしまってすみません。お邪魔します」

店主はどこかホッとした表情を浮かべて、中に案内してくれた。

店内には革細工がズラリと並んで――いない。すっかり商品がなくなっていて、驚いた。

「あら！　失礼ですが、もしかして閉店のご予定でも……!?」

「いやいや、ここ最近急に客入りが増えてね、全部売れてしまったのさ。今は革とビーズの入荷待ち。もう届く頃だが、お客を待たせてしまって申し訳なくてなぁ」

「そうでしたか……って、それはもしや、白鷹様効果でしょうか？」

「そう！　そうなんだよ！　聞いてくれよお二人さん！」

店主はアルメとファルクを相手にして、ここ最近のことをペラペラと話し始めた。誰かに話したくて仕方なかったらしい。

「いやぁ、驚いたことに、ある日を境にどっと客がなだれ込んできてね！　なんでも、白鷹様が青い革のビーズブレスレットを着けていたとかで。みんな『ここが本物の店か？』とか『白鷹様と同じものを作ってくれ！』とか言ってきて。しまいには『あれは誰かの贈り物なのか!?』なんて泣き崩れるお嬢さんたちなんかも来るようになってしまってなぁ」

「す、すみません……大変なご迷惑を……」

「いや、俺の軽率な行動が招いた結果です……申し訳ございませんでした」

「うん？　どうして二人が謝るんだい？」

アルメとファルクは思い切り渋い顔で背中を丸めた。

二人はコソリと小声を交わす。

「……やっぱり、俺がアイス屋の店先で看板を務める案は、やめておくのが正解ですね……」

「そうしてください……心を乱した女性たちが押しかけて、店の前で戦が起きそうです」

前世のファストフード店のようなマスコット設置案は、即却下で正解だったようだ。

店主はやれやれ、と息を吐きながら話を続ける。

「お客さんに詳しく聞いたら、白鷹様はうちのブレスレットとよく似たものを着けていたらしい。

ワシはこれっぽっちも知らんし、作っていない、と言っているのに……。まぁ、でも、その噂のお陰で、この売れ行きだ。訪ねてきてくれたお客さんたちが、他の革細工を気に入って買っていってくれたよ」

話の締めで、ようやく店主は笑顔を見せた。笑い声に合わせて、フサフサの髭が揺れる。

未《いま》だ渋い顔をしていたアルメとファルクを前に、店主は話を切り替えた。

「――と、長々と近況話をしてしまってすまないね。話を変えよう。それで、お二人さんは何の用事かな？」

「あの……あまり話が変わらなくて申し訳ないのですが……この前作っていただいた青色のブレスレットの追加の制作を、お仕事として依頼できないかな、と。私はアイス屋をやっているのですが、店で展開しているくじの景品に、白鷹様とおそろいのブレスレットを、という企画を立てていまして」

「あぁ、そういえばお嬢さんの作ったブレスレットも、白鷹様と同じ青色だったね。よく覚えているよ。しかしさっきも言ったが、おそろいといってもワシは本物を知らないし、この店はお客さん自身にパーツを選んでもらうシステムだから、まったく同じものは作れないんだよ。似せられるのは、せいぜい革の色くらいだね」

「それが、その……実は、私は本物を知っていまして」

アルメが苦笑いで隣に視線を送った。視線を受けたファルクは、変姿の首飾りを外す。

キラキラと光の粒子が舞って、白銀の髪と金色の目を持つ男が現れた。

その姿を見て、店主は思い切りのけぞった。

ている《》

「ふぁ――っ!?」

「申し遅れましたが、俺はファルケルト・ラルトーゼと申します。白鷹のブレスレット、俺の持っているものが、まさにその『本物』なのですが……」

「本物、ワシが作ってたんか――い!!」

店主はまるでコメディー劇の役者のように、大袈裟な動作で自分へとツッコミを入れた。

アルメは改めて依頼について話をする。

「実は白鷹様とは友人でして……ビーズの色も並び順も覚えていますので、追加で発注できたら、と。友人への贈り物を量産する、というのは、複雑ではあるのですが……少々、事情がありまして」

「いやはや……驚いた。製作はかまわないが、納品数はどの程度だい？　見ての通り個人が趣味でやってるような工房だから、あまり大きな数は取り扱えないが」

「最短で可能な数はどのくらいになりますか？」

「今週中に材料の革とビーズが届くから、来週中に三十本はいけるかな」

「では、まずはその三十本をいただけないでしょうか。――それから、ちょっと嫌らしいお願いで恐縮ですが……白鷹様のブレスレット、できれば他のお店への納入をなるべくお控えいただきたくて……。もちろん、その契約に伴うお金もお支払いします。期間と契約金は、ご相談させていただきたく。……いかがでしょうか？」

できることなら、『白鷹のブレスレット』を独占しておきたいのだが……それはさすがに身勝手が過ぎるので、短期間だけでも、というお願いをしておいた。

契約金も高額になると厳しいので、あくまで相談だ。合意に至らなかった場合は、諦めるしかない。――と覚悟していたが、店主は思っていたより、ゆるっとしていた。

「あぁ、それなら心配いらないよ。うちの店はパーツをお客さんに選んでもらって、オーダーメイドで仕立てる、っていうのを大事にしているから。『白鷹様と同じものを』っていう曖昧な指定じゃ、そもそも品を作らないよ。革の色からビーズの一粒まで、楽しく選んでもらうっていうのが、ワシのこだわりだからね。たまたまお客さんが『正解』の組み合わせを選び当てたら、その時には作らせてもらうが」

白鷹のブレスレットを大々的に売り出せば、言葉は悪いが、一儲《ひともう》けできそうだが……店主にはその気がないらしい。

彼が言うには、この工房は、彼の人生においての気楽な遊びなのだとか。売上に関することには、あまり頓着していないとのこと。

ひとまずブレスレット製作の契約を結ぶことができて、アルメはホッと胸をなでおろした。


そうして話を終えた後。帰りがけにアルメは店内を見回して、ファルクに一つ提案をした。

「工房でブレスレットの製作が再開されたら、もう一度二人で来てみませんか？　その……白鷹様の青いブレスレットは、もう街の流行になっているようですし……。それとは別に、もう一つ、何かおそろいの物でも……作りたいなぁ、なんて……。子供っぽくて恥ずかしいのですが」

胸のもやつきは抑え込んで、割り切ろう、と思っていたのだけれど。つい、ごにょごにょと気持ちがこぼれてしまった。

友達の証《あかし》として、自分たちだけのおそろいを持っていたい――なんて、幼くてしょうもない想《おも》いである。

あきれられるだろうか……と、ファルクの顔色をうかがったら、彼は嬉しそうに乗ってきた。

「是非！　おそろいの物を作りましょう！　今度は一緒にパーツを選んで、同じ言葉を刻みましょうね」

彼はそう言って笑った。

その笑顔を見て、胸のもやつきはさっと散っていってしまった。我ながら現金なものだ。

新たに楽しみな予定ができたので、次に来店する時までに、革に刻印する言葉をじっくりと考えておくことにしよう。


翌週、早速、革細工工房から三十本のブレスレットが納品された。

青い革に虹色のガラスビーズ。白鷹が着けているものと同じデザインだ。

アイスキャンディーのくじは『恋みくじ』用と『ブレスレットチャレンジ』用のものと、二種類用意することにした。

恋みくじアイスキャンディーは、カットフルーツとミルクアイスを混ぜて、見た目を可愛らしく改良した。それに伴って、価格も改定してある。

ブレスレットチャレンジのほうはシンプルなアイスキャンディーで、価格は抑えたまま。こちらはほとんど、材料費とブレスレットの費用で売上が相殺される。

元々話題性を重視した商品なので、採算は別のところでとるつもりだ。

こうして提供を始めたブレスレットチャレンジのアイスキャンディーだったが、二週間もたたないうちに、たくさんの客を呼んでくれたのだった。

特に食いついたのは、子供たちだ。子供の小遣いで上等なブレスレットを買うのは厳しいが、格安のアイスならば気軽に買うことができる。

『アイスを食べてあたりが出たら、本物のブレスレットをもらえるらしい』という話が、地区の学院内であっという間に広まったそう。

連日、学院帰りの子供たちがワイワイ来店するようになり、段々と他の地区の子供たちも顔を見せるようになってきている。

そのため、大急ぎでアイスキャンディーの大量生産体制を整えた。シトラリー金物工房に型を追加で注文し、どんどん作っていく日課が加わった。

アルメの魔法だけでなく、今では氷魔石の冷凍庫もフル稼動させている。夜にガッツリ仕込んでおけば、朝には完成している。冷凍庫さまさまだ。

今日も子供たちで大賑わいのブレスレットチャレンジコーナーで、アルメはせっせと宣伝をする。

「みんな、アイスキャンディーを食べてくれてありがとう！　お友達やご家族の方にも、『アルメ・ティティーのアイス屋』のお話をしておいてね。みんなで一緒に来てちょうだい」

「あ！　お姉さん、見て！　『あたり』出たー！」

「あら、おめでとう！」

子供の一人がアイス棒の『あたり』を見せてきた。アルメはカウンターの小さなベルをカランカランと鳴らす。

周囲の他の客たちからも拍手が湧きおこる。あたりを出した子供はとても嬉しそうにはしゃいでいた。

その満面の笑みを見ると、たまらない気持ちになる。

客寄せうんぬんの作戦も大事だけれど、それはそれとして、この楽しい企画を実行できてよかったと思う。

ファルクの提案と協力、そして工房の仕事に心から感謝したい。

そうして新しい目玉商品が軌道に乗ってきたところで、もう一つ、新商品を出すことにした。

アルメはアイスカウンターの脇に、小ぶりな看板を立てかけた。板でできた看板には、絵具で新メニューの宣伝が書かれている。

『フルーツミルクシェイク誕生！　新感覚の飲むアイス！』と。

スプーンストローがばっちりの仕上がりだったので、飲むアイスを作ってみたのだ。

ブレスレットで客を呼び込み、さらにもう一段、新商品で盛り上げられたら、ということで、このタイミングでのお披露目とした。

看板を設置した途端に、一人の女性客が声をかけてきた。

「そちらは新商品ですか？　飲むアイスって、どういうものなのかしら。頼んでみてもいい？」

「ありがとうございます。こちらはミルクアイスを飲用にしたものです。お作りしますので、少々お待ちください」

アルメはシェイクの準備に取り掛かった。

ガラスのボウルにミルクアイスを適量取り、ハンドミキサーでかき混ぜる。

ツノが立つくらいにやわらかくなったら、ジュースグラスへと移す。たっぷり注いだミルクシェイクの上に、カットフルーツを華やかに盛りつけたら完成だ。

最後にスプーンストローを刺して、女性客へと差し出した。

女性客はお代を払うと、口の端をくいと持ち上げて上品に笑った。化粧で真っ赤に飾られた唇が綺麗だ——。

そこでふと思い出した。そういえば、この女性はこの前カフェ・ヘストンでも見かけた気がする。記憶をたどると、アイス屋でも何度か見かけたことがあるような……口紅の色は違っていた気がするが。

(確かこの人だったと思うのだけれど……人違いだったら失礼ね。声をかけるのは、次また来てくれた時にしよう)

話しかけてみようかと迷ったが、やめておいた。次話す機会があったら、そっと尋ねてみよう。

美しい唇の女性は店内の席について、フルーツミルクシェイクを優雅に飲み始める。アルメはまた、接客へと戻っていった。

そのアルメの姿を横目でチラリと観察しながら、女性客は手帳を取り出した。

この秘密の手帳にはあらゆるネタがメモされている。ネタとはもちろん、『記事』を作るためのネタだ。

女性は記者であり、担当する記事は主にゴシップである。

有名人の噂話、貴族たちの秘め遊び、そして街で起きた面白い事件なんかも、少々。庶民間の事件でも、こじれ話は有閑貴婦人たちに人気があるので。

今は主に、白鷹を追っている。

このアイス屋に出入りしている茶髪茶目の男性は、おそらく白鷹で間違いないと思う。――が、彼に関することは、不用意に記事にできないところがもどかしい。

『貴人』というくくりでも、白鷹の身分は少し特殊なのだ。上位神官が診るのは王族や聖女、国の重鎮たち。その辺の貴族やただの金持ちたちとは違って、彼は国の中枢に属する者である。

わざわざ特殊な魔道具を使って姿を変えている公人のプライベートを、勝手に明かすなんてことをしたら、不敬罪待ったなしだ。

それを怖《おそ》れて、さっさと手を引いた記者たちも多い。追っている記者は、もうわずかばかりだろう。

でも、自分は折れずに追い続けるつもりだ。

何か大きな情報――例えば結婚など、世間の興味を引く動きがあった時、いち早く記事を出せるように。公表されてしまえば不敬罪も怖くないので、スタートダッシュを切る準備として、彼の動向をチェックしている。

の、だけれど――……。

女性記者は秘密の手帳を開いて、サラサラとメモを取り始めた。書いているのは、白鷹と懇意の仲であるアルメの素性に関して――ではなく、フルーツミルクシェイクの感想だ。

（スプーンとストローが一体になったカトラリーを使って、やわらかいアイスを飲みながらフルーツを味わう。ミルクアイスは甘くなめらかで、火照《ほて》った体にスッとしみていく。甘く濃厚なミルクアイスと、フレッシュなフルーツがとてもよく合ってたまらない。新作のフルーツミルクシェイク

……美味だわ)

一気に書き上げて、記者はうっとりとため息を吐いた。そしてハッと正気に戻る。

(って、私はまた何を書いているのかしら……)

自分はゴシップ記者であって、グルメライターではない。断じて違う——はずなのに、手帳には食レポがびっしりと書き込まれている。

白鷹を追っているうちにアイス屋にたどり着き、そしてアイス屋を探っているうちに、スイーツにハマってしまったのだ……。

一年中温暖なこの街において、アイスという新しいデザートは際立って美味しく感じられた。提携先らしいカフェのコーヒーフロートも、大変に美味であった。お洒落な変形ストローの使用感も楽しくて、もう何度か飲んでいる。

密《ひそ》かに通っていたアイス屋のポイントカードは、そろそろ二枚目が埋まりそう。

いや……あくまで仕事の一環なのだ。白鷹のゴシップを集めるために、アイス屋やカフェに通っているだけなのだ。何も注文せずにうろつくのは不自然なので、こうして食べているだけである。

(——あら、誰か来たわ)

食レポを書き終えて、ふとカウンターのほうを見ると、不健康そうな顔をした黒髪の男が、店主アルメを呼んでいた。

「おーい、嬢ちゃん。花火の試作ができたぜ」

「ありがとうございます！　わざわざ来ていただいてすみません」

「なに、散歩がてらさ。一応できる限り、細く仕上げてみた。パフェとやらに仕込んでも平気なように、魔石の粉が出ないよう調整してみたんだが――」

アルメと男――花火職人らしき人物の手元を確認する。なにやら花火の話をしているようだが、手元の細長い棒は、とても花火には見えない。

（花火って、大筒を地面に設置して、噴水みたいに噴き上げるやつよね？　あんな棒きれみたいなものが花火なの？　というか、『パフェに仕込む』って、どういうことかしら？）

パフェというのは、もしかして新作のアイスだろうか。まさか、火を噴くアイスでも作るつもりなのか――。

（き、気になる～！　そんな華やかなアイスが出来上がったら、絶対人気出るでしょうよ！　あぁっ、特集組みた～い！）

ぐぬぬ、と奥歯を噛《か》んでしまった。

いや、自分はゴシップ記者である。それも、他社が怖れて手を引いた白鷹を追っている、鋼のメンタルを持つ記者だ。スイーツなんぞには、絶対に屈しない。

が、それはそれとして。

ちょっと他の編集部に話をしてみようと思う。『街角・新作スイーツ特集』の企画とか、よいのではなかろうか。

（……いや！　いやいやいや！　私はゴシップ記者よ！　ほら、仕事をしないと……！）

つい頭の中で企画を練り始めてしまったが、すぐに首を振って意識を現実に戻す。

気持ちを切り替えて一気にシェイクを飲み干し、席を立った。

先ほど白鷹のブレスレットを当てて、キャッキャと喜んでいる子供の側に寄る。

「ねぇ、それお姉さんにも見せてくれない？　当たったの、すごいわね」

「いいよー！　これ、本物なんだってー！　たぶん！」

「へぇ、これが本物」

子供は『たぶん』と言って笑ったが、この店が提供しているものなのだから、おそらく本物で間違いないのだろう。

自分は、あの白鷹が着けていたブレスレットは、店主アルメからの贈り物だと予想している。店主の首元にも白い宝石が輝いているので、お互いに贈りあったのかもしれない。

子供から見せてもらったブレスレットは、青い革に色とりどりのビーズが付いていた。そのビーズをよけると、なにやら革に刻印が入っている。

刻印の文は、『あなたに笑顔と幸せを』。

（ふむふむ、贈り物に添える無難な一文ね。白鷹本人のブレスレットにも、この刻印が入っているのかしら）

もしくは、まったく別の言葉だったりするのだろうか。

確認のしようがないが、一応、この刻印の文は情報としてメモしておこう。――ずらりと書き連ねられた、食レポの端のほうに。

12　敵地への潜入と思わぬ戦い

アイスキャンディーブレスレットくじ、恋みくじ、新作フルーツミルクシェイク。この三つを新しく集客の要として展開し始めてから、一ヶ月が経《た》った。

店の知名度がどれくらい上がったか、というのは肌感覚でしか測れないが、結構上手《うま》くいっているような気がする。

売上がじわじわと、確実に伸びていっている。

特に学院に通う子供たちのコミュニティーでの広まりが、思っていた以上のものだった。

友達間で広まり、親へも広まる。そして親の友達へ広まり――と、学院の外側のコミュニティーにまで、アイスキャンディーくじの話が届きつつあるようだ。

そうして子供に連れられてきた大人たちは、店内で別のアイスを目に留めて、食べていく。

そこへポイントカードと数人で使えるクーポン券を渡して、リピーターと新規の客を取り込んでいく。

という戦略を、この一ヶ月と少しの間、せっせと実行してきた。一応できる限りのことをして、キャンベリナの店と戦う下準備をしてきたつもりだ。

そうして迎えた本日は、いよいよ『乗り込み敵情視察作戦』決行の日である。

先週の頭に、キャンベリナのアイス屋がオープンしたのだ。

もちろん、オープン初日にも店の様子をうかがいに行った。通りがかりを装って、外から確認する程度だったが……大通り沿いの店だけあって、初日から客入りは好調であった。

キャンベリナの言っていた通り、お客は富裕層のみだったが。

店に寄るのは身なりの美しい富裕層ばかりなので、通行人たちも店の雰囲気を察したらしい。庶民はチラッと視線を向けるだけで、立ち止まる人はいなかった。

そんなキャンベリナの店の様子に思いを馳《は》せながら、アルメは今、美容室でヘアセットを受けている。

時刻はもう夕方を過ぎた頃。この後、闇に乗じて乗り込む予定——と言うと物騒だが、夜の時間帯のほうが目立たないだろう、ということで、この時間に決行することになった。

アルメの支度が済む頃合いに、ファルクが迎えに来る予定である。

今いるこの美容室は、以前アルメが髪型を変えた時に訪れた店だ。まだ二回目の来店だが、美容師デュリエはアルメのことを覚えていてくれた。

先にドレスを着付けてもらい、メイクも仕上げてもらった。紺色のドレスに合わせて、メイクは青系で整えた。空色のアイシャドウの上に、銀色の粉がキラキラと輝いている。

ほどなくして出来上がった髪型は、綺麗《きれい》に結い上げた夜会スタイル。デュリエは前回も素晴らしいヘアスタイルに仕上げてくれたが、今回のセットも完璧だ。

彼女は後ろにまわって鏡を持ち、アルメの髪を映した。

「いかがでしょう、お客様。お召し物が落ち着いた色合いですから、上品な印象を崩さないよう仕上げてみました。——もう少しほぐして、遊びを足しましょうか？」

「いえ、もう十分すぎるほど華やかで、素敵な髪型です。すごいですね、別人のよう。デュリエさんは魔法使いですね」

「お褒めにあずかり光栄です。長く美しい黒髪はセットのしがいがありましたわ。仕上げの飾りですが、この花の髪飾りは、まとめ髪に添える感じでよろしいですか？　少し横のあたりに」

「はい、お願いします」

最後に、いつも身に着けている白い花の髪飾りを着けてもらった。

これで支度が整った。

もう一度、姿見で全身を確認してみる。鏡に映る姿はもう庶民娘ではなく、すっかりどこぞの令嬢だ。

（貴族令嬢コスプレ、完成したわ……よかった）

作戦が決まった当初はどうなることかと思ったが、ひとまず形になってよかった。ドレスと化粧、そしてヘアセットのおかげである。

姿を確認しながら、アルメは胸元に輝くネックレスに触れた。ファルクからもらったガラスのネックレスは、こうして全身を整えた状態で見ると、高価な宝石のように見える。

よし、大丈夫、行ける！　と気合いを入れたところで、美容室の扉が開かれた。ファルクが迎えに来たようだ。

着飾ったアルメの姿を見て、彼は思い切り顔をほころばせた。

「こんばんは、アルメさん。お迎えに参りました。とても素敵ですね！　敵地なんて行かずに、このまま舞踏会にでも誘い出してしまいたいくらいです」

「なんのための変装ですか……遊びに行くための装いではありませんよ」

敵地に乗り込むにあたって、アルメは少々緊張しているのだが……ファルクはのほほんとしたいつもの調子だった。

彼もアルメ同様、いつものラフな装いではなく、きちんとした身なりをしている。後ろ丈の長い薄手のジャケットにスラックスの、ツーピーススタイル。

もちろん、変姿の魔法で姿を変えている。

「ふふっ、冗談ですよ。——さて、お支度はいかがでしょうか？　もう表に馬車をつけていますから、いつでも向かえますよ」

「では、行きましょう。デュリエさん、素敵に仕上げていただき、ありがとうございました」

「いってらっしゃいませ。楽しい夜をお過ごしください」

デュリエはウインクを投げて寄越《よこ》した。

きっとデートか何かだと思われているに違いない。残念ながら、これから二人が行うのは敵情視察、スパイ行為である。ロマンチックの欠片《かけら》もなくて申し訳ない……。

ファルクの用意した馬車は、美容室のすぐ脇の通りに停《と》められていた。

ふわふわしたドレスの長いスカートと、履き慣れないハイヒールにヒィヒィ言いながら、エスコートを受けてどうにか乗り込む。

御者に行き先を告げると、馬車はゆっくりと動き始めた。

東地区の通りを走り、中央地区へと向かう。

窓から外を見ていると、遠くにキャンベリナの店が見えてきた。

夜のとばりが下りた街の中に、『ティティーの店』の看板が浮かび上がっている。魔石ランプを贅沢《ぜいたく》に使った、明るい看板だ。

目的地に到着し、馬車は店近くの通りに停まった。

他にも何台か馬車がある。この店は、昼間よりも夜のほうが客入りがいいのかもしれない。

夜の街で遊ぶ貴人たちの、ちょっとした休みどころとして機能しているのだろうか。

馬車から降りて、アルメとファルクはアイス屋の前に立つ。店の外観をまじまじと眺めてしまった。

「昼間に見るより、夜に見たほうがギラギラしてますね。この魔石ランプ、一体どれくらい費用をかけているのでしょう？」

「店内もなかなか贅沢な様子ですね。――では、入りましょうか。どうぞ、俺の腕を支えにして歩いてください」

「は、はい。お借りします。参りましょう」

ファルクに言われるまま、そっと、彼の腕に手をまわした。

人の腕を便利な手すりにしているようで落ち着かないけれど、歩きやすくなるのは助かる。いつもの手繋《つな》ぎよりも距離が近づき、体温を感じるのは、どうにも気恥ずかしいが……。

わずかにドキドキし始めた胸は緊張のせいなのか、照れのせいなのか、もはやわからない状態だ。

ファルクに寄り添い、店に近づく。ドアマンが扉を開けて、二人を中に招き入れた。

キャンベリナのアイス屋の玄関扉を通り抜けて、二人はコソリと囁《ささや》き合《あ》う。

「ひとまず、中に入れましたね。潜入成功です。……店内にキャンベリナさんがいたら、追い出されるかもしれませんが」

「警戒しておきましょう」

さりげなく周囲に目を向けてみたが、キャンベリナの姿は見えなかった。彼女の姿を探しつつ、店内の様子も観察しておく。

外観だけでなく、店の中の造りも煌《きら》びやかだ。シャンデリアの下に優美なテーブルと椅子が並ぶ。

アルメの店と違ってアイスカウンターはなくて、席について注文する形式らしい。

店員に案内されて、二人は窓際の席についた。ここまでは順調だ。そしてここからが、偵察の本番である。

アルメは渡されたメニューを見て、アイスの種類を確認した。

「苺《いちご》アイス、マンゴーアイス、蜂蜜レモン、オレンジ、コーヒー、……そして、白鷹《しらたか》様アイス」

「アルメさんのお店と同じメニューですね。でも、最近出した新しいアイスはなさそうです。アイスキャンディーとか。そのうち追加されたりするのでしょうか……？」

「う～ん、どうでしょうね。アイスキャンディーは安価な庶民向けですから。棒を持ってかじりつく、というのは、貴人が相手だとウケない気がしますけど……」

溶けて垂れてくるアイスをぺろぺろしながら食べる、というアイスキャンディーは、格式の高い店には受け入れられない気がする。

あれこれ小声で喋《しゃべ》りながら、二人はとりあえず注文を決めた。

「私は苺アイスと白鷹様アイスにしてみます」

「では、俺は蜂蜜レモンと白鷹アイスを頼んでみましょう」

ファルクが店員を呼び、注文を伝えてくれた。

アイスを待ちながら、もう一度店内を見まわしてみる。

客は富裕層のみ。着飾った紳士淑女がお喋りを楽しみながら、上品にアイスを食べている。

今考えるべきことではないのだけれど……この店の雰囲気には、洒落《しゃれ》たパフェがよく合いそうだなぁ、なんてことを考えてしまった。

(この前作ったベリーパフェなんか、とても合いそうだわ。華やかで、色合いもお洒落で……)

そんなことを思っているうちに、注文したアイスが運ばれてきた。給仕がテーブルに並べる。

出てきたアイスを前にして、アルメとファルクは目をまるくした。

「これが白鷹様アイス!?」

「ずいぶんと頭身が高くなっていますね!」

白鷹様アイスは、なんと三頭身くらいになっていた。

アルメの店の白鷹ちゃんアイスは、まるっこい一頭身のヒヨコである。対するこちらの白鷹様は、ちゃんと鷹らしい造形をしていた。白い彫刻のようだ。

アルメは頭を抱えた。

「ぎ、技術が、すごい……。ミルクアイスでちゃんとした鷹を作り上げるなんて。お菓子職人さんの腕を感じますね……私にはできないです。……負けました」

「しっかりしてくださいアルメさん。俺はヒヨコのほうが好きですよ。というか、ここまで精巧に作られると、逆に食べづらい気がします」

ファルクはスプーンの先で、白鷹様アイスをつついた。カツカツと音が鳴る。固く凍らせたミルクアイスを彫ることで、鷹の形を作っているのだろうか。手が込んでいる。

アルメの前世には高速鉄道というものがあり、確かその中で販売されているアイスはカチカチに凍っていた。なんとなく、そのアイスを思い出した。

「さぁ、ほら、まずは食べてみましょう。評価はそれからです」

「そうですね……いただきましょう」

二人はスプーンを握って、白鷹様アイスに差し込んだ。固くて少し食べづらいが、なんとか一口分を削り出して頬張《ほおば》った。

口の中で溶かして、ミルクアイスを味わう。

しばしの無言の後、感想を言う。

「白鷹様アイス、立派な見た目の上に味まで負けてしまったら、もう私のアイスなんて……――と、思ったのですが。これは……」

「なんでしょうね。味が薄いような……？」

「薄い、といいますか、あっさりしているといいますか」

二口、三口と食べてみると、段々はっきりとわかってきた。こちらの店のミルクアイスは、さっぱりとしていて口当たりがいいが、コクがない。

「う〜ん、牛乳の違いでしょうかね」

「冷たい食べ物は味が飛ぶので、個人的にはアルメさんのお店の、濃厚なミルクアイスのほうが美《お》味《い》しく感じられます」

「練乳とかを足したら、ちょうどよくなりそう」

ケチをつけるのは申し訳ないが、濃厚なミルクアイスに慣れた舌だと物足りなく感じた。この味ならば、アルメの店のミルクアイスでも十分に戦える気がする。

アルメの完敗に終わるかと思われたミルクアイス戦は、思わぬ勝機を得た。

持ち直した気持ちのままに、苺アイスも食べてみる。

「苺アイスのほうは、あまり違いがわかりませんね」

「蜂蜜レモンも大きな違いはないように思えます」

二人でもぐもぐと食べ進めながら、なんとも曖昧な意見を交わし合う。

アイスのようにキンと冷えた食べ物だと、味の微妙な違いを感じ取るのが難しい。

これがあたたかい料理であったなら、もっとはっきりと優劣がついたのだろうけれど。

感想を言い合っているうちに、アイスの皿は空になった。食べ終わったところで、アルメは総評を述べる。

「うん。ミルクアイスもフルーツアイスも、美味しかったですね。とはいえ、自分で言うのもアレですが、うちのお店のアイスも同じくらい美味しいと自負しているので、勝ち負けは決められないように感じました。店の規模が違うので、引き分け、というのも微妙なところですが」

「俺はヒヨコアイスを気に入っているので、アルメさんのお店に票を入れたいですね。三頭身の鷹は、少々食べにくさもあり」

「職人さんの技術は素晴らしいですけどね。うちの白鷹ちゃんも、せめて二頭身くらいには……いや、ヒヨコを二匹重ねただけになりそうだわ」

「それはそれで可愛《かわい》らしいと思いますが」

食休みをしつつ、小声で会話を交わす。アルメは肩の力を抜いて、ホッと息を吐いた。

「――とはいえ、もっと打ちのめされるものかと思いましたが、それほどダメージを食らわずに済んでよかったです」

この一ヶ月、ずっとこわばっていた心がほぐれた心地だ。

開店前に見たキャンベリナの態度から、ティティーの店の名を汚すような酷《ひど》い店になるのでは……と心配していたのだけれど、思ったより店内の雰囲気はよかった。

それに提供されているアイスも、まったく勝ち目がない、というほどの際立った差はなかったように思う。ミルクアイスに至っては、アルメの店のほうが濃厚で美味しく感じられたくらいだ。

そういうわけで、少し気持ちがやわらいだ。

この気持ちと諸々《もろもろ》の情報を得られたので、ひとまず、敵情視察作戦は成功ということにしておこう。


「それじゃあ、そろそろ出ましょうか。ここでコソコソ話を続けるのも、落ち着かないので。続きは馬車の中でしましょう」

「ええ、そうですね。では会計を――」

一息ついて、二人が動き出そうとした時。アルメの席のすぐ脇を給仕がすり抜けた。

それと同時に、足元でガシャンと高い音が鳴った。

給仕が客のもとに運んでいるアイスの皿を落としたらしい。皿は派手に割れて、アイスが飛び散っていた。

給仕は青い顔をして、大慌てで謝ってきた。

「申し訳ございません！　お怪我《けが》はございませんか!?」

「いえ、大丈夫ですよ」

「本当に、大変な失礼をいたしました！　ドレスルームにご案内いたしますので、お召し物のお傷みはそちらでご確認を――」

給仕は急いで女性店員を呼び、アルメの椅子を引いてくれた。

そんなに大袈裟《おおげさ》な対応など、しなくてもいいのだけれど……格式の高い店とはこういうものなのだろう。

ひとまず給仕の言葉通り、ドレスの裾にシミができていないかだけ、確認してこよう。

アルメはうながされるまま立ち上がった。

「すみません、ファルクさん。ドレスの裾だけ、ちょっと見てきますね。すぐ戻ります」

「俺のことは気にせずに。破片がついているかもしれませんから、お気を付けて」

「はい。では、失礼して」

女性店員に案内されて、アルメは席から離れた。


ドレスルームへと歩いていくアルメ。

その姿を見送って、アイス屋の店主――キャンベリナはクスリと笑った。

アルメと入れ替わるようにして、店の奥から歩き出る。金髪を揺らし、舞い上がるような気持ちで白鷹のもとへと向かった。

このアイス屋をオープンしてから一週間。

ようやく、キャンベリナの待ち望んでいた客が来た。白鷹、ファルケルト・ラルトーゼが――。

オープン初日からずっと、彼の来店を待っていた。

店の運営は店長や従業員たちが勝手にやっているから、待機は暇で仕方がなかったが……頑張って耐えてきたかいがあった。――と、いうのに。いらないネズミまで付いてきて、つい舌打ちをしてしまった。

無事に引きはがせたので、まぁ、問題はないけれど。

命令に従い、上手く動いてくれた従業員には褒美をやろう。

(邪魔者はいなくなったわ。さぁ、白鷹様。あたしと一緒に、素敵な時間を過ごしてくださいませ)

ボリュームのあるふわふわとしたドレスを揺らして、キャンベリナは白鷹のもとへと歩み寄った。

グラスを落とした席から移動してもらい、彼は今、店内で一番よい席に座っている。美しい燭台《しょくだい》と、豪奢《ごうしゃ》な刺繍《ししゅう》がほどこされたテーブルランナーで彩られた、華やかな席。

まさに『王子様』にぴったりの空間だ。

彼が白鷹の姿であったなら、もっと雰囲気が出るのだけれど……残念ながら、茶髪茶目の地味な姿をしている。でも、それでも十分美しい容姿をしているから、よしとする。

白鷹の側に寄り、キャンベリナはスカートを持ち上げて挨拶をした。

「こんばんは、ラルトーゼ様。お久しぶりです。覚えておいでですか……？　あたしはキャンベリナ・デスモンドと申します。ご来店を心からお待ちしておりました。あなた様にお話ししたいことがあります。少し、お席をご一緒させていただいてもよろしいでしょうか」

身を低くして挨拶をしながら、チラリと上目遣いの視線を投げる。

いつ彼が来店してもいいように、化粧もドレスも毎日ばっちりと整えてあった。

ドレスはもちろん、殿方が最も好むデザインを選んである。豊かな胸元を惜しみなく魅せるデザインの、可愛らしいドレス。

この胸元と可憐《かれん》な容貌、そして熱を宿した視線を前にして、心を揺さぶられない男などいない。

──はずなのだが、白鷹からは淡泊な言葉が返ってきた。

「申し訳ございませんが、この席は俺の同伴者の席です。あなたの座る席ではありませんから、お断りします」

「……その同伴者とやらは、お相手を放ってどこかへ行ってしまったではありませんか。帰ってくるのを待つ間に、あたしがお喋りのお供をいたしますから、どうか──」

「まず、喋ることが何もありません。お引き取りください」

「……っ」

キャンベリナはギリッと奥歯を噛《か》んだ。

白鷹は澄ました顔でキャンベリナの目を見据えている。目、だけしか見ていなかった。ドレスからこぼれそうな白い胸元に、チラとも視線が揺れてくれない。

アルメでもたぶらかせたのだから、簡単に釣れるだろうと思っていたのだが……想定外に食いつきが悪い。じわりと焦りが込み上げてきた。

ようやく訪れたこのチャンスを逃すわけにはいかないのだ。どうにかして、彼の興味を引かなければ──。

今までの殿方との秘め遊びの経験をフル動員させて、男の庇護《ひご》欲をあおる、しゅんとした表情を作った。

「……そう、冷たいことを言わないでくださいませ……もしかして、前の銀行でのあたしの失態を咎《とが》めておいでなのですか？　あの後、あなた様のお言葉を嚙み締めて、あたしすごく反省したんです……。もう心を入れ替えて暮らしております……どうか、お許しくださいませ」

「心を入れ替えた、ですか。そうは思えませんが。このお店は、アルメさんへの嫌がらせではないのですか？」

「それは違います」

淡々とした白鷹の言葉に、キャンベリナはきっぱりと答えた。うるうるとした目を向けて、続きを話す。

「このお店は黒ネズ――彼女とは関係がありません。このアイス屋は、あなた様のために作ったものです」

「……俺のために？　どういうことですか？」

白鷹がわずかに目を細める。今まで興味なさげに話していた彼が、初めて感情を動かした。

ようやくこちらに――自分に、意識を向けてくれた。

キャンベリナはこのチャンスを逃すまいと、喋り始めた。殿方が大好きな、鈴が鳴るような可愛らしい声音を意識して。

「ラルトーゼ様はアイスがお好きなのだという噂《うわさ》を聞いたんです。でも、『アルメ・ティティーのアイス屋』は庶民のお店ですから……あなた様のような尊いお方が、足をお運びになるお店ではないでしょう？　だからあたし、ちゃんとしたお店を作ったんです。あなたが心から楽しめるような、素敵なお店を。王子様を迎えるにふさわしいアイス屋さんを、愛を込めて、作り上げました」

甘い声で喋っているうちに、白鷹は表情を変えていった。細められていた目が、驚いたように見開かれている。

一人の男を一途《いちず》に想《おも》い、尽くす。そういうひたむきな女に殿方は弱いものだ。反応を見るに、白鷹の心も揺さぶることができたようだ。店を作り上げた愛と奉仕の心が伝わった——。

キャンベリナは思い切り愛らしい表情を作って、結ぶ言葉を紡いだ。

この燃え上がるような気持ちを乗せた、白鷹への愛の言葉を。

「あたし、キャンベリナ・デスモンドは、あなた様のことをお慕いしております。この熱い想いをお伝えするために、この店を作り上げたのです。あなた様のためならば、お好きなアイスをいくらでもお作りします。心から愛していますから。——ねぇ、どうか、あたしをラルトーゼ様の腕の中に——……」

さらってくださいませんか——。と、言い切る前に、キャンベリナは言葉を止めた。

白鷹のまとう空気が、恐ろしいほど冷えたものに変わったのだ。視線の鋭さは、まるで獲物を殺す瞬間の猛禽《もうきん》のよう……。

(あ、あれ……？　何か、間違えたかしら……？)

盛り上がった気持ちが、一気に下降を始めた。

「なるほど。事情をお話しいただき感謝します。酷く落胆いたしました。自分自身にも、あなたに対しても。……話が済んだのなら、もうお下がりなさい」

「え、っと……あの、ごめんなさい！　あたし、何かお気に障ることでも――」

「すべてが気に障ります。下がりなさい」

彼は吐き捨てるように言い放った。

白鷹の冷たい目と声。――違う、自分はこんなものは求めていない。欲しいものは、熱いまなざしと甘い声なのに。

前に銀行で、アルメには向けていたではないか。それと同じものを、なぜ自分には向けてくれないのか……。

ふつふつと沸き上がってきた気持ちに任せて、キャンベリナは白鷹の腕をとった。

両手でガシリと腕を抱えて、体を寄せる。彼の腕に胸元を押し付けて、ぽろりと涙をこぼした。

「お待ちください、もう少しだけお話を……！　あたしはあなた様に、真実の愛を捧《ささ》げたいと思っているんです。その強い気持ちと覚悟を持って、婚約者ともお別れをしたんです……！　どうかあたしと、一晩の遊びだけでも――」

「はしたないことを……！　放しなさい！」

ガタンと音を立てて、白鷹は椅子から立ち上がった。

キャンベリナの悲鳴じみた声と鳴り響いた椅子の音に、周囲の客が目を向け始めた。

かまうことなく、白鷹に縋《すが》りつく。こうなったら、もう泣き落とすしか手がない。ポロポロと涙をこぼして言い募った。

「お願いします、どうか憐《あわ》れみを……！　あなた様のことが好きなんです！　こんなに愛しているのに、どうしてあたしを見てくれないのですか！　あなた様にだったら、この身も心も、何もかもすべてを捧げるのに……！　どうか、どうかあたしを求めてくださいませ……！」

「気持ちを押し付けられても困ります！　いりませんよ、何一つ！」

「そんな……！　じゃあ、あたしはどうすればいいのです！　どうすればあなた様に求めてもらえるのですか!?　足りないところは補えるように努力します……！　ラルトーゼ様は何を求めているのですか！　お教えください!!」

「いい加減になさい！　俺が欲しいのはアルメさんだけです！　彼女の他には何もいらない――……」

白鷹にしがみついて泣くキャンベリナと、キャンベリナを引きはがそうと苛立《いらだ》つ白鷹。

その悶着《もんちゃく》の中、ふいに別の声が割って入る。

「――へ？　私？」

ドレスルームから帰ってきたアルメが、近くまで歩いてきていた。アルメは裏返った変な声を出した。

その瞬間、白鷹は石像に変わってしまったかのように、ビシリと固まった。アルメのほうに顔を向けて、こぼれそうなほどに目を見開いている。

動かなくなった白鷹の顔を仰ぎ見る。彼は見る間に顔を赤くして、汗をかいていた。

さっきまで、涼しく冷たい顔をしていたというのに。情熱的な愛の言葉を伝えても、泣いて縋りついても顔色を変えなかったのに。

この女に対しては、こうも心を揺らすのか――……。

もう、嫌でも思い知らされてしまった。

白鷹と黒ネズミは、軽い遊びの関係ではなかったのだと。あの日、銀行で見た親しげなじゃれ合いは、本物の愛によるものだったのだと……。

涙でぐしゃぐしゃになった顔をさらに歪《ゆが》めて、キャンベリナは強く思った。

こんなの、納得できない。ぶち壊してやる――。と。


アルメはドレスルームでスカートの裾を確認した後、すぐに戻ってきた。

すると、あろうことか、ファルクとキャンベリナが揉《も》めていたのだった。

今まで姿を見せなかったキャンベリナがいて、ギョッとしてしまった。が、それ以上に驚く言葉が耳に届いたのだった。

『俺が欲しいのはアルメさんだけです。彼女の他には何もいらない』、なんて言葉が――……。

意味を脳が処理する前に、反射的に変な声を出してしまった。――と、同時に、ファルクとバチリと目が合った。

アルメとファルクは二人とも、同じように固まった。

そして、少しの間を空けて。

二人同時にアワアワとした弁明が始まった。

ファルクはキャンベリナをひょいと脇にどかして、思い切り目を泳がせながら歩み寄ってきた。

「いやっ、あの、今のは変な意味ではなく……！　会話の流れで言ってしまったといいますか……！」

「そ、そうでしたか！　おかしな声を出してしまってすみません！　今来たばかりだったので、話がわからずに驚いてしまって……！」

「ええと、求めるものは何かと問われたので……親しい友人と、友人の作るアイスと、店での楽しいお喋りの時間──など、諸々を答えようとして、頭に浮かんできたあなたの名前を口にしてしまって……！」

「なるほど……！　そういう感じのアレでしたか！」

アルメとファルクは照れに頬を染めながら、ひとまずの事情説明を終えた。

キャンベリナとファルクが言い争いをしていた時から、周囲の目はこちらに向いていたが……慌てた弁明合戦によって、さらに目を集めてしまった。

少々、声が大きかったかもしれない。

気まずさに身を寄せ合って、二人で小声を交わした。

「……とりあえず、一旦出ましょうか。話はそれからにしましょう」

「そうですね……待っている間に会計は済ませましたから、行きましょう」

「すみません、ありがとうございます。後でお支払いします」

「いえ、俺に払わせてください……あなたに謝らなければいけないことがありまして……」

ひそひそと話をしながら、アルメとファルクは歩き出した。

とりあえず、一刻も早くここを後にしたい。

そう思ったのに、キャンベリナの声によって、二人はこの場に繋ぎ留められてしまった。

キャンベリナは突然、店内の客全員に聞こえるくらいの大声を放ったのだった。

「あぁ、なんということ……！　ファルケルト・ラルトーゼ様ともあろうお方が、庶民遊びをしているだなんて！　神殿の王子様がそんな黒ネズミみたいな娘と夜遊びをしているなんて、とんでもないスキャンダルだわ！　これが世間に知れたら、大騒ぎよ……！」

彼女の芝居じみた高い声に、周囲は一気にざわつきだした。

アルメは目をむいて立ち止まり、ファルクも驚いた顔をして振り向いた。

キャンベリナは泣き顔を歪ませて、やけになったかのように甲高い声を放つ。

「白鷹様が取るに足らないような娘とデートを楽しんでいるなんて、公になったらどうなってしまうのかしら！　嫉妬に狂ったファンの女たちが、あなたの店に押しかけてめちゃめちゃにしちゃうかも！　街中の女が敵になっちゃうわね！　黒ネズミさん、お可哀想《かわいそう》に……！」

客の視線を一身に浴びたキャンベリナは、さながら舞台女優だ。人々は遠慮もなく、ざわざわと話している。

「ラルトーゼ様？　あの男性が？」

「え、白鷹様なの？」

「御髪《おぐし》のお色が違うように見えるけれど。ここからじゃよくお顔が見えないわね」

「女遊びって、どういうこと……？」

動揺する周囲の声が耳に届いて、アルメは血の気が引いた。

自分の店うんぬんより、ファルクの名誉に傷がつくことを考えて、心臓が変な音を立て始める。

（ひえっ……！　何てこと言い出すの！　どどどうしよう……！）

頭の中でパニックを起こしかけた。――が、思いがけず、一瞬で冷静さを取り戻すことになった。

チラッと目に入ったファルクの顔が、とんでもなく恐ろしいものに変わっていたので。その顔は人を癒やし救う神官の顔ではなく、もはや殺人鬼の形相であった。

アルメはもう一度、心の中でひえっ、と叫んだ。肝が冷えたのと同時に、頭も冷えた。

ファルクが何かを言う前に、腕を思い切り引っ張って後ろに押しのけて、小さく声をかける。

「ファルクさん、ここは私がなんとかしてみますから……そのお顔はやめてください！」

「なんとか、とは？　どうするのです？　俺のことはどうでもいいですが、アルメさんに何か仕掛けるようでしたら、然《しか》るべき制裁を――」

「穏便に……！　なるべく穏便に済ませましょう！　えっと……あの、先に謝っておきます。今から私はとても失礼なことを言いますが、どうかお許しください」

口早に会話を終えると、アルメはキャンベリナに向き合った。距離を開けて真正面に立ち、深く息を吸う。

（上手くいくかはわからないけど、とりあえず、白鷹様疑惑を取っ払ってしまわないと……！）

人々が白鷹だと騒ぎ出す前に、別人だと主張してみよう。

恥ずかしさを捨てて、アルメなりに精一杯大きな声を出して、言い返してやった。

「お言葉ですが、この人が白鷹様なわけないでしょう。まず容姿がまったく違います。それに、白鷹様は『王子様』のようなお方でしょう？　残念ながらこの人は、友達の家に入り浸るような俗人です。友達の家の残り物のご飯を大口で食べて、散らかっている居間のソファーでゴロゴロダラダラして、デザートまでたかる人ですよ？　行儀悪くテーブルに突っ伏してふにゃふにゃ笑って。しまいには外が暑いから帰りたくない～なんて駄々《だだ》をこねたりして。こんな格好悪い人が、あの麗しい神殿の王子様なわけないでしょう！」

ピシャリと言い放つと、キャンベリナは顔をくしゃくしゃにしたまま固まった。

周囲の人々のクスッという吹き出した笑い声が、ポツポツと耳に届く。

ファルクは背を丸めて、ボソッと口をはさんだ。

「……大方その通りですが、『散らかっている居間のソファー』のくだりは、俺に悪いところはないような……」

「急に訪ねてくるから、片付けが間に合わなかったんですよ！」

「日頃から片付けておけばいい話では……？」

「多少散らかっていたほうが落ち着くんです！」

「そういうものでしょうか……」

腑《ふ》に落ちないといった顔をしながらも、ファルクは口をつぐむ。

二人のやり取りを聞いて、また周囲の数人が笑い声を上げた。

アルメは内心では冷や汗をかきながらも、キリッとした表情を作って続ける。

「ええと、そういうわけで、人違いもいいところです。この人は白鷹様ではありません。その辺のヒヨコです。これ以上おかしな思い違いをしたら、不敬罪で捕まってしまいますよ。――では、私とヒヨコはもう帰ります。皆様、お騒がせいたしました。よい夜をお過ごしください」

クルリと背を向けて、ファルクの腕をとる。ファルクはアルメの手を受け止めて、二人は並んで入り口へと歩き出した。

背後からは、もはや遠慮もなしに笑っている人々の声が聞こえる。キャンベリナの白鷹発言を打ち消すためとはいえ、しょうもない日常を晒《さら》してしまった……。

恥ずかしさから逃げるように、アルメはファルクを伴って、スタスタと歩き去る。

キャンベリナの声はもう、二人を追ってはこなかった。


アルメと白鷹は寄り添って、店を出ていった。

残されたキャンベリナはくしゃくしゃの顔で、呆然《ぼうぜん》と立ち尽くしていた。

店内には客の笑い声が響いている。淑女たちは口元を隠してクスクスと笑い、紳士たちは肩をすくめて笑う。

「ふふふっ、微笑《ほほえ》ましい暮らしだこと。部屋の中はちょっと散らかっていたほうが落ち着くの、わかるわぁ」

「あの騒ぎ出した娘、大丈夫なのか？　その辺のカップルに、スキャンダルだ、なんておかしな言い掛かりをつけて」

「あぁ、可笑《おか》しい。白鷹様がそんなしょうもない庶民男みたいなことをしていたら、笑っちゃうわね。想像もできないわ」

「恋は盲目、なんて言うけれど、他人様《ひとさま》のパートナーまで白鷹様に見えるようになっちゃあ、いよいよまずいでしょ」

「いやはや、白鷹様好きを拗《こじ》らせたら、あぁなってしまうのか。うちの娘にも気を付けるように言っておこうかね」

客たちは勝手なことを、あれこれと喋っている。

たまらなくなって、キャンベリナは悲鳴を上げた。

「本当に、本当に白鷹様なのよ！　信じてよ！　あたしはあの人が白鷹様に変わるところを、目の前で見たことがあるの……！　あの二人の正体は、白鷹様と庶民女なのよ……!!」

泣きながら訴えたが、誰も聞いてはくれない。

近くに座っていた客の喋り声が、はっきりと耳に届いた。

「なんだかこの前見た劇のようだわ。お姫様の恋路に難癖をつけてくる脇役にそっくり。恋心を募らせて、おかしくなってしまう哀れな令嬢」

(脇役……？　あたしが……？)

その言葉が、ストンと胸に落ちてしまった。

たしかに傍《はた》から見たら、今の自分は物語を引《ひ》っ掻《か》き回《まわ》すだけの、脇役のようではないか。

胸を焦がした白鷹とのドラマチックな恋愛劇は、脇役としてのものだったというのか……。

以前夜会で、フリオに甘い言葉をかけられた時には、たしかに自分は主役のお姫様だったのに
……自ら主役を降りてしまった。

そうして乗り換えようとした王子様には、手が届かなかった。キャンベリナ・デスモンドは、白鷹のお姫様ではなかったらしい。

そう、気がついてしまったけれど、もう涙は枯れて出てこなかった。

ヒロインに似合いの可憐な涙の一粒すら、落とすことはできなかった。

キャンベリナのアイス屋を後にして、アルメとファルクは通りに待たせていた馬車に乗った。

敵地を抜けてようやくひと心地ついたところで、アルメは向かいに座るファルクへと、深く頭を下げる。

「すみません、ファルクさん。先ほどは大変に失礼なことを言ってしまって……」

「いえ、まったく問題ありませんよ。すべて事実ですし。……というか、俺のほうこそ申し訳ございません」

ファルクはアルメよりも深く頭を下げてきた。彼はうつむいたまま、沈んだ声で事情を話し始めた。

「アルメさんがドレスルームに向かった後、キャンベリナ・デスモンドさんから話をうかがいました。口に出すのも忌々しいことですが……あのアイス屋は、白鷹を寄せるために作ったそうです……」

「え!? と、いいますと……?」

「俺の気を引くために、懇意にしているアルメさんのアイス屋に似せた店を作った、とのことです。……どう償えばいいのか……本当に、申し訳ございません。すべては俺の軽率な行動が招いた結果です。前に、彼女の前で姿を晒してしまったことが災いしました……」

前に銀行でベアトス家と揉め事が起きた時、ファルクは身分を明かして仲裁してくれた。

その時、キャンベリナはファルクを見てポカンとしていたが……どうやら、そのまま心魅《ひ》かれてしまったらしい。

アルメがドレスルームに行っている間の出来事を、ファルクは一から話してくれた。

馬車の中の薄暗さも相まって、彼の表情はすっかり抜け落ちてしまったように見える。人形のような硬い面持ちが、なんだか落ち着かない。

ファルクは最後まで話し終えると、重いため息を吐《つ》いた。

「……先ほどアルメさんがおっしゃった通り、俺は本当に格好悪い男ですね。いらぬ面倒事を起こしてしまって……」

「そんなことを言わずに、お顔を上げてください。今回の件は、キャンベリナさんが一方的に想いをこじらせてしまっただけですから、ファルクさんが悪いわけではないでしょう？」

アルメは重い空気を払うように、努めて明るい声で言う。

「それに私、ちょっと本音を言いますと、キャンベリナさんのアイス屋を覗《のぞ》いて得るものもあったので、経験としてはよかったのかなぁ、なんて思っていたりします」

「得るもの、ですか？」

「はい。こんなおかしな事態の最中に思うべきことではないのかもしれませんが……大通りに面したお店もなかなか楽しそうだなぁ、と思ってしまいまして」

路地奥のアルメの店は庶民をターゲットにした店だが、キャンベリナの店は富裕層をターゲットにした店である。客層の違いや店内の雰囲気の違いを見ることができたので、視察はそれなりに実りのあるものであった。

そして初めて『競合店』となる店ができたことで、自分の店に対する意識が高まったように思う。

改めて、店の名前と看板を大切に想う気持ちが増した。店の知名度を上げる策を打って、街に大きく広めたいと思った。身分を問わず、街の人みんなにアイスを楽しんでもらいたい、という気持ちが強くなった――。

そういう色々な想いの中で、今、一つやってみたいことができたところだ。

アルメは悪戯《いたずら》な笑みを浮かべて、ファルクの顔を覗き込んだ。

「今すぐにとはいきませんが、そのうち『通り沿いの二号店』なんかを考えてみてもいいかもしれませんね。庶民と富裕層、ターゲットの客層を広げたお店を出せたら、もっと楽しい景色を見られそうですし」

「……たしかに、デスモンドさんのアイス屋に対抗するには、同じ表通りに店を構えるのが有効ですね。あのアイス屋がかすむくらいアルメさんの店が人気になれば、名前も取り返せるかも」

「それに、街の人たちに笑顔を届ける大きな仕事ができそうなので。大通り沿いの、軽く立ち寄れるよい場所にアイス屋があったら、嬉《うれ》しくないですか？　暑い日の街歩きの最中に、こう、フラッと気安く寄れるような場所に――」

「それは嬉しいです。とても。個人的には、東西南北中央地区のすべてにアイス屋があってしかるべきだと思います」

ファルクは顔を上げて、しみじみと頷《うなず》いた。硬い表情はほぐれて、やっといつもの顔に戻ってくれた。

いつもの雰囲気に戻ったのと同時に、いつものアイス好きのファルクまで戻ってきた。アルメの手を取って、両手でガシリと握りしめてきた。

「アイス屋の大通りへの進出はいつ頃をお考えですか？　全力で応援させていただきたく」

「いや、ええと、将来的にはという話で。キャンベリナさんの店の動向もうかがいつつ、もう少し時間をかけて考えたく思います」

「何かお手伝いできることがありましたら、何でもおっしゃってください。俺はいつでも、アルメさんの力になりますから」

「ありがとうございます」

熱の入ったファルクの言葉に苦笑してしまった。その激励の言葉は、アイスを欲する気持ちから か……もしくは、今回の件の償いの気持ちか。

一応、断りを入れておくことにする。

「あの、もし今回の件の償いの気持ちで協力を申し出てくださっているのでしたら、申し訳ないのですが受け取れませんよ。ファルクさんは何も悪いことをしていないので」

「あぁ、いえ、もちろん償いたいという気持ちもあるのですが……その気持ちとは別に、アルメさんの目標を応援したいと思っただけでして」

「それならば、ありがたく受け取らせていただきます。より美味しいアイスを提供できるように、色々頑張ってみますね」

そう答えると、ファルクは少し考えるような顔をした。一呼吸の間をおいて、彼はポツリと言葉を返す。

「美味しいアイスのために応援をする、というのも、少し違うような……。その……俺は好きなんです、アルメさんが。あなたのことを好いているから、応援したいのです。アイスうんぬんというより……」

「…………へ？」

本日二度目の、裏返った声が出てしまった。一瞬、心臓が大きく跳ねた気がした。

が、即座にファルクが言葉を足したことで、胸の鼓動はすぐに落ち着いた。

「いえ、あの、言い方がおかしくなってしまってすみません……！　別にアイスの見返りを求めて応援しているわけではなく、純粋にアルメさん自身を応援している、ということをお伝えしたかったのですが……上手く言葉が出てこなくて……。なんだか先ほどから、お喋りが下手になってますね、俺……申し訳ない」

「いえいえ、えっと、はい。ありがとうございます。ファルクさんの応援、とても心強いです」

目を泳がせたファルクに、アルメは苦笑しながら返事をした。

一瞬、ドキリと跳ねてしまった胸は一体何だったのか。続く言葉を聞いた後、ほんの少しだけ残念な気持ちになってしまったのは、気のせいだろうか――……。

この妙な心地について深く考える前に、馬車が路地の入り口に停まった。

馬車から降りて、ファルクが御者に金を払った。この後一度アルメの家に寄って、アイスの代金を含めた諸々の精算をする予定だ。

ファルクの腕を借りて、暗い路地へと歩き出す。けれど、少し歩いてすぐにファルクは足を止めた。

彼は気遣うようにこちらに目を向ける。

「アルメさん、もしかして足を痛めていますか？」

「……さすが従軍神官様ですね。わかります？　恥ずかしながら、ちょっと靴擦れが痛くて……」

貴族令嬢コスプレをするにあたって、アルメは今、ヒールの高い靴を履いている。いつもの楽なサンダルに慣れた足には、このヒールはなかなか辛《つら》い。じわじわと靴擦れの気配を感じているところであった。

家はもうすぐそこなので、やり過ごすつもりだったのだけれど……隣の神官にはバレバレだったようだ。

ファルクはさっと屈《かが》んで、アルメの足元に魔法をかけた。

「ひとまず痛みだけ取り除いておきます。治療は家の中でいたしましょう」

「ありがとうございます……――って、ファルクさん。この手はなんですか？」

アルメの背には、流れるようにファルクの腕がまわされていた。彼は何か思いついたような顔をして、アルメを見る。

「アルメさん、少しの間だけ、俺のお姫様になってもらえませんか」

「は……？」

「先ほどあなたに『王子様ではなく、格好悪いヒヨコ』と言われてしまったので、名誉挽回《めいよばんかい》のために、帰りの道中だけでも王子様になりたく思います」

「なんだか嫌な予感がしてきました……あの、さっきの私の発言は忘れていただきたく……」

「俺は人に言われたことを、なかなか忘れられない人間でして」

「ご……ごめんなさい……」

ファルクは爽やかに笑うと、アルメの背にまわした腕に力を込める。もう片方の手を膝の裏に添えて、軽々と抱え上げた。

この体勢は、いわゆるお姫様抱っこだ。

アルメの口からは、本日三度目の裏返った声が出た。

「ひぃっ……！」

「家までお連れいたします。靴擦れが広がるといけませんし、傷が破れると靴も汚れてしまいますから」

「重いでしょう!? 腰を悪くしますよ！」

「瀕死《ひんし》の軍人を抱えて歩くのに比べると、羽のように軽いです」

「そ、それは……そうかもしれませんが……！」

ファルクはアルメを横抱きにしたまま、スタスタと歩き出してしまった。

思わず胸元にしがみついてしまったが、余計な動きをしたことを後悔した。顔が近づいてしまって、猛烈な照れが込み上げてきた……。

また、さっき感じたおかしな胸のドキドキが蘇《よみがえ》ってきそうで、アルメは咄嗟《とっさ》にギュッと目をつぶる。

今、彼と視線を交えてしまったら、なんだかダメな気がした。

固く目を閉じたまま、照れを誤魔化《ごまか》すための適当な話題を探す。ちょうど、昔祖母と交わしたお喋りを思い出したので、使わせてもらうことにする。

「……小さい頃、祖母にお姫様抱っこをせがんで、断られたことを思い出しました。『腰が痛くなるからダメ』と言われて」

「横抱きはご年配の方には、たしかにおすすめできませんね」

「その時、祖母に『お姫様抱っこは将来、旦那様にやってもらいなさい』、なんてことを言われました……旦那様ではなく、友達にやってもらっちゃいましたね」

「……」

祖母との思い出を冗談っぽく語ると、わずかに会話に間が空いた。

不思議な静けさの後、ようやく言葉が返ってきた。

「旦那様、ですか。それは……お祖母《ばあ》様の言いつけを破ってしまって、すみません」

続く言葉は、よく聞き取れないほどの小声だった。

「……――いや……やっぱり、謝らないでおこうかな。……そうか、旦那様か……アルメさんの、旦那様」

アルメを抱きしめる腕の力が強まった気がした。

しがみついた彼の胸元から伝わる鼓動は、なんだかさっきより大きく感じられる。

ファルクは声を抑えて、なにやら笑っているようだった。

＊ ＊ ＊ ＊

敵情視察を終えた翌日――。

今日は午前中に材料を仕入れて、午後からは店でアイスを仕込む予定だ。昨日の今日だが、なんてことない、いつも通りの日課である。

昨夜は生まれて初めて貴族令嬢の格好をして、ハラハラしながら敵地に潜入し、ちょっとした修羅場もくぐり抜け……そして、最後には一時だけ『お姫様』にもなってしまったのだけれど。

あっという間に魔法は解けて、いつもの一日が始まった。

競合店――キャンベリナの店に対して思うところはあるし、同時に大きな目標もできた。が、これらは数日のうちに解決できるような問題でもないため、追々《おいおい》考えることにしつつ、一時保留だ。

……保留にしているうちに、向こうの店に負けてしまわないか、というところは心配だけれど。常に動向はうかがっておこうと思う。

牛乳の仕入れや、新たに生クリームの仕入れの相談などを済ませた後、アルメは家に戻る前に寄り道をすることにした。向かう場所はキャンベリナの店だ。早速だが、様子をうかがいに……。

(昨日はなんとか抜け出せたけれど……あの後どうなったのかしら。ちゃんと白鷹様疑惑は拭えたのかな……)

店の中には入れないが、外からチラッと覗いてみることにする。昨夜のキャンベリナの騒ぎが無事に鎮火しているかどうかの確認である。

一晩経って、店はどうなっているのか……。変に騒ぎが広がらずに、あちらの店も、なんてことない日常に戻っているといいのだけれど。

少し緊張しつつ、通りを歩いていく。

店の外観が見えてきたところで、アルメはパチリとまばたきをした。

「あら？　今日は馬車が一台も停まってないわね。お休みなのかしら？」

オープン初日から客入りのいい彼女の店には、常に沿道に馬車が停められていた。の、だが、今日は見当たらない。

休業日なのかもしれない、と思いつつ近寄ると、玄関扉に張り紙があった。そこには申し訳程度

に お知らせが綴《つづ》られていた。『一時休店のお知らせ』から始まる一文が。

ざっと目を通して、アルメは怪訝《けげん》な顔をする。

「休店……？　まだオープンして間もないのに……やっぱり、昨日の揉め事のせい……？」

ポカンとしたまま店先に立ち尽くす。まさか店が閉まっているとは思わなかった。

急な休みとなると、やはり昨夜の騒ぎが影響しているとしか考えられない。一体、どうなったというのか――……。

と、心の内でうろたえていると、近くから声がかかった。ハッとして振り向くと、側に女性が立っていた。

真っ赤な口紅が美しい、スラリとした姿の女性だ。パンツスタイルで、少し男性的な格好をしている。この人は、前にアルメの店に来ていた女性だ。そしてカフェ・ヘストンでも、見かけたような気がする人。

女性はあきれたような、やれやれ、といった調子で、気安く話しかけてきた。

「こんにちは。お知らせ、見ました？　一時休店ですって。表通りの『ティティーの店』はスタートはよかったのに、思わぬ後れを取りそうね。まぁ、それなりにお金はかけているみたいだから、そのうち再開するでしょうけれど」

「え、っと、あの、あなたはこの前、うちのアイス屋にご来店いただいていた――」

「あら、嬉しい。覚えていてくれた？　私、グルメライターなの。あなたのお店のアイスのファンよ。どうぞお見知りおきを」

女性は赤い唇をキュッと動かして、綺麗な笑顔を作った。

その笑顔に、ほんのちょっとだけ、胡散臭《うさんくさ》さのようなものを感じてしまったのだけれど……あまりにも失礼なので、忘れることにする。

呆《ほう》けるアルメをよそに、自称グルメライターの女性はペラペラと喋り出す。

「気になっていたのだけれど、こっちの店はあなたとは関係のない店なのよね？　名前と看板が同じだけど」

「まぁ、はい」

「どうして路地奥の庶民の店を模倣したのかしら。何かしら理由があるのでしょうねぇ」

「それは……」

なにかお喋りを誘導されている感じがして、アルメは冷や汗をかいた。ライターは怪しげな笑みを浮かべている。

ヒヤヒヤしながら口ごもると、彼女はパッと話を変えた。

「私、この店にも二度来てみたのだけれど、ミルクアイスはあなたのお店のほうが美味しかったわ。やわらかくて食べやすいし、濃厚な味わいが素晴らしいもの」

「ええと、ありがとうございます」

「他のアイスも全部食べ比べてみようと思っていたのだけれど、休店じゃあ仕方ないわね」

「そう、ですね……あの、休店というのは、どういった理由なのでしょうかね……？」

アルメはチラッとライターに目を向けた。何となく、この女性からは情報通の気を感じる。

何か昨夜の件に関して、世間の噂をキャッチしているかもしれない。恐る恐る、探りを入れてみることにした。

ライターは綺麗な笑みと共に、声を落として言う。

「噂によると、店の関係者の娘が公の場で、とんでもない醜態をさらしたとか」

「醜態……」

「この店のお飾りオーナー、下級貴族のご令嬢キャンベリナ・デスモンド嬢が、パートナーのいる男性客に対して『白鷹様』だと騒ぎ出して、心を惑《まど》わせてしまった。――って、今日のゴシップ記事を賑《にぎ》わせているわ」

「ひえ……ゴシップ記事……!?」

昨日の今日でもう記事になっているとは……。一時休店の措置も納得だ。

なるほど、と神妙な顔で頷いていると、ライターはペラリと付け足した。

「デスモンドのご令嬢は放心してしまったそうよ。なんでも、彼女が『白鷹様』だと勘違いした男性客が、まったく王子様らしからぬ俗な生活をしていたとかで」

「はぁ、それは……まぁ、ショックかもしれませんね」

場を切り抜けるためにファルクのオフの様子を一部明かしてしまったのだけれど、キャンベリナのダメージに繋がってしまったらしい。

たしかに、夢と理想を壊すようなことを言ってしまったかもしれないが……作戦としては上手くいったので、まぁ、今回はよしとしておく。

ライターはアルメをうかがい見て、何かを試すような笑みを浮かべた。

「でも、白鷹様の私生活なんて誰も知らないのだし、もしかしたら本当に、王子様に似つかわしくない暮らしをしているのかもしれないわよね。――ねぇ、あなたはどっち派？」

「えっと……どっち、とは？」

「あなたは白鷹様は素でも王子様だと思う？　それとも、素はなんてことないただの男だと思う？」

「……私は、白鷹様は――」

問われるがまま、アルメは答える。

流れるようなお喋りに乗せられ、取り繕う間もなかったため、率直な気持ちが口からこぼれてしまった。

「私は、白鷹様の素は王子様ではない派ですが……でも、なんてことないただの男の人だとも思いません。彼は誰よりも格好良くて、素敵な人なのではないかと……」

ペラッと口に出してから、一瞬の間をおいて、なんだか恥ずかしさが込み上げてきた。

「……ええと、それじゃあ、私はそろそろ」

「えぇ、お喋りに付き合わせてしまって、ごめんなさいね。またあなたの美味しいアイスを楽しませてもらうわね」

「ありがとうございます。またお店でお待ちしています」

アルメは逃げるように、アワアワとライターのもとから歩き去った。

『誰よりも格好良くて、素敵な人』

心の内からポロッと出てきた言葉は、自分で言っておいて、胸をドキドキとさせてしまった。

昨日からどういうわけか、ちょっとしたことで心臓の挙動がおかしくなる。……いや、今に始まったことではなく、思えば前から時々あったような気がしないでもないが……。

なんとなく気にしてはいけないような感じがして、忘れるようにしているのだけれど、どうにも変な心地だ。

こういう時にも、氷魔法は便利に使える。アルメは魔法を使って、ドキドキする胸の熱をさっと冷ましておいた。

しばらく早歩きで進んだ後、歩みをゆるめて肩の力を抜き、表情もゆるめる。

どうやらキャンベリナの店との戦いは、一時休戦となりそうだ。

思わぬ猶予を得ることになり、アルメはひとまず胸をなでおろした。

の、だけれど。ほどなくして、競合店との戦いとはまた別の、心を大いに騒がす戦いが始まることになる。

目覚めた鷹が狩りを始めることなど、アルメはまだこれっぽっちも考えずにいたのだった――。

13 気楽な結婚パーティー

キャンベリナの店との休戦が決まってから、十日ほど経《た》った今日。

アルメとファルクはお喋《しゃべ》りを楽しみながら、ある場所へと向かっていた。

「荷運びを手伝っていただいてありがとうございます。助かりました」

「お気になさらず。楽しいパーティーに呼んでいただいたお礼です」

ファルクは台車をガラガラと押している。運んでいるものはアイスの容器と食材、そして食器や道具類。

本日の目的地である、東地区の小さな教会には人々が集まっている。

この賑《にぎ》やかな集まりの中で始まるのは、ガーデンパーティーだ。今日は待ちに待った、エーナとアイデンの結婚パーティーの日である。

貸し切りの教会の庭に入ると、集まった面々は既に盛り上がっていた。

乾杯はまだのはずだが、もう酒が入っているらしい。楽器をかき鳴らし、誰かが調子はずれの歌を元気に歌っている。

集まっているのはエーナとアイデンの家族や、親しい友人たち。みんな普段着で気安く過ごしている。カジュアルなパーティーである。

集まりの中に入ると、すぐにエーナとアイデンが声をかけてきた。

「アルメ、ファルクさん！　来てくれてありがとう！」

「よう！　アイスの準備もありがとな！　暑いから早く食いたいわー」

「エーナ、アイデン、改めておめでとう！　アイスは乾杯の後でね」

「お二人とも、ご結婚おめでとうございます。素敵なパーティーにお招きいただき感謝いたします」

軽く挨拶を交わした後、エーナとアイデンはすぐに別の親族のもとに引っ張られていった。今日の主役ともあって忙しそうだ。

アルメとファルクはテーブルを一つ借りて、荷を下ろしていく。

そうしていると庭の入り口からひょっこりと、銀髪の頭が二つ覗《のぞ》いた。片方は長いポニーテールで、もう片方は短髪。ジェイラとチャリコットだ。

姉弟《きょうだい》は声をそろえて、こちらに大股で歩み寄ってきた。

「よーっす！」

「どーも〜！」

「ジェイラさん、チャリコットさん、こんにちは。チャリコットさん、退院おめでとうございます。もうお体は大丈夫ですか？」

「うん、もうばっちり。白鷹《しらたか》の野郎に感謝だわ〜」

ヘラッと笑うチャリコットを見て、アルメはキョトンとした。彼の言う『白鷹』は、今アルメの隣にいるのだけれど……どうやら、気づいていないらしい。

ファルクはチャリコットを見て、驚いた顔をしている。改めて紹介を——と思ったのだが、彼の様子を見るに、チャリコットと面識があるようだ。

ファルクは今、変姿の魔法で容姿を変えている。チャリコットに正体を教えてあげよう、と口を開きかけたが、その前に彼のお喋りが始まってしまった。

「そうだ、ねぇ聞いてよアルメちゃ〜ん！　俺この前、戦地で白鷹とチューしちゃった」

「えっ!?」

「俺は覚えてないんだけどさー、アイデンが言うには、寝てる無防備な俺に、白鷹の奴《やつ》が熱烈なチューを何度も寄越《よこ》したらしくってさ。こりゃ街の女たちに恨まれそうだわ〜。アルメちゃんも、俺に嫉妬してくれていいよ〜！　あっはっは！」

チャリコットは冗談っぽくケラケラと笑っていたが、アルメはギョッとしてしまった。思わずファルクの顔を見たが、彼はアルメ以上に驚愕《きょうがく》した酷《ひど》い顔で固まっている。

が、すぐに動きを取り戻した。ファルクはペラペラと喋り続けるチャリコットに詰め寄った。

「ちょっ……！　言い方が悪すぎます！　お黙りなさい！　白鷹がそんな口づけ魔みたいな……！」

「あ？　いや、アイデンが言ってただけだし。つか、誰？　何怒ってんの？　あんたには関係な——……」

ファルクの顔を間近に見て、チャリコットは言葉を止めた。ポカンとした表情から、徐々に眉間に皺《しわ》が寄ってくる。

すっかり険しい顔に変わった時、呻《うめ》き声《ごえ》をもらした。

「……え……あんた……まさか……っ」

「姿を変えていますが、白鷹です……！」

「……うっわ……ふざけんなよ！　本人の前でチュー暴露して自慢するとか、最悪なんだけど!!」

「こっちのセリフですよ!!」

互いを認識した瞬間、二人とも苦虫を噛《か》み潰《つぶ》した顔をして、愚痴を連ね出す。

ジェイラは腹を抱えて笑い転げていたが、アルメは一人、戸惑っていた。

なにやら二人の関係について、聞いてはいけないことを聞いてしまったような……。どう返していいのかわからないが、なんとかあたりさわりのない笑顔を作っておいた。

「あの……男の人だけの戦地では、何と言いますか、こう、女性にはわからないような、差し迫る事情というのも、あるのでしょうね……。ええと、私、誓って他言はしませんから」

「ちがっ！　違うんですアルメさん！　何もそういう事情はなくてですね……！」

「大丈夫ですよ。大丈夫。今聞いたことは、すぐに忘れますので」

「違うんですって……！　あぁっ……神よ……お助けください……っ」

アルメが思い切り目をそらすと同時に、ファルクは地面へと崩れ落ちた。


その後しばらくの間、ファルクとチャリコットは小声で口喧嘩《くちげんか》をし続けていた。

パーティーの場で喧嘩をするのはアレだが、なんだかんだ仲が良さそうに見えたので、放っておく。――後でアイデンから詳しい事情を聞いて、ちょっとだけホッとしたのは内緒だ。

そうして、あれこれとお喋りしながら準備をしているうちに、パーティーのゲストたちがそろった。

賑わいを増した庭を見回して、アイデンが大きな声を上げる。

「それじゃあ、そろそろ始めるか！」

そう言うと、彼はエーナと共にみんなの前に出た。既にパーティーは始まっているようなものだが、改めて、乾杯の挨拶をするみたいだ。

と、思ったけれど。乾杯の前に、ちょっとした儀式をするよう。

アイデンはおもむろに片膝をつくと、エーナに手を差し出した。朗らかな声で、決まった口上を述べる。

「エーナ。空と地をめぐる果てなき魂の旅を、俺と共に」

「えぇ、アイデン。お供いたします」

エーナは返事をすると、アイデンの手を取った。

このやり取りは、世間に広く親しまれている結婚の儀式である。

この世界では、地上での人生を終えると、魂は天へとのぼっていくと信じられている。

そうして空の国でしばらく過ごした後、また魂は地上に戻って、人は生まれ変わる。そしてまた人生を終えて天にのぼり、また地上に生まれ――……と、魂は地上と空を繰り返し旅していくそう。

その魂の旅を一緒に、というのが、今アイデンとエーナが交わした誓いである。

要は、『何度生まれ変わっても、ずっと一緒にいましょうね』という約束の儀式だ。

二人のやり取りを見て、ついアルメも乙女心をソワソワさせてしまった。

アイデンとエーナが誓いを交わすと、周囲から大きな歓声と拍手が上がる。

アイデンはそのままエーナを抱きしめて、口づけを交わした。エーナの照れた顔に、こちらまで照れてしまって頬《ほお》がゆるむ。

ちなみにこの世界において、結婚後のファミリーネームの扱いは、アルメの前世よりずっと自由なものである。妻のファミリーネームにしたり、夫のものにしたり。または双方の名前をくっ付けてしまったり、新しく作ってしまったり。

アイデンとエーナは名前を並べることにしたそうだ。

アイデン・マルトニーと、エーナ・コール。二つを並べて、新しい名前を『コールマルトニー』にするそう。

二人は寄り添ったまま、グラスを手に取って空に掲げた。

アイデンは陽気に笑って、大声を放つ。

「俺とエーナに祝福をー！　みんな、今日は楽しんでいってくれ！」

「ちょっとアイデン、自分で言わないでよ、恥ずかしいわね……。ええと、みなさん、自由に飲んで食べて、楽しんでください！」

自分で祝いの言葉を言い放ったアイデンに笑いながら、アルメもグラスを掲げた。

晴れ渡る空の下、気楽なガーデンパーティーが始まった。


庭の中央に置かれた大きなテーブルに、持ち寄った料理と酒が並ぶ。

好きな酒を飲んで、好きなものを食べて、好きな人たちとお喋りをして――。

賑やかな時間が流れる中、アルメはキョロキョロと周りを見まわした。

（そろそろデザートを出してもいい頃かしら）

様子を見つつ、ふむ、と頷《うなず》く。

隣にいるファルクと、向こうで豪快に酒をあおっていたジェイラに声をかけた。

「そろそろアイスを出しましょうか。お二人とも、お手伝いをお願いしてもいいですか？」

「えぇ、もちろんです」

「了解～！」

事前に二人には、アイスの盛り付けの手伝いをお願いしておいた。

これから作るのは、とびきり華やかなパフェだ。

準備に動き出しながら、ジェイラはとある荷箱のふたをパカッと開けた。中には『小型花火』が入っている。

「アルメちゃん、パフェにこれ、仕込むっしょ？」

「はい。盛り付けが終わったら、グラスの端に一本プスッと刺す感じで」

「おや、それは何ですか？」

ファルクが不思議そうな顔で覗き込んできた。彼にはパフェを作ることは伝えていたが、そういえば、花火を添えることは言っていなかった。

先にネタばらしをしてしまうよりも、体感したほうがより楽しめるだろう――そう考えて、内緒にしておくことにした。

「これはパフェに花を添える仕掛けです。食べる時のお楽しみ、ということで」

「気になりますね。――さぁ、では、早く作りましょう！」

ファルクはそわそわしながら、驚くほどの手際のよさでグラスを並べ、パフェ作りの準備を整えた。彼は並べたカクテルグラスにキャラメルフレークを入れ、甘く煮たリンゴのコンポートを敷いていく。

ジェイラがその上にミルクアイスを丸く盛って、仕上げにアルメがカットフルーツを盛りつけて飾る。という分担で、テキパキと流していく。

最後に生クリームをしぼって添えて、フルーツミニパフェの完成だ。

どんどん作って、テーブルに並べていく。カラフルなフルーツの色合いが目に楽しい。

並べたパフェに保冷の氷魔法を使っていると、涼しい冷気に誘われて、みんなが寄ってきた。

エーナとアイデン、そしてチャリコットまで割って入ってきて、パフェ作りを見学しだす。

エーナは華やかなパフェを見て目を輝かせた。

「わぁ、可愛《かわい》いわね！　これ、前に試作をしたっていう、新作のアイス？」

「そう、フルーツパフェ。これはミニパフェだけど、主役のエーナとアイデンには大きいのを作るわね」

エーナは顔をほころばせ、その隣で、アイデンはこっそりとフルーツをつまみ食いしていた。

花火の容器を覗き込み、チャリコットが一本、手に取る。

「この棒は？　アイスに使うの？」

「あぁ、ちょうどよかった。チャリコットさん、その棒をパフェのグラスに一本ずつ刺してもらえませんか。端っこに」

「え？　こんな感じ〜？」

チャリコットは言われた通りに、小型花火の棒をパフェにプスプスと刺していく。

花火はペン先ほどの細さで、手首から指先くらいの長さだ。花火職人グラントの腕により、超小型化に成功した。

チャリコットも巻き込んで、四人でミニパフェを仕上げていく。最後にエーナとアイデン用に、一番豪華なパフェを作った。

そこにもプスリと花火を刺して、スプーンと共に二人に手渡す。

まじまじとパフェを見つめている二人に、アルメはにこやかに言い放った。

「では、点火します」

「は!?　点火!?」

「待ってアルメ、アイスに火つけるの!?」

アイデンとエーナはギョッとして、守るように自分のパフェを引っ込めた。

側で見ていたファルクも目をまるくしている。

「大丈夫、アイスを燃やすわけじゃないから！　ちょっと火花が散るから、顔には近づけないように気を付けて」

各々の反応に苦笑しつつ、アルメは小さな着火器を取り出した。炎をそっと、二人のパフェの花火に近づける。

花火の先に火が移ると、キラキラとした光の粒子が弾《はじ》け出した。華やかなフルーツパフェを引き立てるような、美しく繊細な火花が舞う。

妖精の魔法の粉を調合してあるそうで、前世の花火よりも煌《きら》めきがある。

「これって花火？　だよな？　いや、おもしろいな！　花火を仕込んだ食べ物とか、聞いたことねぇよ！」

「あっはっは！　なにこれ！　すごく綺麗《きれい》ね！」

二人ともパフェグラスを掲げて、はしゃいだ声を上げた。

その様子を見て、他のゲストたちもワイワイと集まってきた。ミニパフェを手渡しながら、一つ一つ花火に火をつけていく。

奇抜で華やかな花火パフェに、パーティー会場は大いに盛り上がった。

チャリコットは自分のグラスに三本も花火を刺して、ジェイラと一緒に、ひときわ派手に輝くパフェに大笑いしていた。

よい退院祝いになったようだ。子供みたいなはしゃぎように、こちらまで笑ってしまった。

「ファルクさんも、どうぞ」

「ありがとうございます。いただきます」

アルメとファルクも自分たちのパフェを手に取って、花火に火をつける。

「これは楽しいですね！　デザートを花火で彩るとは！」

「煌めきが強いので、日の下でもばっちりですね」

手元でキラキラと輝く花火に、美味《おい》しそうなフルーツパフェ。そして周囲に満ちる、人々の明るい笑い声。

隣には、花火と同じくらい目をキラキラとさせて、楽しんでいる友人。

パフェを掲げて見つめながら、なんだかしみじみとしてしまった。

なんて素敵な時間なのだろう。幸せだなぁ、なんて気持ちが、心に湧き上がってくる。

もし叶《かな》うのならば、自分もいつか、こういう幸せな祝いのパーティーを開きたいものだ。愛する人の隣で、愛する友人たちに囲まれて、大笑いできるような祝いの日を迎えたい。

のほほんとした顔でそんなことを思っていると、ファルクがこちらを向いた。

「どうしました？　ぼんやりとして」

「なんだかパーティーの雰囲気に、しみじみとしてしまって。私も縁探しが上手《うま》くいったら、みんなでこういうお祝いをしたいなぁ、なんて。……まぁ、そのためには、まずは諸々《もろもろ》を頑張らないといけないんですけど」

「気負う必要はないと思いますよ。縁探しはゆっくり、のんびり、慌てずに、いくべきかと」

ファルクはわざわざ言葉を区切り、強調して返してきた。他人事《ひとごと》だと思って、悠長なことを言う……。

「……からかってます？　そうしているうちに、行き遅れてしまいますよ」

「大丈夫ですよ。アルメさんは魅力的なお嬢さんですから」

「そんなよいしょをしても何も出ませんよ。——あぁ、アイスのおかわりくらいは、出しますが」

ファルクのからかいに対して、アルメは冗談を返して笑った。彼も笑いを返してくれるだろう、と思ったのだが——。

向けられた表情は、凛《りん》としたものだった。真《ま》っ直《す》ぐな視線がアルメを捉える。

「よいしょでも、からかいでもありません。心からの言葉です。あなたは行き遅れる前に、きっとさらわれてしまうでしょうね。欲深く、身を焦がした男によって」

「え、なんか怖いですね……変なこと言わないでくださいよ」

占い師の予言みたいなことを言われた。アルメは将来、こじらせた変な男にでも誘拐されるのだろうか……。

そういえば前にエーナと寄った占い屋でも、ちょっと怖いことを言われたような……。

「ふふっ、どうかお気を付けくださいね」

動揺するアルメをよそに、ファルクは爽やかな笑みを浮かべていた。

話に区切りがついたのと同時に、パフェの花火が終わりを迎えた。

演出を楽しんだ後は、味を楽しむ時間だ。

スプーンでフルーツとアイス、そして生クリームを一気にすくって、パクリと頬張る。やはり生クリームがあると、アイスとフルーツの美味しさが引き立つ。

みんな思い思いに感想をこぼしながら、パクパクとパフェを頬張っていく。

「冷たくて美味しい！」

「クリームうま〜！　アイスに合うな！」

「これ本当に美味《うま》いな。もうちょっと食べたい……ええと、おかわりは――」

見た目だけでなく、味も気に入ってもらえたみたいだ。

隣のファルクもニコニコしている。

「生クリームが加わると、さらに美味しいですね！　絶品です！」

「これからはお店でも、生クリームを添えたアイスを提供しようかなと考えています。牛乳屋さんで、新しく仕入れ契約を結ぶことにしたので」

「それは楽しみですね。是非とも、パフェもメニューに加えていただきたいです。――あ、アルメさん、口の端にクリームがついていますよ」

「あら。どっち側ですか？」

アルメはハンカチを取り出して、クリームを拭おうとした。けれど、ハンカチを持った手は、宙に浮いたまま止まることになる。

アルメが動くより早く、ファルクの手が頬に届いたのだった。

彼はアルメの頬に手を添えて、親指でクリームを拭う。そしてそのまま、指のクリームをペロリと舐《な》めとってしまった。

流れるような一瞬の動作だった。

何をされたのか理解した瞬間、アルメの頬は真っ赤に染まった。

「なっ……っ、ちょっ……何を……！」

「拭って差し上げようかと思いまして。いけませんか？」

「そ、そういうことは、もっと親しい間柄でやるべきことかと……！」

「そうですか。では、これからもっと親しくなりましょう。こうした甘やかなじゃれ合いが許されるくらいに」

「からかわないでください……！」

照れに呻くアルメを見て、ファルクは目を細めて笑った。

いつも暑さに汗を流すのはファルクのほうなのだけれど。今日、この時ばかりはアルメのほうが熱に参ってしまった。

アルメの赤い頬とは正反対に、ルオーリオの空は青く輝いている。教会の庭には日差しが降り注ぎ、人々の笑顔を照らす。

青空の下、賑やかなパーティーは日が落ちるまで続くのだった。

番外編　パーティーのペアゲーム

パーティーでは様々な出し物が披露されて、会場には楽しげな声が響き続けている。

アイデンとエーナも余興のゲームを用意していたらしく、悪戯《いたずら》な笑みと共にお披露目《ひろめ》した。

「それじゃあ、俺たちからも一つお楽しみ企画を！　抽選&ゲーム大会をやりまーす！」

アイデンが番号札の入った箱をドンとテーブルの上に置き、エーナがガラスボトルを持ってきて、グラスに謎の液体を注ぎ始める。なみなみと注がれたのは、濃い緑色のジュースだ。

「これから番号札を引いてもらって、当たった人には、この『激マズ野菜ジュース』を飲んでもらう！　見事飲み干すことができたなら、お菓子の詰め合わせギフトセットをプレゼントだ！」

「一人で飲むには結構な量だけど、ご安心を。この『イチャイチャカップルストロー』を使って、ペアで飲んでもらいます！」

激マズ野菜ジュースとやらのグラスに、エーナが金色のストローをそっと差し入れた。二本の金属筒がグルグルと絡み合う形のそれは、アルメがパーティーグッズとして作った、あのストローだ。

「わ、この前エーナにあげたストロー……こんなところでお目にかかるとは」

「カフェ・ヘストンで見た変形ストローですね！　あれ、イチャイチャカップルストローという名前だったのですか？」

名前に笑うファルクの隣で、アルメも苦笑をこぼした。

『是非、パーティーで使いたい』とのことで、この前エーナに数本のストローを贈ったのだけれど、まさかゲームで使うためだったとは。てっきり、新郎新婦の間で使うものだと思っていた。

グラスに添えられた珍妙なストローを見て、ゲストたちはもう既に笑い声を上げている。俗なネーミングが場の雰囲気に合ったようで、面白がられているみたい。

「そんじゃ、参加したい人は番号札引いてー！」

アイデンが札入りの箱を持って人々のもとを回っていく。アルメとファルクも番号札――小さく折り畳まれた紙を引き、中に書かれている数字を確認し合った。

「私は十二番です」

「俺は七番」

ゲストたちが札を引き終えると、アイデンがもう一つの箱から札を引いて当選番号を発表した。

「一組目のペアを発表しまーす！　まずは四番の人！」

大声で番号を読み上げると、チャリコットが手を上げて前に出てきた。

「俺だ！　俺、四番！　わぁ〜、このジュース色やばくねぇ？　なんかドロドロしてるし……。運がいいのか悪いのかわかんねぇゲームだなー。まぁ、頑張りま〜す！」

ゆるい挨拶に、周囲から笑いが沸き上がる。が、その中に、わずかに黄色い声が含まれていることに気が付いた。ゲストの子供たち――十四、五歳くらいの女の子二人が、キャーキャー言いながら手元の札を握りしめて、ソワソワしている。

（そういえば、チャリコットさんには女の子のファンが多いのだっけ）

彼女たちもファンなのだとしたら、きっと思いがけないイベントに、さぞやドキドキしていることだろう。なるほど、そういう楽しみ方もあるのか、と微笑《ほほえ》ましい気持ちになってしまった。

それと同時に、なんとなく『当たったのがファルクじゃなくてよかった』と、ホッとしてしまったのだけれど……この妙な安堵感《あんどかん》はなんだろう。

胸に湧いた変な気持ちに首を傾《かし》げているうちに、ペアとなる人の番号が発表された。

「続いて、十二番の人！」

「……っ！」

アルメは弾《はじ》かれたように札を確認した。十二番、自分だ。まさか初っ端《しょぱな》から当たるとは。

「あっ、十二番は――」

私です、と名乗り出ようとした瞬間――。ファルクがアルメの手から、サッと番号札をひったくった。そして代わりとばかりに、自身の七番の札を押し付けて、握らせてきた。

瞬《まばた》きをする間の一瞬の出来事だ。唐突且つあまりの素早さに、反応が追い付かなかった。

「十二番は俺です」

ファルクが番号札を掲げて前に歩み出る。すると、チャリコットがガックリと体を傾けた。

「うっわ最悪～!! よりによってお前かよ!!」

「こっちのセリフです。まったく、忌々しい……」

ファルクとチャリコットは睨《にら》み合《あ》いながら、グラスの置かれたテーブルの前に並び立った。

二人の険しい面持ちとは裏腹に、取り巻くゲストたちは込み上げる笑いに肩を揺らしている。喧《けん》嘩腰《かごし》の大男二人がイチャイチャカップルストローを前にしている光景は、たしかに、コメディじみてて面白さがある。

そんな笑いに満ちた空気の中で、アルメは一人オロオロしてしまった。

(ど、どうしよう……番号札の交換って、ズルかしら……!? 正すべき……?)

でも、せっかく楽しげに盛り上がっている空気に水を差す、というのも憚《はばか》られる気がする。それに、口を開こうとした途端にファルクの睨みが飛んできて怯《ひる》んでしまった。

鋭く、圧の強い猛禽《もうきん》の睨みだ。この視線を訳するならば『黙っていなさい』といったところか。

無言の凄《すご》みによる命令をくらって、すっかり動きを封じられてしまった……。

そうして迷っているうちに、エーナがパンと手を叩《たた》いた。

「――さ！ それじゃあ、お二人とも、頑張ってくださいませ！」

容赦のないスタートの合図を受けて、ファルクがグラスを手に取った。二人はそれぞれ、絡み合ったストローの吸い口を指で摘んで、口元を寄せる。

死んだ魚のような目をして、神妙な顔を突き合わせている二人――。シュールな光景に周囲は大笑いしていて、アイデンとジェイラなんかは、耐え難い笑いにテーブルをバンバンと叩いている。

先にファルクが口をつけて、ジュースを吸い始めた。

「これは……凄《すさ》まじい味のジュースですね……。何を混ぜて作ったのだか……青臭さと土臭さが酷《ひど》い。野菜が嫌われる所以《ゆえん》の部分の味を、濃縮したような……」

「げ～……俺、土臭い野菜嫌いなんだよなぁ……。……う～ん、無理！　俺リタイアしま～す！」

「えっ、リタイアとかありなんですか!?」

面食らっているファルクをよそに、チャリコットは口をつけないままリタイアを表明した。

マイペースな彼らしい選択だ。それだけにとどまらず、彼は気ままな振る舞いを続ける。

「リタイアすっから、この四番の番号札は誰かにあげる～！　あ、アルメちゃんと目合った！　よっしゃ託した！」

「なっ……私!?　託すとか、そういうのもありなんですか!?」

チャリコットはヘラヘラとこちらに歩み寄り、番号札を押し付けて、背中をグイと押してきた。

想定外のペアチェンジにファルクも動揺した様子で、目をむいて動きを止めている。

みんなはそんな交代劇すらも楽しんでいるようで、新たに出てきたアルメに声援を送り始めた。

一応、企画主であるアイデンとエーナに確認を――と思ったのだが、当の二人がさっさとゲームの再開を告げる。

「そんじゃ、四番、交代ってことで！　ペア変更してリスタートしまーす！」

「改めまして、お二人とも頑張ってね！」

「……他人事《ひとごと》のように……」

ガクリとしながら、アルメはグラスを持ったファルクの正面に立った。こうなってしまったら、もうやるしかない。まぁ、元々アルメは番号を当てられていたのだから、順番が前後しただけだ。

腹をくくり、ストローの吸い口を指で摘んで、口元に近づける。ファルクも同じようにストローに口をつけた。実際にやってみると、思っていた以上に互いの顔が近くて、照れを禁じ得ない……。

彼は既に思い切り目をそらしていたが、アルメも視線を右下のほうに固定することにした。

無言のまま、ギクシャクと二人でジュースを吸い始める。……そうしてすぐに理解した。これは想像していたよりずっと、難儀なゲームであると。

人々の視線を一身に浴びながら、極近い距離で顔を突き合わせて、同じグラスからジュースを飲んでいく。笑い声やヒューヒューと囃《はや》し立《た》てる口笛に、顔がのぼせていくのを感じる……。

青臭い味が口の中一杯に広がったけれど……味の酷さうんぬんよりも、恥ずかしさのほうに意識が向いてしまっている。不味《まず》さでのリタイアが回避できそうなのは、唯一の幸いか。

（……意外とゴクゴク飲めそう。というか、早く飲み終えてしまいたい……！）

自分はこのままいけそうだけど、ファルクはどうだろう。――と、気になって、アルメはそらしていた目を正面に向けて、チラと彼を見る。すると思いがけず、視線がバチリと交わってしまった。

その瞬間、ファルクが顔を背けて盛大にむせた。

「ゲッホ……ゲホッ………だ、駄目だ……俺もリタイアしていいでしょうか……？　ちょっと……あまりにも、耐え難く……」

呟《せ》き込《こ》みながら、彼はごにょごにょとリタイアを表明した。耐え難いのは人目を集める恥ずかしさか、それともジュースの味か、もしくは両方か。

せっかく半分くらいまで飲んだのに、と思わないでもないが、ファルクの顰《しか》め面《つら》を見るに、何やらずいぶんと無理をしていたみたいだ。仕方なしと受け入れて、アルメはストローから口を離す。

ゲームは仕切り直しだろう――と、思ったのだけれど、主催者アイデンの進行は極めて適当だった。

「あっはっは、またリタイアか！　じゃ、リレー方式ってことで、次のアルメの相手決めっか！」

「って、ちょっと……！　私は据え置きなの!?」

「だってジュースの飲み干し、クリアできてないじゃん。リタイア表明もしてねぇし」

彼が今決めたルールによると、相方がリタイアした場合、残されたほうは続投となるらしい。

大雑把《おおざっぱ》なルールに、皆、笑っていたけれど――……そんな中、ファルクは手にしたままのグラスからストローを引き抜き、豪快にあおって、一気に残りのジュースを飲み干してみせたのだった。

「飲み干しました！　これでもう、我々はクリアということでいいでしょう！」

ファルクの潔《いさぎよ》い一気飲みに、周囲からはドッと歓声と拍手が上がる。潔いというか、どことなく、やけくそめいたものを感じたのだけれど……気のせいだろうか。

もはや場のノリでルールが決定する仕様になっていて、結局、アルメとファルクのペアはゲームクリアの扱いとなり、ギフトセットを手にすることになったのだった。

こうして最初のペアのチャレンジが終わり、アイデンは次のペアの番号を読み上げる。

アルメは口直しの水を飲んでホッと一息ついているようだったが、ファルクは未《いま》だ、胸の騒がしさを鎮められずにいた。

先ほどの光景が頭にチラつき、胸の奥で熱がくすぶってしまって落ち着かない。

ストローの吸い口に唇を当て、気恥ずかしさに頬《ほお》を染めたアルメ。その様子は、まるで――……。

(……まるで、口づけを待っているかのような……姿だったな…………)

胸にブワリと湧き上がった男心に煽《あお》られて、不覚にも不埒《ふらち》な想像をしてしまった。彼女の口づけを、自分のものにできたなら――……なんて。

のぼせた心地に耐えかねてリタイア表明をしてしまったことは、アルメには内緒にしておこう。

氷魔法のアイス屋さんは、暑がり神官様のごひいきです。

MFブックス

氷魔法のアイス屋さんは、暑がり神官様のごひいきです。2

2023年3月25日　初版第一刷発行

著者　天ノ瀬
発行者　山下直久
発行　株式会社KADOKAWA
〒102-8177　東京都千代田区富士見2-13-3
0570-002-301（ナビダイヤル）
印刷・製本　株式会社広済堂ネクスト
ISBN 978-4-04-682321-2 C0093

企画　株式会社フロンティアワークス
担当編集　福島瑠衣子（株式会社フロンティアワークス）
ブックデザイン　鈴木 勉（BELL'S GRAPHICS）
デザインフォーマット　ragtime
イラスト　TCB

本シリーズは「小説家になろう」（https://syosetu.com/）初出の作品を加筆の上書籍化したものです。

ファンレター、作品のご感想をお待ちしています

宛先
〒102-0071　東京都千代田区富士見2-13-12
株式会社KADOKAWA　MFブックス編集部気付
「天ノ瀬先生」係「TCB先生」係

二次元コードまたはURLをご利用の上
右記のパスワードを入力してアンケートにご協力ください。

https://kdq.jp/mfb
パスワード
hm6rz

● PC・スマートフォンにも対応しております（一部対応していない機種もございます）。
●アンケートにご協力頂きますと、作者書き下ろしの「こぼれ話」がWEBで読めます。
●サイトにアクセスする際や、登録・メール送信時にかかる通信費はご負担ください。
● 2023年3月時点の情報です。やむを得ない事情により公開を中断・終了する場合があります。

「こぼれ話」の内容は、
あとがきだったり
ショートストーリーだったり、
タイトルによってさまざまです。
読んでみてのお楽しみ！

アンケートに答えて著者書き下ろし「こぼれ話」を読もう！

よりよい本作りのため、
読者の皆様のご意見を参考にさせて頂きたく、
アンケートを実施しております。

奥付掲載の二次元コード（またはURL）にお手持ちの端末でアクセス。

↓

奥付掲載のパスワードを入力すると、アンケートページが開きます。

↓

アンケートにご協力頂きますと、著者書き下ろしの「こぼれ話」がWEBで読めます。

- PC・スマートフォンに対応しております（一部対応していない機種もございます）。
- サイトにアクセスする際や、登録・メール送信時にかかる通信費はご負担ください。
- やむを得ない事情により公開を中断・終了する場合があります。